KASPAR PANIZZA

Saukatz

KASPAR PANIZZA

Saukatz

FRAU MERKEL UND DER KOMMISSAR

GMEINER

Immer informiert

Spannung pur – mit unserem Newsletter informieren wir Sie
regelmäßig über Wissenswertes aus unserer Bücherwelt.

Gefällt mir!

Facebook: @Gmeiner.Verlag
Instagram: @gmeinerverlag

© 2016 – Gmeiner-Verlag GmbH
Im Ehnried 5, 88605 Meßkirch
Telefon 0 75 75 / 20 95 - 0
info@gmeiner-verlag.de
Alle Rechte vorbehalten
9. Auflage 2026

Lektorat: Claudia Senghaas, Kirchardt
Herstellung: Mirjam Hecht
Umschlaggestaltung: U.O.R.G. Lutz Eberle, Stuttgart
unter Verwendung eines Fotos von: © TaoTina / Fotolia.com
Druck: CPI books GmbH, Leck
Printed in Germany
ISBN 978-3-8392-1936-2

Vielen Dank an meine liebe Freundin Bea Fischer,
für ihre unermüdliche Unterstützung.

*

Für Lola, die immer durch meine Gedanken schlich
und mich zu diesem Buch inspiriert hat.

MONTAG

Genervt nahm Steinböck die letzten Stufen.

Verdammt, dritter Stock ohne Lift, das muss dann schon eine Traumwohnung sein, dachte er und klingelte an der Wohnungstür. Es dauerte fast eine Minute, bis die Tür schwungvoll geöffnet wurde.

»Sie sind spät«, raunzte ihn eine aufgetakelte Wasserstoffblonde an, die die 50 schon deutlich überschritten hatte, und drückte ihm ein Blatt Papier in die Hand.

»Hier, füllen Sie das aus. Ich hoffe, Sie haben einen Stift dabei.«

»Sind Sie die Maklerin?«, fragte er irritiert.

»Natürlich, oder sehe ich wie die Lottofee aus?«, entgegnete sie schnippisch. Steinböck musterte sie noch einmal von oben bis unten.

»Nein, ganz bestimmt nicht. Aber haben wir uns nicht schon mal gesehen?«

»Und wo sollte das gewesen sein?«, fragte sie genervt.

»In der Trio Bar. Haben Sie da nicht vor Jahren an der Stange getanzt?«

»Das ist lange her«, sagte sie kleinlaut. »Füllen Sie jetzt das Formular aus, ich muss mich um die anderen kümmern.«

Sie drehte sich abrupt um und ging den Gang entlang.

»Zumindest die Figur erinnert noch an ihre besseren Zeiten«, murmelte er.

Er war auf Wohnungssuche. Man hatte ihn kurzfristig in die Stadt versetzt. Und das war sein erster Maklertermin. Jetzt wusste er, warum die neuen Kollegen so hämisch gegrinst hatten. In der Wohnung waren mindestens 30 Leute, von denen jeder auf seine Weise versuchte, das Formular auszufüllen. Glücklich diejenigen, die eine Zeitung oder Ähnliches als Unterlage dabei hatten. Die meisten jedoch drückten das Blatt gegen die Wand oder eine Fensterscheibe. Steinböck schob die Tür zum Bad weiter auf. Auf der zugeklappten Toilette saß bereits eine schwangere Frau, dafür war auf dem Badewannenrand noch ein Platz frei. Er setzte sich neben einen jungen Mann, der nur kurz aufsah, dann aber eifrig weiterschrieb. Steinböck suchte vergeblich nach seiner Lesebrille. Also hielt er den Zettel so weit von sich, bis er den Text einigermaßen lesen konnte. Die Schwangere grinste.

Leise vor sich hin murmelnd überflog er den Text.

»Verheiratet, ledig, Bankauskunft, polizeiliches Führungszeugnis, selbstständig – wenn nein, Führungszeugnis des Arbeitgebers. Sind Sie politisch aktiv? Betreiben Sie eine gefährliche Sportart? Wären Sie bereit, einen Teil des Mietzinses im Voraus zu zahlen? Wenn ja, drei Monate, sechs Monate oder zwölf Monate.« Steinböck begann laut zu fluchen. »Was soll die verdammte Scheiße?« Seine Stimme wurde immer lauter.

»›Betreiben Sie eine gefährliche Sportart?‹ Haben die

Angst, dass ich mir beim Kegeln das Kreuz breche und dann meinen Rollstuhl im Treppenhaus parke?«

»Genau das«, flüsterte der junge Mann. »Sie machen das heute wohl zum ersten Mal.«

»Was heißt zum ersten Mal!«, fuhr Steinböck ihn laut an. »Ich habe in meinem Leben schon zig Wohnungen gemietet, und noch nie hat mir jemand so eine gequirlte Scheiße untergejubelt.«

Wütend hob er das Blatt Papier hoch, zerknüllte es und warf es hinter sich in die Badewanne. Der junge Mann wich verängstigt zurück. Steinböck blickte ihn verwundert an. Dann grinste er.

»Schon gut, Kleiner, war nicht so gemeint. Viel Glück bei der Wohnungssuche.« Dann stand er auf und nickte der Schwangeren zu, die vor Schreck schon einmal probeweise eine Wehe abgeatmet hatte. Er machte sich auf den Weg zur Ausgangstür, wobei er ein junges Pärchen unsanft zur Seite drückte. Die Wasserstoffblonde, die offensichtlich auf Steinböcks kleinen Wutanfall aufmerksam geworden war, folgte ihm rasch und erwischte ihn gerade noch, bevor er die Wohnung verlassen konnte.

»Gibt es Probleme?«

»Und ob«, dabei deutete er auf die Zettel in ihrer Hand.

»Ist nicht meine Idee«, sagte sie. »Die Macht des Vermieters. Haben Sie eine Visitenkarte für mich? Ich ruf' Sie an, wenn ich etwas Passendes für Sie habe.«

»Wieso gerade mich?«, fragte er, wobei er ihr eine seiner Karten gab.

»Damals, als ich an der Stange tanzte, die Razzia. Sie haben mich da rausgehalten. Leila vergisst nie. Ich melde mich, sobald ich etwas habe, Kommissar Steinböck.«

Dann schloss sie energisch die Tür hinter ihm.

Obwohl Steinböck sich rühmte, ein gutes Gedächtnis zu haben, konnte er sich partout nicht an diese Razzia erinnern. Na ja, eigentlich hatte er nur ein gutes Gedächtnis für Gesichter, und außerdem war die Sache fast 30 Jahre her. Damals arbeitete er noch bei der Sitte. Irgendwann hatte er sich für die Stelle bei der Mordkommission in Starnberg beworben, und da säße er heute noch, wenn, ja wenn da nicht diese Sache mit dem Minister gewesen wäre. Er hatte wirklich geglaubt, Recht setze sich gegen Politik durch. Ein Irrtum, wie er feststellte. Man hatte ihn einfach weggelobt, ihn befördert und zurück in die Hauptstadt versetzt. Ein klarer Aufstieg bei besserem Gehalt und Aussicht auf baldige Pensionierung. Er war gerade 50, und bei Gott, so schnell würden die ihn nicht loswerden. Zusätzlich war er eine imposante Erscheinung. Er war 185 Zentimeter groß, wog um die 100 Kilo und tat sich schwer, seinen Bauch zu verbergen. Die Haare, die ihm auf dem Kopf fehlten, glich er durch einen grau melierten Dreitagebart aus.

Im neuen Revier hatten sie ihm bisher noch keinen Fall übergeben, und außerdem war sein neuer Partner noch in der Kur.

Er solle sich doch erst mal akklimatisieren, meinte sein Vorgesetzter. Wenn er überlegte, dass er den Burschen vor 20 Jahren ausgebildet hatte. Aber Steinböck hatte sich vorgenommen, sich nicht ärgern zu lassen.

Als er endlich das Ende der Treppe erreichte und auf die Herzogstraße hinaustrat, lehnte er sich erst mal gegen die warme Hauswand und blinzelte in die Sonne. Schließlich griff er in die Brusttasche seines Tweedsakkos, holte ein Päckchen Schwarzer Krauser heraus und drehte sich geschickt eine Zigarette. Er registrierte, dass es hier einige Kneipen in unmittelbarer Nähe gab.

Tacco, Latino-Café, nicht schlecht, dachte er. Aber das wird wohl nichts werden, stellte er frustriert fest. Dann schlenderte er langsam die Straße entlang. An der nächsten Straßenecke zur Fallmerayerstraße wurde er vom Blaulicht mehrerer Einsatzwagen aufgeschreckt. Steinböck näherte sich dem rot-weißen Absperrband, das den Zugang zum Innenhof verwehrte, und als er gewohnheitsmäßig darunter durchschlüpfte, wurde er von einem Polizisten in Uniform aufgehalten.

»Passt schon, Karl, das ist der neue Oberkommissar von der Mordkommission«, sagte eine junge Kollegin, die er flüchtig aus dem Büro kannte. Steinböck ging auf sie zu und blickte kurz auf ihr Namensschild.

»Hallo, Hasleitner! Was ist passiert?«

Der ältere Kollege drängte sich dazwischen und antwortete für sie.

»Schaut nach Mord aus. Ein Mann. Erschossen. Sag mal, so schnell war ja von der Mordkommission noch nie einer am Tatort.« Steinböck zuckte grinsend mit den Achseln.

»Das Haus da im Hof?«, fragte er dann.

»Ja, im Parterre.«

Er stieg die drei Stufen zur Eingangstür hinauf und ging auf die geöffnete Wohnungstür zu, wo ein weiterer Uniformierter stand. Er zeigte kurz seinen Ausweis, dann trat er ein. Eine helle Wohnung mit hohen Decken, vermutlich Ende der 60er Jahre gebaut. Die Einrichtung war ein Mix aus allen erdenklichen Stilrichtungen, aber von guter Qualität. Die Leute von der Spurensicherung waren bereits da. Einer von ihnen arbeitete an der Balkontür, die offensichtlich aufgebrochen worden war. Der andere saß auf einem Stuhl vor der Wohnzimmertür und versuchte sich fluchend eine Mullbinde um seine blutende Hand zu wickeln.

»Was ist denn mit dir passiert?«, fragte Steinböck.

Der Mann im weißen Overall deutete mit dem Daumen der gesunden Hand über seine Schulter.

»Bitte, die Leiche gehört dir. Oskar Hacker. Vermutlich erschossen. Aber ich würde vorsichtig sein, wenn ich du wäre.« Schließlich wandte er sich wieder seiner Mullbinde zu, die er weiterhin ungeschickt um seine Hand wickelte. Steinböck griff sich ein paar Plastiksocken und zog sie sich über die Schuhe. Dann betrat er den Raum. Er hatte in seinem Leben schon viele Leichen gesehen, meistens war es ein recht widerlicher Anblick. Aber dieses Mal musste er lächeln. Der tote Mann lag auf dem Rücken, Hände und Beine weit von sich gestreckt. Ein bisschen wie ein Hampelmann. Aber dies allein hätte ihn nicht zum Schmunzeln gebracht, säße da nicht diese große schwarze Katze auf der Brust des Toten, die Steinböck mit ihren gelben Augen anstarrte.

Noch einmal ging er zu dem Mann von der SpuSi und deutete auf dessen Hand.

»War das die Katze?«, fragte er interessiert.

»Sei bloß vorsichtig, die Saukatz ist unberechenbar. Der Hundefänger ist in einer halben Stunde da.«

»Du hast den Hundefänger angefordert wegen einer Katze?«, fragte Steinböck verblüfft.

»Du glaubst gar nicht, zu was dieses Biest fähig ist. Ich freu mich schon auf die Vorstellung«, sagte er hämisch und erhob sich, um dem Kommissar zu folgen.

*

»*Eindeutig macht der Mann im Tweedsakko einen kompetenteren Eindruck als dieser Hänfling in seinem weißen Schlafanzug. Es wird auch Zeit, dass ich hier runterkomme. Keine schöne Sache, wenn du auf der Brust deines toten Mitbewohners sitzt. Und dann dieses hässliche Loch in der Stirn. Nicht dass ich jetzt sentimental werde, aber ich mochte Oskar wirklich. Schließlich hat er mich mit der Flasche großgezogen. Sicherlich wäre ich auch ohne ihn zurechtgekommen. Auch wenn er immer wieder allen erzählte, wie er mich in dieser Nacht während des schrecklichen Unwetters gefunden hatte. Ohne Mutter, noch blind und mit Nabelschnur. Vermutlich maßlos übertrieben. Wie ich schon sagte, ich hätte es bestimmt auch alleine geschafft. Als mallorquinische Wildkatze. Man möchte sich ja nicht mit irgend so einem dahergelaufenen tibetischen Zimmerpupser*

vergleichen lassen. Womöglich auch noch mit Stamm-
baum. Bei Gott, jegliche Art von Rassismus liegt mir
fern. Aber man spürt doch, wenn man etwas Besonderes
ist. Gerade als Migrant. Ich hatte ja auch keine Wahl.
Oskar hat mich einfach in einen Käfig gesperrt und
mich dann in den Flieger gesetzt. Gut, die Mäuse sind
in Deutschland fetter. Aber das Wetter! Verdammt, nur
ein bisschen Sonne und alles, was zwei oder vier Beine
hat, eilt nach draußen. Und das zum Teil im einstelligen
Temperaturbereich. Aber was soll man auch von einem
Volk erwarten, deren Stammesmitglieder Wurstmasse
in Katzendarm pressen und sie dann mit süßem Senf
essen. Zumindest zeigt der Neue etwas Respekt. Hof-
fentlich versteht er auch sein Fach. Irgendjemand hat
Oskar getötet, und ich habe keine Ahnung, wer. Und
dieser seltsame Geruch aus seinem Mund.«

In diesem Moment griffen kräftige Hände nach ihr und hoben sie hoch. Widerstandslos ließ sich die Katze von Steinböck auf den Arm nehmen. Mit dem Kopf stupste sie gegen seinen Dreitagebart und begann laut zu schnurren.

»Das kann doch nicht wahr sein«, keifte der Mann von der SpuSi und hob seine eingewickelte Hand der Katze vors Gesicht. Sekunden später hing sie mit ihren Krallen in der Mullbinde, und mit ihrem Fauchen gab sie ihm eindeutig zu verstehen: »*Du nicht, Hänfling.*« Der Kommissar hakte vorsichtig die Pfote aus dem Verband und stellte bewundernd fest, dass die Krallen es wieder bis zur Haut geschafft hatten.

»Oh diese verdammte Saukatz, ich bring sie um.«

»Jetzt mal langsam, eine Leiche reicht im Moment«, sagte Steinböck grinsend.

»Wie meinst du das?«, giftete er zurück.

»Ganz ruhig, Brauner, da kommt der Gerichtsmediziner. Lass dir von ihm deine Hand verbinden und dann sag dem Hundefänger ab, sonst machst du dich zum Gespött des gesamten Reviers.« Dann wandte er sich ab und schlurfte, die Katze immer noch auf dem Arm, zurück zur Leiche. Steinböck ging in die Hocke und betrachtete den Toten genauer.

»Einschuss mitten auf der Stirn, erstaunlich wenig Blut. Die Kugel ist offenbar nicht wieder ausgetreten. Keine Kampfspuren«, murmelte er vor sich hin. Dann beugte er sich nach vorne und roch am Mund des Toten.

»Seltsamer Geruch!«

»Sprichst du mit der Katze?«, fragte eine Stimme hinter ihm.

Steinböck richtete sich auf und grinste Thomas Klessel an.

»Das ist normal in meinem Alter.«

Klessel fuhr der Katze über den Kopf und kraulte sie hinter den Ohren.

»Sie hat Staller so zugerichtet?«, fragte er lachend und deutete dabei mit dem Kopf nach hinten.

»Ist es denn so schlimm?«

»Wie ich Staller kenne, lässt der sich zwei Wochen krankschreiben.«

»Mensch, Thomas, schön, dich zu sehen. Du bist bisher der einzige Lichtblick in diesem Haufen.«

»Du hast dich ja in der letzten Zeit in den höheren Etagen nicht besonders beliebt gemacht.«

»Ich habe nur versucht, meinen Job zu machen.«

»Und bist dabei den falschen Leuten auf die Füße getreten.«

»Das passiert eben, wenn die auf zu großem Fuß leben«, sagte Steinböck verbittert.

»Okay, dann überlass mir mal den Toten. Irgendetwas, worauf ich achten soll?«

»Er riecht so komisch aus dem Mund. Vielleicht kannst du das überprüfen.«

Klessel schaute ihn verblüfft an.

»Wie bist du denn darauf gekommen?«

»Keine Ahnung, es war einfach so eine Idee.«

In diesem Moment klingelte Steinböcks Handy. Es war der Dezernatsleiter. Er setzte die Katze auf den Boden und drückte das Handy ans Ohr.

»Hallo, Steinböck. Hasleitner hat mir gerade berichtet, dass Sie schon am Tatort sind. Ich dachte, Sie besichtigen eine Wohnung.«

»Die liegt nahe beim Tatort. Reiner Zufall, dass ich hier bin.«

»Gut, können Sie den Fall gleich übernehmen?«

»Kein Problem, bin schon dabei.«

»Aber ich kann Ihnen im Moment niemanden zur Unterstützung schicken.«

»Was ist mit Hasleitner?«

»Na ja, eigentlich ist die noch ein bisschen jung und steckt mitten in den Prüfungen.«

»Komm schon«, knurrte der Kommissar. »Sie ist

ehrgeizig. Ich hab schon andere ausgebildet, und die haben's sogar zum Dezernatsleiter gebracht. Ein paar Befragungen bei den Nachbarn sind doch kein Problem für das Mädchen.«

Steinböck glaubte zu hören, wie sein Gegenüber mit den Zähnen knirschte.

»In Ordnung, ich ruf Hasleitner an. Sie soll sich bei Ihnen melden.«

Er klappte sein Handy zu und beschloss, sich mit den noch unverletzten Kollegen von der SpuSi zu unterhalten.

Immer, wenn er die Jungs in ihren weißen Ganzkörperkondomen sah, musste er an Woody Allen denken, wie er in dem Film ›Was Sie schon immer über Sex wissen wollten‹ als Sperma verkleidet durch einen überdimensionalen Eileiter lief.

»Was ist mit der Balkontür? Wurde sie aufgebrochen?«

»Schwer zu sagen. Aber ich vermute, die Beschädigung hier ist schon älter. Wahrscheinlich war die Tür offen.«

»Und was ist das da?«, fragte er, wobei er auf ein Teil am unteren Rand der Tür deutete.

»Das ist eine Katzenklappe. Die ist zwar auf Durchgang gestellt, aber ich glaube nicht, dass der Mörder da durchgekommen ist«, antwortete er grinsend. Steinböck ignorierte den leicht spöttischen Tonfall und fragte nach:

»Wer hat die Leiche entdeckt?«

»Die Nachbarin, sie hat einen Schlüssel.«

Der Kommissar wandte sich ab, und der Mann im

Ganzkörperkondom fuhr fort, mit seinem Pinsel die Scheibe zu bearbeiten.

*

Auf dem Gang kam Steinböck die junge Hasleitner entgegen.

»Der Chef hat mich angerufen. Ich soll Ihnen bei den Ermittlungen helfen. War des Ihre Idee?«

»Ja warum, passt Ihnen das nicht?«

»Doch, ganz im Gegenteil. Aber normalerweise sind mir für die Zivilen doch lauter Deppen.«

»Passen S' auf, Hasleitner, im Haus leben sechs Parteien. Ich gehe jetzt zu der Nachbarin, die den Toten entdeckt hat, und Sie befragen die anderen, ob irgendjemand was bemerkt hat.«

»In Ordnung, Kommissar, bin scho unterwegs«, sagte die junge Polizistin sichtlich stolz und machte sich auf den Weg ins Treppenhaus. Steinböck blickte ihr skeptisch nach. Das Mädel war clever und ehrgeizig, aber sie war eindeutig zu fett. Sie musste aufpassen, dass sie nicht gemobbt würde. Schließlich ging er den Gang entlang und blieb vor einer Tür stehen. ›Maxi Müller‹, stand da auf einem Messingschild. Als er den Klingelknopf drückte, glaubte er seinen Ohren nicht zu trauen. Da erklang doch tatsächlich die Mundharmonika aus ›Spiel mir das Lied vom Tod‹. Gleichzeitig spürte er etwas an seinen Beinen. Erschrocken blickte er nach unten und entdeckte die Katze, die schnurrend ihren Kopf an seiner Hose rieb. Er hob sie hoch.

»Schade, dass du mir nichts erzählen kannst. Wahrscheinlich hast du den Mörder sogar gesehen.« In diesem Moment öffnete sich die Tür, und da stand sie vor ihm. Circa 50 Jahre alt mit feuerroten Haaren, die wild nach oben gekämmt waren. Steinböck wusste nicht, ob sie ihn mehr an den Kabarettisten Urban Priol oder an den Pumuckl erinnerte. Für einen kleinen Moment verschlug es ihm die Sprache, dann brummte er:

»Grüß Gott, mein Name ist Steinböck. Ich bin von der Mordkommission. Ich hätte da ein paar Fragen an Sie.«

Maxi Müller sah ihn mit einem umwerfenden Lächeln an und deutete mit dem Finger auf die Katze.

»Und das ist dann wohl Frau Merkel?«

»Steinböck, mein Name ist Steinböck«, wiederholte er. Er hatte die Anspielung auf Peer Steinbrück wohl verstanden.

»Entschuldigung, die Musik ist so laut«, sagte sie lachend und richtete die Fernbedienung, die sie in der Hand hielt, über ihre Schulter nach hinten. Schlagartig verstummte Mick Jagger, und mit ihm die Stones.

»Also doch nicht Frau Merkel«, sagte sie grinsend.

»Keine Ahnung«, erwiderte er schmunzelnd. »Ich hab' die Katze eben erst kennengelernt.«

»Kommen Sie rein«, sagte sie, drehte sich um und ging in die Wohnung. Der Kommissar folgte ihr, und erst jetzt fiel ihm auf, dass sie ein grünes hautenges Kleid aus glänzendem Satin trug. Als er das Wohnzimmer betrat, erblickte er an der gegenüberliegenden Wand ein überlebensgroßes Poster des jungen Bob Dylan. Trotz des geöffneten Fensters lag der süße Duft von Marihuana in der Luft.

»Möchten Sie eine Tasse Tee?«, fragte Maxi Müller.

»Gerne«, antwortete Steinböck.

»Ich glaub, die Kekse sind nichts für Sie«, sagte sie grinsend und stellte sie auf dem Sideboard ab.

»Was ist, wollen Sie die Katze nicht mehr loslassen?« Der Kommissar setzte sie auf den Boden und griff nach der Tasse Tee.

»Wie heißt sie?«, fragte er.

»Wer, die Katze? Sie hatte keinen Namen. Oskar nannte sie nur Katze.«

»Kannten Sie ihn gut?«

»Natürlich, wir waren Nachbarn. Außerdem saßen wir des Öfteren abends zusammen.«

»Was hat Oskar Hacker gemacht?«

»Er war Schriftsteller. Nicht besonders erfolgreich. Sein erstes Buch war ein ziemlicher Reinfall. Aber sein neuestes sollte ein Knüller werden.«

»Worum ging es in diesem Buch?«

»Ich habe keine Ahnung. Er hat immer ein großes Geheimnis daraus gemacht.«

»Hatte er Feinde?«

»Oskar? Nein, das kann ich mir nicht vorstellen. Er war eine Seele von Mensch«, sagte sie und lächelte verklärt.

»Hatte er öfters Besuch? Irgendjemand, der Ihnen aufgefallen ist?«

»Nein, es gab da niemanden. Bis auf diesen Mann, mit dem er regelmäßig Schach spielte. Oskar hatte mir von ihm erzählt, aber ich habe ihn nie zu Gesicht bekommen.«

»War er vermögend? Hatte er größere Wertgegenstände in der Wohnung?«

Sie lachte laut und schenkte Steinböck Tee nach.

»Oskar Hacker war notorisch pleite. Er schuldet mir die Miete von drei Monaten.«

»Also dann gehört Ihnen die Wohnung gegenüber.«

»Mir gehört das ganze Haus und noch ein paar andere mehr. Aber ich glaube nicht, dass das so wichtig für Ihre Ermittlungen ist.«

»Warum waren Sie heute Morgen in Hackers Wohnung?«

»Wir wollten zusammen frühstücken. Als er nicht kam, bin ich rübergegangen. Ich habe einen Schlüssel. Und da fand ich ihn.«

»Saß die Katze da auch schon auf seiner Brust?«

»Die Katze saß auf seiner Brust?«, fragte sie erstaunt. »Nein, das Mistvieh war nicht da.«

»Sie mögen sie nicht?«

»Sie ist mir unheimlich. Manchmal spricht sie mit mir.«

»Sie spricht mit Ihnen?«, fragte Steinböck verblüfft.

»Na ja, ich bilde mir ein, sie spricht mit mir.«

Der Kommissar warf einen Blick auf die Kekse. Dann erhob er sich und ging zur Tür.

»Vielen Dank. Ich glaube, das wär's für den Moment.«

Maxi Müller folgte ihm.

»Es war mir ein Vergnügen, Herr Kommissar. Sie sind immer willkommen«, sagte sie lachend.

In der Tür drehte sich Steinböck plötzlich um.

»Sie haben nicht zufällig eine freie Wohnung für mich?«

»Natürlich, Sie können Oskar Hackers Wohnung haben.«

»Klingt gut. Es wird wohl noch eine Zeit dauern, bis Hackers Erben die Wohnung ausgeräumt haben. Aber egal, ich kann auch noch ein paar Wochen länger in der Pension wohnen.«

»Oskar hat keine Erben, und die Wohnung wird möbliert vermietet. Er kam mit einem Koffer und einem Karton, und ich glaube, mehr wird auch jetzt nicht zusammenkommen. Es liegt also nur an der Polizei, wie schnell die Wohnung frei wird.«

Das ging jetzt auch für Steinböck etwas zu schnell. Krampfhaft überlegte er, was er sagen sollte.

»Da wär noch eine Kleinigkeit. Wie hoch ist die Miete?«

»Kommen Sie heute Nachmittag noch einmal vorbei und überlegen Sie sich bis dahin, wie viel Sie zahlen möchten.«

Der Kommissar schluckte.

»Gut, gegen fünf Uhr.«

»Ach übrigens unter einer Bedingung. Sie übernehmen nicht nur die Möbel, sondern auch die Katze.«

Steinböck blickte an seinem Hosenbein hinunter, an dem sich die Katze wieder rieb.

»Sie wissen ja, ich mag die Katze nicht. Sie redet zu viel. Und Oskar hätte von mir erwartet, dass ich mich um sie kümmere.«

Der Kommissar bückte sich, nahm die Katze auf den Arm und warf noch einmal einen Blick auf den Keksteller, der immer noch auf dem Sideboard stand. Dann seufzte er tief.

»Also dann bis fünf Uhr.«

Nachdem Hasleitner offensichtlich noch mit den Befragungen beschäftigt war, beschloss Steinböck, zurück ins Büro zu fahren. Vor dem Haus traf er den überlebenden Kollegen von der SpuSi, der gerade seine Ausrüstung im Auto verstaute.

»Habt ihr einen Laptop oder Computer gefunden?«, fragte ihn Steinböck.

»Weder noch, die ganze Wohnung ist bis auf ein paar Klamotten und zwei Dutzend Bücher leer.«

Der Kommissar verabschiedete sich und machte sich auf den Weg zur nächsten Trambahn-Haltestelle. Er mochte es nicht besonders, mit U- oder S-Bahn zu fahren. Steinböck zog es vor, über der Erde zu bleiben. Diese anonyme Menge von Menschen, die sich wie ein Wurm durch unterirdische Gänge und über endlose Rolltreppen durch die verschiedenen Etagen schlängelte, machte ihm Angst. Irgendetwas veranlasste ihn dazu, sich noch einmal umzudrehen. Aber da war nichts. Nur die Katze saß auf der Mauer und blickte ihm nach.

*

Als Steinböck schließlich gegen ein Uhr das Revier erreichte, waren die meisten Kollegen in der Mittagspause.

Man hatte ihm ein geräumiges Büro am Ende des Gangs überlassen, dessen einziges Fenster einen Blick über die Dächer der Stadt und auf die Frauenkirche zuließ. Er setzte sich hinter seinen Schreibtisch und schaltete den PC an. In diesem Moment klopfte es. Die Tür öffnete sich, und Hasleitner steckte den Kopf herein.

»Darf ich reinkommen?«, fragte sie.

»Klar, wir sind doch jetzt Kollegen«, antwortete Steinböck mürrisch.

»Ich kann auch später noch mal kommen«, sagte sie schüchtern.

»Schmarrn, jetzt komm schon rein. Was hast du rausbekommen?«

Er deutete auf den Stuhl in der Ecke.

»Ich steh lieber. Also das Pärchen aus dem ersten Stock ist im Urlaub in den USA. Ihr Nachbar, ein Student aus Kenia, ist gerade in seiner Heimat. Im zweiten Stock leben der Onkel und die Tante der Besitzerin Maxi Müller, beide um die 70. Gegenüber in der kleinen Wohnung eine junge Rumänin, die sich um die beiden kümmert und nebenbei noch putzen geht. Also kurz gesagt, außer den beiden Alten war niemand zu Hause. Sie kannten Oskar Hacker gut, aber sie haben nichts bemerkt. Ich hab auch schon alle am Computer überprüft.«

Steinböck musterte sie. Sie hatte halblange blonde Haare und ein ausgesprochen hübsches Gesicht. Aber sie war mindestens 30 Kilogramm zu schwer.

»Also Hasleitner, hast du auch einen Vornamen?«

»Ich heiß Ilona«, sagte sie etwas verlegen.

»Gut, du nennst mich entweder Steinböck oder Chef. Und ansonsten kannst du mich duzen.«

»Jawohl, Herr Steinböck.«

»Lass den blöden Herrn weg, und jetzt erzähl mir, was du bei der Personenüberprüfung herausbekommen hast.«

»Also zuerst mal zum Opfer«, dabei durchsuchte sie den Stapel Blätter, den sie in der Hand hielt.

»Stopp, stopp. Wann hast du das alles recherchiert?«, fragte Steinböck entnervt.

»Na ja, als ich mit der Befragung fertig war, bin ich gleich ins Revier gefahren und hab' die Namen durchlaufen lassen.«

Steinböck schüttelte den Kopf und sagte: »Also gut, Ilona, fang mit Oskar Hacker an.«

»Das Opfer ist am 8. Juli 1968 in Herrsching geboren. Gymnasium und Abitur in Weilheim. Zivildienst und anschließend Studium der Germanistik in München. Nachdem die Mauer aufg'macht hot, is er für zwoa Jahr nach Berlin ganga.«

»Halt, Ilona, du kannst gern deinen Dialekt sprechen, aber wenn du einen Bericht abgibst, dann versuchst du bitte, hochdeutsch zu reden.« Die junge Frau schluckte verlegen, dann fuhr sie etwas gestelzt, aber gut verständlich fort.

»Dann verliert sich seine Spur. Vermutlich war er im Ausland. 2005 hat er bei der deutschen Botschaft in Marokko seinen Pass verlängern lassen. Später hat er vermutlich auf Mallorca gelebt. 2011 veröffentlichte er bei einem kleinen Verlag in Berlin seinen ersten Roman, »Die Tränen der Sklaven«. Ich hab bei Amazon mal kurz die Inhaltsangabe gelesen. Es handelt sich um zwoa, Entschuldigung, um zwei marokkanische Brüder, die hier in Deutschland ums Leben gekommen sind.«

Steinböck überlegte krampfhaft, wie viel Zeit er bei Maxi Müller und in der Trambahn verbracht hatte. Diese junge Frau verblüffte ihn immer mehr.

»Weiter«, flüsterte er heiser.

»Seit dem Erscheinen dieses Buches ist er hier in München gemeldet. Wovon er lebt, ist unklar. Sein Konto ist hoffnungslos überzogen, und mit vereinzelten Einzahlungen hält er es bei um die 5.000 Miesen.«

Dann berichtete sie über die anderen Bewohner des Hauses, die aber alle unauffällig waren.

»Und jetzt zum Schluss: Maxi Müller. Sie ist die Besitzerin des Hauses und noch von drei anderen hier in München, die aber um einiges größer sind. Sie ist 52 Jahre und hat hier eine ganze Latte von Anzeigen.« Dabei tippte sie mit dem Finger auf das Blatt Papier.

Steinböck blickte verdutzt auf.

»Zeig mal her«, sagte er und griff nach dem Zettel.

Er begann zu grinsen. Sechs Anzeigen wegen Landfriedensbruch. Hatte sich bei Demos angekettet und wegtragen lassen. Dreimal wegen Beamtenbeleidigung. Und dreimal wegen Drogenbesitzes. Dafür hatte sie auch eine sechswöchige Haftstrafe absitzen müssen.

»Mann oh Mann, einmal drei Gramm Marihuana, einmal 2,3 Gramm; und beim dritten Mal waren es nur 0,8 und ein abgeernteter Stängel mit fast drei Gramm.

Ein Hoch auf die bayerische Polizei«, sagte er sarkastisch.

»Aber Chef, Beamtenbeleidigung und Landfriedensbruch, des sind doch keine Bagatelldelikte. Vor allem so oft.«

»Grad, weil's so oft war, zeigt, dass die Frau Charakter hat.«

»Des versteh ich jetzt nicht.«

»Macht nichts«, sagte der Kommissar. »Verbuchen S' das unter Altersweisheit.«

»Aber Chef, jetzt hast mich wieder gesiezt.«

»Ist schon gut. Du gehst jetzt zum Hausmeister und lässt noch einen Schreibtisch hier reinstellen, und dann sollen die von der Technik dir einen Computer anschließen.«

»Für mich?«, fragte sie verdattert.

»Klar, wir sind doch jetzt Partner.«

*

Gegen zwei Uhr kam Ilona Hasleitner mit dem Techniker im Schlepptau ins Büro.

»So, ihr wollts also an zweiten Anschluss«, sagte dieser. »Des macht aber jetzt Krach.«

»Schon gut«, sagte Steinböck, »ich geh ja schon.«

Er erhob sich, griff nach seinem Sakko und ging zur Tür. Dort blieb er kurz stehen.

»Wie schauts aus, Ilona, hast du heute schon Mittag gemacht?«

»Na, dazu hab ich keine Zeit gehabt.«

»Komm mit, ich lad dich ein, sozusagen zum Einstand.«

»Aber ich kann doch jetzt nicht weg.«

»Geh nur zu«, sagte der Techniker lachend. »Ich bin die letzten 20 Jahre auch ohne dich ausgekommen.«

Verlegen folgte die junge Polizistin ihrem Chef.

In der Pizzeria zwei Straßen weiter fanden sie einen leeren Tisch im Biergarten. Der Ober brachte zwei Karten und nahm die Getränke auf.

»Hast richtig Hunger?«, fragte Steinböck.

»Ich hab immer Hunger, sieht man des nicht?«, antwortete Ilona und machte dabei einen eher unglücklichen Eindruck.

»Gut, was hältst davon, wenn wir beide jetzt einen großen Salatteller mit Putenstreifen essen und dazu ein Pizzabrot?«

»Das hört sich gut an«, antwortete sie lachend.

»Chef, was ist eigentlich mit dieser Maxi Müller? Die hat doch auch kein Alibi, und einen Schlüssel zur Wohnung hat sie auch.«

Steinböck überlegte kurz, dann sagte er: »Aber zu jedem Mord brauchst du auch ein Motiv. Und bei ihr seh ich im Moment keines.«

»Genau, und wenn einer bei mir Mietschulden hätt, dann bring ich ihn nicht um, sondern ich hoffe, dass er irgendwann mal zahlen kann«, sagte sie nachdenklich und nahm einen Schluck von dem Mineralwasser, das der Ober inzwischen gebracht hatte.

»Somit gibt's bis jetzt noch kein Motiv.«

»Das würd' ich nicht sagen. Maxi Müller hat mir

erzählt, dass Hacker an einem neuen Buch geschrieben hat, das ein absoluter Knüller werden könnte. Aber worum es ging, hat er geheim gehalten. Und wie schreibt man heutzutage ein Buch?«, fragte Steinböck.

»Also bestimmt nicht mit der Hand. Entweder auf einem Computer oder eher noch auf einem Laptop. Haben wir aber beides nicht gefunden. Vermutest du, dass ihn der Mörder mitgenommen hat?«

»Richtig. Wir schließen Maxi Müller für den Moment aus. Also müssen wir rausfinden, was Oskar Hacker so den ganzen Tag getrieben hat, und über was er geschrieben hat. Wenn wir mit dem Essen fertig sind, gehst du zurück an deinen Computer und schaust, ob du noch irgendetwas recherchieren kannst.«

»Und was machst du, Chef? … Tut mir leid, des geht mich eigentlich nix an.«

»Ich hab einen Besichtigungstermin für eine Wohnung. Ach noch was, der Tatortreiniger soll sich heut noch um die Wohnung vom Hacker kümmern.« In diesem Moment brachte der Ober das Essen, und für Steinböck war die Unterhaltung beendet.

*

Als Steinböck am späten Nachmittag zum Tatort zurückkam, stand der alte VW-Bus des Tatortreinigers mit eingeschalteter Warnblinkanlage in der Einfahrt zum Hof. Der Kommissar stieg die drei Stufen zum Eingang empor, ging den Gang entlang und blieb kurz vor Hackers Wohnungstür stehen. Die Polizeisiegel waren durchgeschnitten, und er entschloss sich, kurz nach dem Rechten zu sehen. Schließlich handelte es sich um seine neue Wohnung. Im Hausflur stand ein ganzes Bataillon von Kübeln, Besen und Schrubbern. Im Wohnzimmer kniete ein hagerer Mann im blauen Overall auf dem Boden und schrubbte mit einer Bürste an der Stelle, an der der Tote gelegen hatte, das Parkett. Als er Steinböck bemerkte, blickte er kurz auf. »Was wollen Sie hier? Das ist ein Tatort.«

»Ich weiß«, sagte der Kommissar grinsend und zog seinen Ausweis aus der Sakkotasche. »Steinböck. Mordkommission.«

Der Hagere erhob sich, wischte sich die Hände am Overall ab und griff mit spitzen Fingern nach dem Ausweis.

»Nie von Ihnen gehört. Sind Sie neu?« Dabei drehte er noch einmal den Ausweis und betrachtete interessiert die Rückseite.

»Brandneu sozusagen. Wann sind Sie fertig?«

»Das dauert schon noch ein bisschen«, sagte der Hagere und ließ sich wieder auf die Knie nieder. »War schließlich 'ne ganz schöne Sauerei.«

Steinböck musste grinsen.

»Genau, ein wahres Massaker.«

Der Tatortreiniger murmelte etwas Unverständliches vor sich hin, dann fragte er noch: »Was soll ich mit dem Schlüssel machen?«

»Lassen Sie ihn einfach von außen stecken.«

Der Kommissar verließ die Wohnung, überquerte den Hausgang und klingelte an Maxi Müllers Tür.

»Kommen Sie rein, die Tür ist offen«, hörte er sie gedämpft aus der Wohnung. Er trat ein und ging in Richtung Wohnzimmer. Wieder umgab ihn der Duft von frischem Marihuana. Das Zimmer war leer.

»Hier draußen auf der Terrasse.«

Er folgte der Stimme durch die geöffnete Tür. Steinböck betrat einen Wintergarten, einen wahren Dschungel. Unzählige Töpfe mit allen möglichen Pflanzen reichten zum Teil bis an die Decke. Nur in der Mitte stand ein kleiner runder Korbtisch mit einer Glasplatte. Der ganze Raum war von oben bis unten verglast. Eine Tür, die in den Garten führte, war weit geöffnet. Der Kommissar erblickte auf Anhieb die drei kräftigen Hanfpflanzen, die sich in einer Ecke hochrankten.

»Setzen Sie sich, ich habe frischen Tee gemacht. Das hier ist mein Reich.« Sie zögerte kurz. »Und möchten Sie die Wohnung immer noch mieten?«

Steinböck setzte sich vorsichtig in einen der Korbsessel, der verdächtig knarzte, sich aber ansonsten seinem Gewicht anpasste. Maxi Müller hatte sich umgezogen und trug ein langes, rotes Kleid, eine Art indischen Sari, der über und über mit silbernen Pailletten bestickt war.

»Wenn wir uns einig werden, warum nicht?«

»Sie haben doch sicherlich über mich recherchiert?«, fragte sie und griff nach einem der Plätzchen. Steinböck überlegte, es ihr gleichzutun, fasste dann doch in die Jackentasche und zog sein Päckchen Tabak heraus. Er blickte sie fragend an.

»Rauchen Sie nur. Also was haben Sie über mich herausgefunden?«

»Nichts, was mich davon abhalten würde, hier einzuziehen.«

»Und mein Wintergarten?«

»Schön grün, aber ich habe wirklich nicht die geringste Ahnung von Pflanzen«, antwortete er lächelnd, wobei er sich eine Zigarette drehte.

»Also gut, 950 Euro warm, und den Strom bezahlen Sie natürlich selbst. Zur Wohnung gehören ein Stellplatz auf dem Hof und der kleine Garten vor Ihrer Terrasse. Rasenmäher ist im Schuppen«, erklärte Maxi Müller und legte einen vorbereiteten Vertrag vor ihn hin. Steinböck zündete sich seine Zigarette an und überflog den Text.

»Der Vertrag läuft aber erst ab nächstem Monat? Ich würde gern sofort einziehen.«

»Kein Problem, von mir aus können Sie heute schon rein. Bezahlt wird ab nächstem Monat.«

»Und was machen wir mit Hackers Sachen?«, fragte der Kommissar.

»Was halten Sie davon, wenn wir morgen alles in einen Karton packen, und Sie tragen ihn dann in den Keller. Sie können die Sachen auch gerne mit aufs Revier nehmen, wenn Sie möchten. Außerdem könnte ich Aurelia, unsere rumänische Mitbewohnerin, fragen, ob sie die Wohnung einmal durchputzt. Sie nimmt zwölf Euro die Stunde. Natürlich schwarz. Aber nur, wenn es Ihnen recht ist.«

»Schon gut. Es ist mir sogar sehr recht.« Er griff nach dem Kugelschreiber, gab seine Daten ein und unterschrieb den Vertrag. Dann nahm Maxi Müller den Stift und unterschrieb ihrerseits.

»Und vergessen Sie nicht, Sie übernehmen die Katze.«

»Wo ist sie eigentlich?«

Die Frau mit den roten Haaren deutete auf einen Hocker, der unter einer mächtigen Yuccapalme stand.

»Sie liegt dort auf den Kissen und beobachtet uns.«

»Hat sie wieder mit Ihnen gesprochen?«, fragte er grinsend und blickte dabei auf die Plätzchen. Für einen Moment sah es so aus, als wenn sie auf seine Frage antworten wollte. Doch dann griff sie nach Steinböcks Vertrag und drückte ihn sich an die Brust.

»Ist das klar mit der Katze?«, fragte sie noch einmal eindringlich.

»Geht klar«, sagte er lächelnd und griff nach dem Vertrag.

»Soll ich sie gleich mitnehmen?«

»Sobald Sie eingezogen sind, kommt sie von selbst.«

»Woher wissen Sie das?«

Maxi Müller zuckte mit den Schultern. Dann stand sie auf.

»Hier sind Ihre Schlüssel. Ich bring Sie jetzt zur Tür.«

Steinböck rollte den Vertrag zusammen, steckte seinen Tabak in die Tasche und folgte ihr. Bevor sie die Tür hinter ihm schließen konnte, drehte er sich noch einmal um.

»Oskar Hacker – hatte er einen Computer?«

»Ja, so eine Art Koffer mit einem Käsegesicht drauf.« Steinböck sah sie zweifelnd an.

»Was meinen Sie mit Koffer?«

»Na ja so ein Teil, bei dem man den Bildschirm hoch

und runter klappen kann. Ich habe keine Ahnung von den Dingern und will es auch den Rest meines Lebens nicht mehr lernen.«

»Also einen Laptop«, stellte Steinböck fest.

»Von mir aus auch Laptop. Haben Sie ihn nicht gefunden?«

»Nein, offenbar hat ihn der Mörder mitgenommen.«

»Übrigens«, sagte Maxi Müller noch einmal ernst. »Die Katze – sie frisst nur Futter von Aldi.«

*

Zurück zu seiner Pension leistete sich Steinböck ein Taxi. Es war kurz nach 18 Uhr. Er packte seine beiden Koffer zusammen und beglich die Rechnung. Dann holte er seinen alten VW-Käfer aus der Tiefgarage und fuhr zu seiner neuen Wohnung. Dort stellte er das Gepäck ab und entschloss sich erst einmal, seine neue Umgebung zu erforschen. Der Münchner Süden war eine extrem teure Gegend, und ihm wurde immer klarer, was für ein gigantisches Schnäppchen er mit dem Abschluss des Mietvertrages gemacht hatte. Die Mietpreise in München waren seit Jahren die höchsten im ganzen Land, und das würde sich auch in absehbarer Zeit nicht ändern. Steinböck hatte einen kleinen Gasthof entdeckt und genehmigte sich einen vorzüglichen Schweinebraten. Schließlich beschloss er, in seine neue Wohnung zurückzukehren.

Von dem kleinen Blutfleck war nichts mehr zu sehen. Er inspizierte kurz das Schlafzimmer. Die Matratze sah

ordentlich aus. Er nahm sich vor, am nächsten Tag Bett-
zeug und dazugehörige Wäsche zu kaufen.

Steinböck entschloss sich dazu, die Nacht auf dem
Sofa zu verbringen. Er holte die Flasche Single-Malt-
Whisky aus dem Koffer, die ihm die Kollegen aus Starnberg zum Abschied geschenkt hatten. Er durchfors-
tete die Küche nach einem brauchbaren Glas. Hacker
pflegte offensichtlich einen sehr minimalistischen
Lebensstil. Außer einem zumindest sauberen Weinglas fand er nichts. Er nahm sich vor, in den nächsten Tagen bei Ikea vorbeizuschauen. Im Kühlschrank
entdeckte er eine verschlossene Flasche Mineralwasser
ohne Kohlensäure und mehrere Dosen Katzenfutter.
Das Wasser und das Glas nahm er mit ins Wohnzimmer. Er schaltete den Fernseher an und war überrascht,
dass die alte Kiste noch lief. Sogar die Fernbedienung
funktionierte. Steinböck öffnete andächtig die Flasche.
Ein 21 Jahre alter Lagavulin. Er wusste, dass die Flasche ein kleines Vermögen gekostet hatte, also goss er
sich nur einen Fingerbreit ein und gab etwas von dem
Wasser dazu. Trotzdem hatte er eine Stunde später ein
Drittel der Flasche leer getrunken.

Sein Blick schweifte durch das Wohnzimmer. Die
hohen Decken der Altbauwohnung erinnerten ihn an
seine Wohnung in Starnberg. 20 Jahre hatte es gedauert,
bis er die Wohnung abbezahlt hatte. Erst das Haus in
Pöcking, das er seiner Ex überlassen hatte, und jetzt die
Wohnung. Anfangs dachte Steinböck daran, täglich zu
pendeln, aber dann entschloss er sich doch, nach München zu ziehen. Also packte er zwei Koffer, schloss

die Wohnung ab, setzte sich in seinen Käfer und fuhr nach München. Seit drei Wochen war er nicht mehr dort gewesen. Ihm fehlte der See. Schließlich schlief er ein. Steinböck träumte vom Segeln auf dem Starnberger See, von seinem Büro, von seiner Arbeit. Plötzlich schwebte Ilona Hasleitner an ihm vorbei. Sie war nackt und nur mit einem durchsichtigen Vorhangstoff bekleidet. Sie winkte ihm zu und verschwand dann am Horizont. Von der Seite näherte sich eine weitere Gestalt, die ein langes rot-weißes Band in der Hand schwenkte. Aha, rhythmische Sportgymnastik, dachte er bei sich. Aber bald war ihm klar, dass es sich um Staller von der SpuSi handelte, dessen abgewickelte blutige Mullbinde wellenförmig hinter ihm her wehte. Aber Staller tanzte nicht. Sein Gesicht war furchtverzerrt. Er floh vor der übergroßen Katze, die ihn in eleganten Sprüngen in Zeitlupe verfolgte. Staller kam auf ihn zu und rief um Hilfe. Dicht vor ihm stürzte er. Die Katze sprang auf ihn und riss das Maul auf, als wenn sie den armen Kerl verschlingen wollte. Dann begann sie zu schnurren.

In diesem Moment öffnete Steinböck die Augen. Das Biest saß auf seiner Brust, den Kopf nur wenige Zentimeter von seinem Gesicht entfernt. Sie musterte ihn mit ihren bernsteinfarbenen Augen. Dann gähnte sie. Der Kommissar verzog angewidert das Gesicht.

»Mein Gott, du riechst wie ein Müllschlucker.«

Die Katze richtete sich auf, machte einen Buckel und streckte sich. Schließlich drehte sie sich um, zeigte Steinböck das Hinterteil und schlug noch mal ihren

Schwanz in sein Gesicht, bevor sie auf den Boden sprang. Erwartungsvoll blickte sie ihn an.

»Du hast Hunger?«, das war mehr eine Feststellung als eine Frage. Gleichzeitig stand Steinböck vom Sofa auf und schlurfte in die Küche. Er holte eine Dose aus dem Kühlschrank, füllte die Hälfte davon auf einen kleinen Teller und stellte diesen auf den Boden. Die Katze schaute ihn erwartungsvoll an.

»Was ist damit nicht in Ordnung?«, fragte er leicht entrüstet. »Hast du Durst?« Er durchsuchte den Küchenschrank. Dort fand er eine offene Schachtel mit Trockenfutter und einige Schälchen. Er füllte eines davon mit dem Futter, das andere mit Wasser und stellte sie ebenfalls auf den Boden.

»Bitte schön, Frau Merkel, Ihr Dinner«, sagte er sarkastisch und blickte höhnisch grinsend auf die Katze. Diese zuckte einige Male mit Hintern und Schwanz, was dem Kommissar einen aggressiven Eindruck vermittelte. Schließlich kauerte sie sich nieder und begann, vom Nassfutter zu fressen. Steinböck wandte sich zufrieden ab und nahm wieder seinen Platz auf dem Sofa ein. Er mixte sich einen neuen Drink, dann drehte er sich eine Zigarette. Anschließend schaltete er den Ton des Fernsehers stumm und stellte fest, dass *Joko und Klaas* eindeutig gewannen, wenn man sie nicht hören konnte. Wenige Minuten später kam die Katze aus der Küche, setzte sich ihm gegenüber auf den Sessel, betrachtete ihn kurz und begann dann sich zu putzen. Interessiert – und unter deutlichem Einfluss des Malt-Whisky – sah er ihr dabei zu. Schließlich klappten ihm trotz des faszinierenden Schauspiels die Augendeckel zu, und er driftete wieder ab in die Welt der nackten Ilona Hasleitner. Die Katze bemerkte, wie der Kopf des Kommissars nach unten kippte. Daraufhin hörte sie auf sich zu putzen und betrachtete ihn eindringlich.

»Mein Gott, jetzt hab ich einen Träumer gegen einen Säufer eingetauscht. Wenigstens trinkt er keinen Fusel wie der arme Kerl unter der Brücke. Zumindest bis jetzt noch nicht. Er hat mich doch vorhin tatsächlich ›Frau Merkel‹ genannt. Allein der Gedanke, ihr nur irgendwie ähnlich zu sehen, könnte einen ungeheuren Depressionsschub bei mir auslösen. Nur diese idiotische Maxi Müller konnte auf so eine saudumme Idee kommen. Eigentlich das beste Beispiel, wie schnell ein dummes, unüberlegtes Wort zu einer Katastrophe führen kann. Sollte sich der Name ›Frau Merkel‹ weiterverbreiten, werde ich ihre drei Marihuanapflanzen innerhalb von zwei Tagen zu Tode urinieren.

Hätte eigentlich nicht damit gerechnet, dass der Typ gleich einzieht. Andererseits, bei der Wohnungssituation hier in München würde es mich auch nicht wundern, wenn der eine oder andere Tod eines Singles ein verdeckter Mord wäre, um endlich wieder freie Wohnungen auf dem Markt zu schaffen. Eigentlich die geniale Idee für einen Krimi. Die einen klauen Gullydeckel, die anderen killen Singles.

Ob jemand nur Oskars Wohnung wollte? Wohl kaum. Bei unserer Späthippie-Vermieterin weißt du eh nicht, wen sie nehmen würde. Ihre Entscheidungen hängen sowieso nur davon ab, wie viele Marihuanaplätzchen sie intus hat. *Eigentlich konnte ich nie verstehen, was Oskar an ihr fand. Obwohl sie alle Voraussetzungen hat, etwas Besonderes zu sein. Sie ist eine der wenigen, die mich hören kann. Aber sie fürchtet sich davor. Oskar hatte diese Gabe nicht. Schade, aber das hätte ihn auch nicht davor bewahrt, erschossen zu werden. Ich habe leider nichts davon mitbekommen. Aber ich werde den Mörder finden. Schließlich habe ich jetzt den Bullen, der den Fall bearbeitet, als Mitbewohner. Auch wenn er ein Säufer ist. Und wenn wir den Kerl haben, kann ich mich immer noch mit einem der Singlemörder in Verbindung setzen.«*

DIENSTAG

Steinböck erwachte gegen sieben Uhr morgens mit schrecklichen Kopfschmerzen auf dem Sofa. Irgendwann in der Nacht musste er die Hosen ausgezogen haben. Er betrachtete die Flasche mit dem sündhaft teuren Whisky. Sie war tatsächlich halb leer. Für einen kurzen Moment dachte er daran, einen kleinen Schluck zu nehmen. Er starrte auf seine Hände und stellte fest, dass er das Zittern noch kontrollieren konnte. Zufrieden griff er nach dem Schwarzen Krauser und drehte sich eine Zigarette. Nach zwei Zügen drückte er die Kippe angewidert aus und entschloss sich, erst einmal ausgiebig zu duschen. Die Dusche machte keinen besonders sauberen Eindruck, aber dafür war das Wasser heiß, und er bildete sich ein, dass er damit auf gewisse Weise die Wanne desinfizieren würde. Er drückte sich eine große Menge Zahnpasta auf die Bürste, stellte sich unter den warmen Strahl und versuchte, den ekelhaften Geschmack in seinem Mund wegzuputzen. Für einen Moment glaubte er, den Schatten der Katze vor der Duschwand zu sehen, aber als er die Tür zurückschob, konnte er nichts entdecken.

Steinböck entschloss sich, heute mit dem Wagen ins Kommissariat zu fahren, da er am Nachmittag noch Verschiedenes für die Wohnung besorgen wollte. Die

Katze hatte sich bisher noch nicht blicken lassen, so hinterließ er ihr einen gefüllten Napf mit Trockenfutter. Sein Stellplatz war hinter dem Haus, und als er in den Wagen steigen wollte, kam Maxi Müller aus ihrem Wintergarten und winkte ihm zu.

»Guten Morgen, Kommissar. Wann haben Sie heute Zeit, um Hackers Sachen zu packen?«, fragte sie. Maxi Müller merkte, dass er nicht bei der Sache war, und fuhr fort: »Wenn es Ihnen recht ist, packe ich die Sachen zusammen, und Sie tragen die Kisten heute Abend in den Keller. Aurelia kommt gegen zwölf Uhr und würde dann die Wohnung putzen.«

Steinböck hob erleichtert den Daumen.

»Perfekt, ich bezahl sie dann heute Abend.«

»In Ordnung«, sagte sie grinsend, wobei sie bemerkte, wie die Katze gerade hinter Steinböcks Rücken in dessen Auto sprang. »Wie geht es eigentlich Frau Merkel?«

Der Kommissar blickte sie etwas verständnislos an und stieg dann in seinen alten VW-Käfer.

»Bis heute Abend«, brummte er und fuhr langsam mit ein paar Fehlzündungen vom Hof.

*

Als Steinböck gegen 8.30 Uhr das Kommissariat erreichte, stellte er befriedigt fest, dass ihm nach seiner Beförderung zum Ersten Hauptkommissar wenigstens ein eigener Parkplatz zustand. Er stellte den Motor ab, und als er das Auto verlassen wollte, hörte er ein Schnurren, das er aufgrund seiner Kopfschmerzen nicht sofort zuordnen konnte. Er sah in den Rückspiegel und blickte in das Gesicht von Frau Merkel. Für einen kurzen Moment hatte er das Gefühl, dass die Katze heruntergezogene Mundwinkel hatte. Verstört schloss er kurz die Augen.

»Kruzifix, wie bist du hier reingekommen?«, fluchte er. »So eine Scheiße, was mach ich jetzt mit dir? Am liebsten würd ich dich im Auto lassen. Aber wie ich dich kenne, kackst du mir dann mit Fleiß auf den Fahrersitz. Aber ich kann dich auch nicht hier rausschmeißen, mitten in der Stadt. Und dass ich dich jetzt zurückfahre, das kannst du vergessen.«

Steinböck griff sich die Katze und schlug die Wagentür zu. Obwohl er sie ziemlich unsanft unter den Arm geklemmt hatte, schnurrte sie unaufhörlich weiter.

»Ich glaub, das hast du mit Absicht getan. Dafür werde ich dich ab jetzt Frau Merkel nennen. Ich weiß, dass du den Namen nicht magst.« Schlagartig hörte sie zu schnurren auf. Der Beamte an der Pforte grüßte freundlich, rief dann aber, als er die Katze in Steinböcks Armbeuge sah:

»Tiere sind im Kommissariat nicht erlaubt, Herr Hauptkommissar.«

»Das geht schon in Ordnung. Die Katze ist Augenzeuge eines Mordes und zur Vernehmung da. Außerdem muss sie ein Phantombild machen«, brummte er und ließ den Beamten einfach stehen. Endlich erreichte er sein Büro. Er öffnete die Tür und setzte die Katze unsanft auf den Boden.

»Morgen, Chef, Kaffee?«, fragte eine gut gelaunte Ilona Hasleitner. Steinböck sah sie verdutzt an. Es roch nach frisch gebrühtem Kaffee, und es dauerte einen Moment, bis er wieder klar denken konnte. Mein Gott, er hatte sich mit dem Whisky fast sämtliche Erinnerungen an den gestrigen Tag weggesoffen. Er blickte auf den zusätzlichen Schreibtisch und den zweiten Bildschirm. Auf dem Regal stand eine Kaffeemaschine, an die er sich beim besten Willen nicht erinnern konnte. Er deutete darauf.

»Haben wir so etwas hier auf Lager?«, fragte er die junge Polizistin.

»Die hab ich von daheim mitgebracht. Ist es dir nicht recht?«, fragte sie kleinlaut.

»Spinnst du, das ist eine super Idee. Wenn du jetzt noch eine Butterbrezen hättest, wär der Morgen gerettet.«

»Eine oder zwei?«

»Was meinst du?«

»Eine oder zwei Butterbrezen?«

Steinböck schaute sie verdattert an. Dann hob er die Hand und spreizte zwei Finger nach oben.

Hasleitner stand auf, goss ihm eine Tasse Kaffee ein und stellte sie vor ihm auf den Tisch. Dann sagte sie ernst.

»Sei ehrlich, Chef, du hast gestern gesoffen?« Der Kommissar schaute sie verblüfft an.

»Wie kommst du jetzt darauf?«

»Ich bin alleine bei meinem Vater aufgewachsen, weil die Mutter bald nach meiner Geburt gestorben ist. Er hat jeden Abend gesoffen, und du schaust heut genauso aus wie er jeden Morgen«, sagte sie traurig.

»Ich glaub nicht, dass dich das etwas angeht«, sagte er mürrisch. Ilona drehte sich um und ging mit hängenden Schultern zur Tür.

»Ich hol' jetzt die Butter aus dem Kühlschrank.«

Steinböck schaute verblüfft hinter ihr her. Eigentlich wollte er richtig wütend werden, schaffte es aber nicht. Diese empfindlichen Antennen hätte er der jungen Frau nicht zugetraut. Am meisten ärgerte er sich über sich selbst. Er blickte auf die Katze.

Sie sah ihn vorwurfsvoll an, und er war sich nicht sicher, ob sie nicht gerade *Arschloch* zu ihm gesagt hatte. Dann drehte sie sich um, sprang auf den Stuhl und von dort auf einen Stapel Akten, der auf dem Fensterbrett lag. Sie schaute aus dem Fenster und zeigte Steinböck ihren Hintern, wobei sich ihr Schwanz leicht zuckend hin und her bewegte.

»Frau Merkel«, äffte er in ihre Richtung. Das Zucken des Schwanzes wurde schlagartig stärker, aber sie ignorierte ihn weiterhin. Vorsichtig hob er die bis zum Rand gefüllte Kaffeetasse an die Lippen. Gerade als er trinken wollte, klopfte es. Genervt stellte er die Tasse zurück. Die Tür öffnete sich, und der Leiter des Kommissariats Paul Mögele betrat das Büro. Mögele war Anfang 40, kahlköpfig und trug ständig einen dieser hässlichen Trachtenanzüge. Aus irgendeinem Grund hatte er es geschafft, so jung bereits zum Leiter der Münchner Mordkommission aufzusteigen. Steinböck hatte ihn tatsächlich vor 20 Jahren mit ausgebildet. Schon damals hatte er die Münchner Eigenart, sich mit den meisten Kollegen zu duzen. Selbstverständlich duzte er Mögele weiter, auch wenn dieser versuchte, etwas Distanz zu schaffen, indem er Steinböck plötzlich siezte. »Gibt's schon was Neues zum gestrigen Mordfall?«, fragte er und ließ seinen Blick durchs Büro streifen.

»Mir sind dran. Ich warte noch auf die Untersuchung der KTU und des Pathologen.«

»Gut, ist gerade gekommen«, sagte er und hob einige Akten hoch. »Schauen Sie sich das an, und dann geben Sie mir bis Mittag einen vorläufigen Bericht.«

»Schon gut«, brummte Steinböck. Mögele legte die Akten auf den Tisch. Dann blickte er auf den zweiten Schreibtisch und die Kaffeemaschine.

»Kommen Sie mit der Ilona Hasleitner zurecht oder möchten Sie, dass ich mich nach jemand anderem umschaue?«

Steinböck blickte erschrocken auf.

»Wie kommst du jetzt da drauf? Die Ilona ist schon in Ordnung.«

»Umso besser. Ihr Partner kommt nämlich so schnell nicht. Er ist noch mal für sechs Wochen krankgeschrieben.«

»Was fehlt ihm denn?«

»Burn-out-Syndrom.«

»Ja, dann ist es besser, wenn er sich noch erholt«, sagte Steinböck zufrieden und überlegte ernsthaft, wie es möglich war, bei der Münchner Polizei einen Burn-out zu bekommen.

»Übrigens möchte ich das morgendliche Briefing jetzt jeden Tag durchführen. Das heißt, alle Teams treffen sich morgens um neun im Gruppenraum. Es schadet nichts, wenn die anderen auch einen Überblick über die Fälle ihrer Kollegen haben.«

»Des ist eine gute Idee«, knurrte er und starrte dabei stur auf seinen Kaffee.

»Ist das der Augenzeuge, der ein Phantombild machen soll?«, fragte Mögele grinsend, wobei er auf die Katze deutete. Der Kommissar schaute kurz auf Frau Merkel, die ihm noch immer den Hintern zudrehte und ihn sowie auch Mögele ignorierte.

»Genau«, sagte er und hob die Kaffeetasse erneut an den Mund, fest entschlossen, sie nicht mehr abzusetzen, bevor er nicht einen ordentlichen Schluck genommen hatte.

*

Gerade als Paul Mögele Steinböcks Büro verließ, kam ihm Hasleitner auf dem Gang entgegen. Schnell versteckte sie die Tüte mit den Brezen und die Butter hinter ihrem Rücken.

Der Amtsleiter blieb kurz stehen und sah die junge Frau an.

»Kommen Sie zurecht mit Ihrem neuen Chef?«

»Ja freilich«, antwortete sie erstaunt.

»Also dann passen Sie gut auf. Von dem Steinböck können Sie eine Menge lernen, auch wenn seine Methoden a bisserl seltsam sind.«

Ilona Hasleitner nickte stumm, dann verschwand sie im Büro. Sie ging zu ihrem Schreibtisch, holte ein Messer aus der Schublade und schnitt zwei Brezen auf, die sie dick mit Butter bestrich. Erst jetzt warf sie einen vorsichtigen Blick zu Steinböck hinüber, der in einen der Berichte vertieft war. Leise stand sie auf und stellte ihm einen Teller mit den Butterbrezen auf den Tisch.

»Wegen vorhin, des tut mir leid«, sagte sie leise.

Steinböck legte den Bericht beiseite, dann schaute er sie streng an.

»Du brauchst dich bei mir nicht zu entschuldigen. Außerdem hast du recht gehabt. Ich hab gestern gewaltig gesoffen, und jetzt brummt mir der Schädel.«

»Möchtest du eine Tablette?«

»Hast du etwa eine?«, fragte er. Sie nickte bejahend und grinste. Ilona holte ihre Handtasche hervor, kramte eine Zeit lang darin herum und brachte schließlich einen Streifen Aspirin zum Vorschein. Sie drückte eine heraus, blickte kurz zu ihm hinüber, sah seine beiden erhobenen Finger und drückte dann auch noch eine zweite auf den Tisch. Mit einem mitleidigen Blick legte sie sie auf den Teller neben die Brezen. Steinböck reichte ihr die Berichte, die Mögele gerade mitgebracht hatte.

»Hier, lies das durch, und dann sagst du mir, was drin steht.« Lachend fügte er hinzu: »Ilona, das könnte der Anfang einer wunderbaren Beziehung sein.«

»Aber nicht, wenn du so weitersäufst«, sagte sie streng und griff sich die Akten. Der Kommissar aß genüsslich die Brezen, und zum Schluss spülte er die beiden Aspirin mit dem letzten Schluck Kaffee runter. Er lehnte sich zurück an die Wand, blickte kurz zur Katze, die offensichtlich schlief, und beobachtete Ilona Hasleitner, die in die Berichte vertieft war.

Was für ein hübsches Gesicht, dachte er bei sich. Warum achtet das Mädel nicht mehr auf ihre Figur? Steinböck hatte Lust auf eine Zigarette, war aber zu faul, um vor die Tür zu gehen.

»Hat er dich geschlagen?«, fragte er leise.

Ilona las weiter in den Akten, und er hatte nicht den Eindruck, als ob sie ihn gehört hätte. Er musterte sie eindringlich.

»Ja«, sagte sie plötzlich, ohne aufzublicken.

»Oft?«

»Fast jeden Abend, wenn er besoffen war.«

Steinböck schwieg. Hasleitner starrte weiterhin auf den Bericht.

»War da sonst noch was?« Plötzlich herrschte eisige Stille.

Dann hob die junge Polizistin langsam den Kopf, die Augen voller Tränen.

»Ja, da war auch sonst noch was«, sagte sie mit zitternder Stimme und schaute ihren Chef traurig an. Steinböck spürte, wie ihm schlecht wurde. Er hatte sich in eine Situation hineinmanövriert, in der er im Moment nicht wusste, wie er weitermachen sollte. Und dann war sie wieder da, diese verdammte Katze, wieder genau im richtigen Augenblick. Sie sprang über beide Schreibtische zu Ilona Hasleitner und stupste laut schnurrend ihren Kopf in ihr tränennasses Gesicht.

»I glaub, die Katz mag mich«, schluchzte sie und lachte gleichzeitig dabei. »Ist des die Katze von gestern?«, fragte sie dann.

Er nickte und antwortete: »Ich hab mich schon

gewundert, warum du nichts gesagt hast, als ich sie heute Morgen mitgebracht habe.«

»Ich dachte, du wirst schon wissen, was du tust.« Sie wischte sich die Tränen aus dem Gesicht und kraulte der Katze den Kopf. »Wie heißt sie?«

»Angeblich nur Katze. Aber ich nenne sie Frau Merkel.«

Ilona Hasleitner sah die Katze an und spürte ihre Reaktion.

»Ich glaub, sie mag den Namen nicht. Ich werd sie Katze nennen. Warum ist sie hier?«

»Ich hab die Wohnung vom Hacker übernommen. Die Bedingung war, dass ich die Katze mit übernehme. Sie gehört sozusagen zum Mobiliar. Heute Morgen hat sie sich heimlich ins Auto geschlichen, und jetzt ist sie hier.«

Ilona stand auf, nahm ihr Sitzkissen, legte es aufs Fensterbrett und setzte die Katze darauf ab.

»Das Halsband, das ist nicht gut für die Katze. Es ist aus Leder.«

»Warum?«, fragte Steinböck erstaunt.

»Katzen schleichen gern durch Zäune oder Büsche, und dann kann es passieren, dass sie hängen bleiben und nicht mehr wegkommen. Wenn es elastisch ist, können sie den Kopf rausziehen. Bei dem hier könnte sie elendiglich umkommen. Ich mach ihr das ab.«

Er zuckte nur mit den Schultern. »Wenn du meinst«, sagte er.

Hasleitner nahm Frau Merkel das Halsband ab und ging zurück zu ihrem Schreibtisch. Sie setzte sich, klappte die Akten zu und sah den Kommissar gespannt an.

»Soll ich jetzt den Bericht für dich zusammenfassen?«

Steinböck nickte, schloss die Augen und lehnte sich zurück an die Wand.

»Also laut Spurensicherung ist die Balkontür nicht aufgebrochen worden. Entweder war sie offen, oder der Mörder kam durch die Eingangstür und hat sie dann geöffnet. Keinerlei Spuren von einem Einbruch. Dann hat Hacker den Mörder wohl hereingelassen und somit auch gekannt. Dafür spricht, dass es keine Abwehrspuren gibt. Das Opfer wurde vermutlich aus etwa einem Meter Entfernung getroffen. Es sieht so aus, als wäre nix gestohlen worden, also kein Raubmord.«

Steinböck unterbrach sie.

»Übrigens, Maxi Müller meinte, Hacker hatte einen Laptop. Sonst irgendwelche Briefe oder ein Notizbuch?«

»Nein, nichts, nur ein paar Mahnungen für die Stromrechnung. Er war nicht mal krankenversichert.«

»Todeszeitpunkt?«

»Sonntagabend zwischen 18 und 20 Uhr.

»Fingerabdrücke?«, fragte der Kommissar, ohne die Augen zu öffnen.

»Eine ganze Menge. Die meisten von Hacker selbst und Maxi Müller. Alle anderen sind nicht registriert. Bis auf diejenigen, die auf dem Schachbrett und den Figuren gefunden wurden. Ein gewisser Klaus Görschi. Geboren 1960 in Potsdam. Vorbestraft 1984 wegen Einbruchs in Berlin. Dort hat er auch zwei Jahre abgesessen. Von da an verliert sich seine Spur. Ich werde gleich noch im Netz recherchieren. Und nun der Bericht des Pathologen: Todesursache war eindeutig die Kugel in den Kopf, Kaliber 22. Deshalb ist die Kugel auch nicht wieder ausgetreten. Bericht von der Ballistik liegt noch nicht vor. Und jetzt wird's interessant. Im Körper wurden Spuren einer unbekannten Glykosid-Verbindung gefunden. Es könnte sich dabei um ein Medikament handeln. Klessel möchte noch genauere Untersuchungen anstellen und sich dann bei dir melden.«

Sie sah ihn erwartungsvoll an.

»Hab ich etwas vergessen?«

»Sehr gut«, brummte Steinböck, »trotzdem haben wir nichts. Wir müssen diesen Klaus Görschi finden. Er war in der Wohnung, und wenn er mit Hacker Schach gespielt hat, dann muss er ihn auch gekannt haben.«

»War der Bericht so in Ordnung?«, fragte Ilona noch mal nach, wobei sie das Halsband der Katze nervös durch die Finger gleiten ließ.

»Wie gesagt, sehr gut«, sagte er jetzt etwas freundlicher. »Du kannst jetzt auch aufhören, deinen Rosenkranz zu beten.«

Verwirrt schaute sie auf das Halsband, dann stutzte sie.

»Da steht was drin.«

»Wo?«

»Auf der Innenseite von dem Halsband. Mit Kugelschreiber geschrieben. Das ist eine Internetadresse und ein Passwort«, rief sie aufgeregt. Sie zog die Tastatur heran und tippte die Adresse ein.

»Das ist eine Datei bei Dropbox.«

»Was soll das heißen?«

»Das ist ein Server, auf den du persönliche Dateien abspeichern kannst. Da haben wir es. Das ist offensichtlich Hackers neues Buch. Ich werd es für dich ausdrucken.«

Steinböck stand auf und stellte sich vor sie hin.

»Ilona, du hast das Zeug zum Ermittler. Du solltest den Streifendienst vergessen«, sagte er. Dann ging er zum Drucker, der bereits die ersten Blätter ausspuckte.

»Glaubst du das wirklich oder sagst du das nur so?«

»Das ist mein voller Ernst, denk drüber nach«, murmelte er, wobei er bereits die ersten Blätter überflog. »Wie viele Seiten sind das?«

»83 Seiten«, sagte Ilona.

»Gut, ich geh jetzt mal zu Klessel in die Pathologie. Druck das Ganze am besten auch für dich aus. Lies es durch und mach dir Notizen. Und schau, ob du etwas über diesen Klaus Görschi herausfindest. Kann ich dir die Katze dalassen?«

»Warum nicht, wann kommst du wieder?«

»Hängt von Klessel ab. Aber ich denke, es wird nicht lange dauern.«

»Kannst du Katzenfutter mitbringen?«

Steinböck schaute auf die Katze, dann nickte er.

»Werd sehen, ob ich etwas bekomme.«

Nachdem er das Büro verlassen hatte, erhob sich die Katze, machte einen Buckel, gab einen undefinierbaren Laut von sich und drückte mit der Pfote gegen die Scheibe.

»Du musst raus?«, fragte Hasleitner, stand auf und

öffnete das Fenster. »Ich hoffe, du kommst zurück, sonst bekomm ich Ärger mit dem Alten.«

Die Katze spazierte gemächlich auf dem Sims entlang, sprang geschmeidig auf das benachbarte Blechdach und von dort auf den Hof. Ilona blickte ihr kurz nach und wurde dann vom Piepsen des Druckers aufgeschreckt, dessen Papiervorrat zu Ende war.

*

Ilona Hasleitner brauchte nur zehn Minuten, dann hatte sie eine Spur von Görschi gefunden. In ein Wohnheim für Nichtsesshafte in der Rosenheimer Straße kam Klaus Görschi regelmäßig zum Duschen. Nach einem kurzen Telefongespräch mit dem zuständigen Sozialarbeiter erfuhr sie, dass Görschis Schlafplatz unter der Wittelsbacher Brücke sei. Sie rief Steinböck an, und der bat sie, einen Streifenwagen dorthin zu schicken, um Görschi ins Büro zu holen. Dann machte sie sich daran, Oskar Hackers Aufzeichnungen zu studieren.

In diesem Moment klopfte es an der Tür. Ein Mann mit Lederhandschuhen, die bis über die Ellenbogen reichten, und Staller von der SpuSi, den Arm in der Schlinge mit dick bandagierter Hand, betraten das Büro.

»Wo ist sie?«, rief Staller schrill.

»Grüß Gott erst mal«, sagte Hasleitner und starrte die beiden entgeistert an. »Wo ist wer?«

»Na die tollwütige Katze. Sie muss eingeschläfert und untersucht werden.«

»Wer sind Sie eigentlich?«, fragte die junge Polizistin.

»Baumgartel, ich bin der Amtstierarzt. Es wurde eine tollwütige Katze gemeldet.«

»Sagen Sie mal, Staller, sind Sie nicht krankgeschrieben?«

»Bin ich auch, aber die Kollegen haben mich informiert, dass die Katze da wäre, und da bin ich natürlich sofort gekommen.«

»Und dann kommen Sie hier einfach ins Kommissariat, obwohl Sie Tollwut haben? Ist das nicht gefährlich für uns?«, fragte Hasleitner mit treudoofem Blick den Amtstierarzt.

»Es ist nicht gesagt, dass der Herr Staller Tollwut hat. Bisher gibt es noch keine Anzeichen dafür.«

»Ach so«, sagte sie scheinheilig. »Er ist noch normal.«

»Ich bin in großer Gefahr, wenn das Vieh Tollwut hat. Also wo ist die Scheißkatze?«, schrie Staller. Ilona Hasleitner, die die ganze Zeit das Fenster im Blick hatte, sagte: »Also hier ist keine Katze. Sie können gern das ganze Büro durchsuchen. Ist ja nicht groß. Ich warte inzwischen auf dem Gang.«

Wenige Minuten später kamen die beiden aus dem Büro.

»Und haben Sie die Katze gefunden?«

Staller drängte sich nur wütend an ihr vorbei, wobei er einige Flüche vor sich hinmurmelte. Baumgartel dagegen reichte ihr seine Visitenkarte.

»Sie wissen, dass Sie als Beamtin dazu verpflichtet sind, uns umgehend zu informieren, wenn die Katze wieder auftaucht«, sagte er ernst. Ilona nahm die Karte in die Hand und nickte andächtig.

Nur gut, dass ich noch nicht verbeamtet bin, dachte sie grinsend.

*

Klaus Görschi fühlte sich an diesem Morgen ausgesprochen beschissen. Er hatte schon mehrere Male gekotzt, und er beschloss, die Sache zu beenden. Ihm war klar, dass er nur einen Teil des Geldes bekommen würde. Aber wozu sollte er sich jetzt noch mit Peanuts begnügen. Er lächelte gequält und schlüpfte aus dem Schlafsack. Die anderen waren längst weg, und er hatte dem Italiener für heute seinen Platz vor dem Rathaus überlassen. Es war eine gute Gruppe, die hier unter der Wittelsbacher Brücke lebte. Die meisten von ihnen zählten sich zu den Berbern. Obwohl jeder genug damit zu tun hatte, sich um sein eigenes Leben zu kümmern, war da doch eine Gemeinschaft entstanden, die vielen das Leben auf der Straße erstrebenswerter erscheinen ließ als eine sogenannte Wiedereingliederung in die Gesellschaft. Bedächtig rollte er seinen Schlafsack zusammen. Wieder stieg Übelkeit in ihm auf. Das war nicht der erste Medikamentenversuch, an dem er teilgenommen hatte. Im Grunde genommen verdiente er sich seit 25 Jahren sein Geld damit. Das Honorar, so wie sie es nannten, reichte oft, um ein Jahr auf der Straße leben zu können. Bis auf das erste Mal hatte er es immer freiwillig gemacht. Das war noch vor der Wende in Hohenschönhausen. Er saß damals wegen Einbruchs drei Jahre ein. Dabei hatte er nur die Tür seines Nachbarn eingetreten, als er erfahren hatte, dass dieser als Spitzel für die Stasi arbeitete und mehr als die Hälfte der Hausbewohner abgehört hatte. Er zerlegte mit einem Baseballschläger die gesamte Abhöranlage. Er musste grinsen, als er daran dachte, dass der Staatsanwalt die Tatwaffe ein imperialistisches Sportgerät genannt hatte. Niemand hatte sie gefragt, ob sie an dem Medikamentenversuch teilnehmen wollten, der von einem westdeutschen Pharmakonzern durchgeführt wurde. Im Gegenteil, man machte ihnen vor, dass ihre Gruppe bevorzugt mit Vitaminpräparaten versorgt würde. Was für ein Hohn. Er erinnerte sich an die ewig grinsenden Westvertreter von Bepal Pharm und ihre Namensschilder. Es gab nur drei Namen: Müller, Huber und Meier. Dafür variierte wenigstens die Schreibweise von Meier. Selbst ihre Kittel waren weißer als die des Ostpersonals.

»Hallo, Görschi«, sagte eine leise Stimme.

Überrascht drehte er sich um.

»Was machst du denn hier in meiner bescheidenen Hütte? Ich wäre heute sowieso vorbeigekommen«, sagte er grinsend und zog dabei den Gürtel um den zusammengerollten Schlafsack fest.

»Du hast es also noch nicht gehört?«, fragte der Mörder.

»Was soll ich gehört haben?«

»Oskar Hacker ist tot.«

»Oskar ist tot?«, stammelte er. »Was ist passiert? Etwa ein Unfall?«

»Nein, er wurde erschossen.«

»Aber, wer sollte Oskar erschießen?«

»Na, ich zum Beispiel«, flüsterte der Mörder, hob seine Waffe an Klaus Görschis Schläfe und drückte ab.

*

Die Katze war zurückgekommen und hatte es sich wieder auf der Fensterbank bequem gemacht. Nachdenklich beobachtete sie Ilona Hasleitner, die konzentriert Hackers Aufzeichnungen las und zwischendurch immer wieder Notizen auf einem Blatt Papier machte.

Die Kleine hatte mir eine Schale mit Wasser hingestellt, was eindeutig darauf hinweist, dass sie Verstand hat. Trotzdem hatte Steinböck recht, als er dachte, sie sei zu fett. Aber vielleicht liegt es daran, dass sie unglücklich ist. Und dann dieser Vollidiot von Staller, der mir eben auf dem Hof begegnet ist. ›Genauso sah sie aus. Vielleicht ist sie es sogar. Wir müssen sie fangen und töten‹, hatte er gerufen. ›Verdammt, Staller, wir können nicht alle schwarzen Katzen in München töten‹, hatte der Mann mit den Lederhandschuhen geantwortet. ›Aber wenn ich jetzt Tollwut bekomme‹, hatte Staller gewimmert. Die Situation hatte sich eindeutig verschärft. In puncto Tollwut war mit den Menschen nicht zu spaßen, obwohl ein Großteil von ihnen auch ohne Infektion deutliche Symptome dieser Krankheit zeigte. Offensichtlich haben sie Oskars Aufzeichnungen gefunden. Verdammt, der miese Kerl fehlt mir. Obwohl er mich immer ›schwarzes Sackgesicht‹ genannt hat. Auf jeden Fall besser als Frau Merkel. Hoffentlich trägt das Ganze dazu bei, seinen Mörder zu finden.«

Noch während die Katze resümierte, klingelte das Telefon.

Steinböck teilte Hasleitner mit, dass er eine weitere Kopie von Hackers Aufzeichnungen brauchte. Er hatte seine Thomas Klessel überlassen. Außerdem war er bereits unterwegs zu Ikea, wollte aber auf jeden Fall am Nachmittag vorbeikommen.

»Das möchte ich auch hoffen«, sagte sie verstimmt. »Und was ist mit der Katze? Der Amtstierarzt und Staller waren hier, um sie einzuschläfern. … Nein, natürlich nicht. Sie war gerade draußen. Und Mögele war auch da. Er wartet auf deinen Bericht. Gut, ich werde es ausrichten. Also bis später.«

Sie legte den Hörer auf, dann wandte sie sich der Katze zu.

»Er ist zu Ikea gefahren und kommt erst später. Ich werde schnell mal eine Packung Katzenfutter besorgen. Bleib hier, ich bin gleich zurück«, murmelte sie.

»*Das von Aldi*«, dachte die Katze.

»Steinböck hat gesagt, du magst nur Aldifutter. Ich hoffe, das stimmt.«

*

Es war bereits nach 16 Uhr, als Steinböck endlich ins Büro zurückkam.

»Tut mir leid, Ilona, dass es so spät geworden ist, aber ich hab das ganze Zeug von Ikea daheim abgeliefert. Das Auto war so voll, dass die fette Katze sowieso nicht mehr ins Auto gepasst hätte«, sagte er grinsend und deutete dabei auf Frau Merkel, die auf dem Fensterbrett saß und ihn neugierig ansah.

»Du bist gerade dabei, deinen letzten Kredit zu verspielen. Außerdem sieh dich doch mal an. Dich würde doch jede Internet-Partnervermittlung ablehnen, wenn du erst einmal dein Foto eingescannt hättest.«

»Du solltest nicht so schlecht über Frau Merkel sprechen«, sagte Ilona Hasleitner.

»Warum, kannst du sie etwa auch verstehen? Hat sie sich bei dir beschwert?«, fragte er grinsend.

Hasleitner sah ihn so verdutzt an und grunzte dabei, dass Steinböck laut lachen musste.

»Na ja, Maxi Müller hatte angedeutet, dass die Katze mit ihr reden würde oder so etwas Ähnliches. Hängt aber vermutlich mit ihren Haschischplätzchen zusammen.«

»Nimmt sie etwa Rauschgift?«

»Ach was, vergiss es. Sie hat drei Marihuana-Topfpflanzen in ihrem Wintergarten und backt sich davon ab und zu ein paar Plätzchen. Wir sind hier bei der Mordkommission und können die Durchsetzung der staatlichen bayrischen Haschisch-Neurose den Kollegen vom Drogendezernat überlassen.«

»Das ist aber nicht die offizielle Anschauung.«

»Ach scheiß drauf«, sagte er wütend und fuhr dann fort:

»Was hast du über Hackers Aufzeichnungen herausgefunden?«

»Also«, murmelte sie und suchte dabei einige Blätter auf ihrem Schreibtisch zusammen. »Bei Hacker geht es in seinem Bericht um unerlaubte Medikamententests an Menschen, und zwar im frühen Forschungsstadium. Noch lange, bevor solche Versuche vom Bundesinstitut für Arzneimittel und Medizinprodukte (BfArM) zugelassen wurden. Und hier handelt es sich speziell um die Firma Bepal Pharm, die in Martinsried ansässig ist. Offensichtlich hatte er Material über die letzten 25 Jahre zusammengetragen. Das Ganze beginnt mit Versuchen, die Bepal Pharm bereits Mitte der 80er Jahre im gefürchteten DDR-Gefängnis Hohenschönhausen in Ost-Berlin durchgeführt haben soll. Das geht dann über die Jahre so weiter. Die Beweise sind etwas dünn. Ein paar Fotos und vor allem Aussagen von Probanden, die an den Versuchen teilgenommen haben sollen. Meist Obdachlose und Junkies. Also auch nicht gerade Zeugen, die besonders glaubwürdig sind. Aber sag mal, hast du dir Hackers Bericht noch nicht angesehen?«, fragte Ilona Hasleitner.

Steinböck schüttelte den Kopf und sagte:

»Ich hatte noch keine Zeit dafür. Und außerdem hab ich meine Kopie heut Morgen dem Klessel gegeben.« Für einen Moment fühlte er sich wie ein abgekanzelter Schulbub, entschloss sich dann aber, nichts dazu zu sagen.

»Außerdem weiß ich doch, wie gut du recherchieren kannst. Also was hast du sonst noch herausgefunden?«, schmeichelte er der jungen Polizistin.

»Ich glaube, Hacker wusste, wie schwach seine Beweise waren, deshalb hatte er sich wohl dazu entschlossen, selbst als Versuchskaninchen teilzunehmen«, fuhr sie stolz fort.

»Und außerdem brauchte er Geld.«

»Richtig, Chef. Und was hat jetzt Klessel festgestellt?«

»Hacker hatte eindeutig verschiedene Substanzen über einen längeren Zeitraum zu sich genommen, die sich keinem Medikament eindeutig zuweisen lassen. Um ganz genaue Resultate zu bekommen, müssen noch ausführlichere Untersuchungen gemacht werden, deren Auswertungen mindestens zwei Wochen dauern. Auf jeden Fall werden wir morgen nach Martinsried fahren und uns diese Firma einmal näher ansehen.«

»Wir? Soll das heißen, ich kann mitkommen?«, fragte Ilona Hasleitner aufgeregt.

»Selbstverständlich. Wir sind doch jetzt Partner.«

»Ich hab da noch etwas Wichtiges herausgefunden, Chef. Hacker hat offensichtlich heimlich Fotos gemacht. Eines zeigt ihn und einen Arzt, der ihn gerade untersucht und ihm auch Blut abnimmt.«

»Aber wir kennen den Arzt nicht?«

»Doch, ich hab ihn auf der Internetseite von Bepal Pharm gefunden. Dr. Stöckel, Leiter des Entwicklungslabors bei Bepal Pharm.«

»Ilona, du bist noch besser, als ich dachte.«

»Danke, Chef. Übrigens, bei diesem Klaus Görschi handelt es sich um einen Obdachlosen. Die Kollegen von der Streife suchen noch nach ihm.«

»Schön, dann werden wir jetzt nach Hause gehen.

Ich klemm meine Katze und Hackers Bericht unter den Arm, und dann geht's los. Was ist, Ilona, soll ich dich mitnehmen? Ich bin mit meinem Porsche da.«

»Gern«, sagte sie, »aber erst musst du zum Mögele. Der Oberchef wartet schon den ganzen Tag auf deinen Bericht. Außerdem hat er gesagt, wenn ich es nicht schaffe, dass du heute noch vorbeikommst, fahre ich ab morgen wieder Streife.«

Man konnte Steinböck ansehen, dass ihm der Besuch bei Mögele überhaupt nicht passte. Aber auf der anderen Seite wollte er Ilona keine Schwierigkeiten machen, obwohl er der festen Überzeugung war, dass Mögele sich nicht trauen würde, ihm die Hasleitnerin wegzunehmen. Er drückte Ilona die Katze in den Arm und sagte: »Gib mir fünf Minuten, dann bin ich wieder zurück.«

*

»Das soll ein Porsche sein?«, fragte Ilona den Kommissar etwas enttäuscht und deutete auf Steinböcks alten VW-Käfer.

»Na ja, so eine Art Volksporsche«, grinste er und öffnete die Fahrertür.

»Steig ein, die Tür ist nicht abgesperrt.«

Hasleitner zwängte sich mit der Katze im Arm auf den Beifahrersitz und versuchte, sich anzuschnallen.

»Ich krieg' den scheiß Gurt nicht zu. Ich glaub, ich fahr doch besser mit der Trambahn«, sagte sie.

»Ganz ruhig«, erwiderte er und drückte die Gurtschnalle in den Schließer. »Man braucht ein bisserl Geduld.«

Schließlich fuhren sie, von zwei Fehlzündungen begleitet, vom Hof.

»Das hört auf, wenn der Motor erst mal warm ist«, meinte Steinböck vorsorglich.

»Und was hat der Oberchef gesagt?«, fragte Hasleitner und ignorierte die dritte Fehlzündung.

»Gemeckert hat er halt, weil wir den Mörder noch nicht verhaftet haben.«

»Und was hat er über mich gesagt?«

»Wieso über dich? Über dich haben wir gar nicht gesprochen.«

»Ich mein, kann ich vorerst bei dir bleiben?«

»Auf jeden Fall«, sagte er beruhigend.

Ilona lehnte sich erleichtert zurück und schloss die Augen. Frau Merkel begann zu schnurren und rieb ihren Kopf an Hasleitners Kinn. Steinböck blickte kurz hinüber. Es sah so aus, als ob die Katze ihn wohlwollend ansah. Leise fluchte er vor sich hin und versuchte, sich auf die Straße zu konzentrieren. Warum zur Hölle wurde er das Gefühl nicht los, dass ihn das Vieh ständig beobachtete und in seinen Gedanken fischte? Was er jetzt nicht brauchen konnte, war, in eine Katzenneurose hineinzuschlittern. Er sah sich schon beim Polizeipsychologen. Mein Gott, Frau Merkel und Steinböck bei der Partnertherapie. Verdammt, er hatte doch nur eine halbe Flasche Whisky getrunken. Noch einmal schaute er zu der Katze hinüber, aber die hatte ihren Kopf zwischen Hasleitners Busen gesteckt und schien zu schlafen. In der Schellingstraße ließ er die junge Frau dann heraus. Er bot ihr an, sie am nächsten Morgen abzuholen. Erst wollte sie lieber die Straßenbahn nehmen, aber dann verabredeten sie sich doch um acht Uhr vor dem Haus.

*

Die Katze saß auf dem Schrank und beobachtete aus sicherer Höhe, wie Steinböck versuchte, das Billyregal zusammenzubauen.

»Ikea für Anfänger«, dachte sie. *»Wie kann man sich nur so einen Mist kaufen? Na ja, wird ja doch fast alles in China gefertigt. Andrerseits, wie soll man auch ordentlich Profit machen, wenn man nicht alle Möglichkeiten ausschöpft? Wen juckt das schon, wenn in Malaysia und Indonesien der Urwald gerodet wird, um gigantische Plantagen anzulegen. Die dann genügend Palmöl ergeben, um ein paar Hundert Millionen Kerzen für Ikea zu produzieren. Oder die etwa 70 Millionen Bäume aus der russischen Taiga, die für Ikea jährlich von Chinesen illegal geschlagen werden. Aber man hat ja als Katze doch relativ wenig Einfluss. Der Konzern hat es auf der anderen Seite auch nicht ganz leicht. All die DDR-Häftlinge, die in den 70er und 80er Jahren als billige Zwangsarbeiter für Ikea produziert haben, sind nach dieser unsinnigen Wiedervereinigung auch noch weggefallen. Es ist ja auch schwer, mit diesem schwedischen Flair weltweit Möbel zu verkaufen. Obwohl es ja kleine chinesische Mädchen gegeben haben soll, die ordentlich festgeknotet*

an langen Seilen um den geschälten Stamm einer sibiri-
schen Fichte herumtanzten und dabei St. Lucia sangen.
Natürlich nur ein Gerücht. Ebenso die Behauptung, dass
man ihnen die brennenden Kerzen, die sie auf dem Kopf
trugen, mit heißem Wachs angeklebt habe.«

Die Katze gähnte in Richtung Steinböck und zog
sich dann etwas zurück, als sie bemerkte, wie ihm zum
wiederholten Male der Inbus-Schlüssel abrutschte. Der
Kommissar fluchte. Immer wieder blickte er nach oben
und taxierte den Blick der Katze. Er war für ihn unde-
finierbar, und trotzdem spürte er, dass sie sich über ihn
amüsierte. Für einen kurzen Moment dachte er daran,
den Inbus nach ihr zu werfen. Dann schmiss er ihn doch
nur verärgert in die Ecke des Zimmers, als er bemerkte,
dass Frau Merkel sich bis zum hinteren Teil des Schrankes zurückgezogen hatte.

Er ließ sich aufs Sofa sinken, steckte sich eines der
neuen Kissen in den Rücken, drehte sich eine Zigarette
und zündete sie an. Verächtlich nahm er das Glas Wasser vom Tisch und blickte etwas sehnsüchtig nach der
Flasche Single Malt, die oben auf dem Schrank stand.
Als dicht daneben jedoch wieder das Gesicht der Katze
erschien, war ihm jegliche Lust am Whisky vergangen.

MITTWOCH

Am nächsten Morgen durchsuchte Steinböck den Rücksitz seines VW-Käfers gründlich. Erst als er sich absolut sicher war, dass sich die Katze nicht im Auto versteckt hatte, fuhr er, begleitet von den üblichen Fehlzündungen, vom Hof. Er hatte Frau Merkel den ganzen Morgen nicht gesehen. Steinböck erinnerte sich nur daran, dass sie irgendwann einmal während der Nacht mit nassen Pfoten über sein Gesicht gestapft war. Dummerweise konnte er sie nicht aussperren, da sich die Katzenklappe im Schlafzimmer befand. Inzwischen hatte sich die Einsicht bei ihm durchgesetzt, dass er sich viel zu viel mit dieser Katze beschäftigte.

Schließlich erreichte er die Schellingstraße 15 Minuten vor dem verabredeten Termin. Er parkte den Wagen in der Nähe des Hauses, an dem er Hasleitner am Abend zuvor abgesetzt hatte. Für einen Moment dachte er daran, sich eine Zigarette zu drehen und zu warten, aber dann entschloss er sich doch zu läuten. Sie wohnte offensichtlich im vierten Stock. Der Türöffner schnarrte, und plötzlich überkam Steinböck diese Anwandlung, er müsse etwas für seine Gesundheit tun. Er steckte den Tabak zurück in die Tasche, drückte die Tür auf und begann zügig im leichten Trab, die Treppen hinaufzusteigen. Spätestens im dritten Stock verfluchte er sein

Vorhaben. Er hielt an und versuchte, wieder zu Atem zu kommen.

Er lehnte sich auf das Geländer und blickte nach unten. Abgesehen davon, dass er sich elend und schwindlig fühlte, war er fest davon überzeugt, dass er überleben würde. Das letzte Stockwerk überbrückte er, indem er sich mit den Händen am Geländer entlang nach oben zog.

»Was wollen Sie?«, schnarrte ihm eine unfreundliche Stimme entgegen. Steinböck blickte auf, atmete noch zweimal tief durch.

»Ich möchte Ilona abholen.«

»Wer sind Sie?«, klang es ihm jetzt noch unfreundlicher entgegen. Steinböck spürte, wie seine Lebensgeister zurückkehrten, und er begann, sein Gegenüber eindringlich zu mustern. Nackte Füße in grünen Plastiksandalen, verdreckte Jeans und ein schmuddeliges Unterhemd aus weißem Schiesser-Feinripp, das sich um eine mächtige Bierkugel spannte. Das Ganze umgeben von einer Wolke aus abgestandenem Bier und Knoblauch. Der Kerl war um die 60, fast kahlköpfig, in seinem ungepflegten Bart und auf dem Hemd hingen Reste vom Frühstücksei.

»Mein Name ist Steinböck. Ich bin Ilonas Chef, und ich wollte sie zur Arbeit abholen«, sagte er und versuchte, freundlich zu wirken, was ihm jedoch ungeheuer schwerfiel.

»Des ist mir scheißegal, ob du Ilonas Chef bist. Auf jeden Fall wui ich dich hier nimma seng.«

Steinböck ballte die Fäuste und überlegte, ob er diesem Arschloch nicht ins Gesicht schlagen sollte, oder zumindest könnte er ihm kurzfristig Handschellen anlegen. Einen triftigen Grund dafür könnte er auch erfinden. In diesem Moment schob sich Ilona Hasleitner an dem Mann vorbei und sagte beschwichtigend.

»Ist schon gut, Papa. Ich muss jetzt zur Arbeit. Wir sehen uns heute Abend.« Dann eilte sie weiter, ergriff ihren Chef am Arm und zog ihn hinter sich her die Treppe hinunter.

»Ich wui den Scheißbullen hier nimma seng«, schrie Mr. Schiesser durchs Treppenhaus. Steinböck versuchte anzuhalten. Er wollte zurück, um diesen Choleriker fertigzumachen, aber Ilona sah ihn mit Tränen in den Augen an.

»Bitte!«, sagte sie flehend. Schließlich folgte er ihr widerwillig.

Als sie auf der Straße waren, lehnte er sich erst einmal gegen den Wagen und begann sich eine Zigarette zu drehen. Seine Hände zitterten, und er schaffte es einfach nicht, sie zu rollen. Wütend knüllte er Tabak und Papier zusammen und warf es auf den Gehsteig.

»Was für ein Arschloch. Wie hältst du das mit diesem Kerl eigentlich aus?«

»Mir bleibt gar nichts anderes übrig. Wie schwierig es ist, hier in München eine günstige Wohnung zu bekommen, brauch ich dir ja nicht zu erzählen.«

»Tut mir leid«, murmelte Steinböck. »Ich hätte unten warten sollen.«

»Zu spät«, sagte sie und blickte ängstlich nach oben auf die Fensterreihe ihrer Wohnung.

Der Kommissar machte einen neuen Anlauf, sich eine Zigarette zu drehen.

»In was für einer Stadt leben wir, wo alle nach Sicherheit und Schutz durch die Polizei rufen und auf der anderen Seite nicht fähig sind, ihnen bezahlbaren Wohnraum zur Verfügung zu stellen.«

»Glaubst du, es ist in anderen Großstädten besser?«, fragte Ilona naiv.

»Nein, natürlich nicht. Das ganze System stinkt. Es ist die Gier. Sie wird immer größer. Zum Teil müssen die Müllkutscher eine Dreiviertelstunde mit der S-Bahn fahren, nur um nachts unseren Müll wegzuräumen.«

»Warum bist du nicht Politiker geworden?«, fragte sie.

Steinböck sah Ilona böse an, dann zündete er sich die Zigarette an.

»Hast du so eine schlechte Meinung von mir?«

Hasleitner war sichtlich über Steinböcks letzten Satz verwirrt, entschloss sich aber, nicht weiter nachzufragen. Noch einmal warf sie einen Blick nach oben und glaubte ihren Vater hinter der Gardine zu entdecken.

Als sie das Kommissariat erreichten, wurden sie vom Beamten an der Pforte abgefangen.

»Herr Hauptkommissar, große Besprechung im *Stoiber-Zimmer*. Sie hat schon angefangen. Sie sollen gleich raufkommen, wenn Sie da sind, hat der Chef gesagt.«

Steinböck nickte und zog Ilona, die eigentlich ins Büro gehen wollte, hinter sich her.

»Nix da, du kommst mit. Wir sind jetzt ein Team. Hast du das schon vergessen?«

Als sie eintraten, wurde es kurz still. Etwa ein Dutzend Beamte in Zivil waren im Raum. Alle starrten auf Ilona Hasleitner. Es war nicht üblich, dass Polizeianwärter an Besprechungen teilnahmen. Einer der Männer sagte halblaut, aber für jeden deutlich hörbar: »Jetzt brauchen wir einen größeren Saal«, und spielte damit auf Hasleitners Figur an.

Kurzes Gelächter, dann wandten sich alle wieder dem Kollegen Singer von der Mordkommission zu, der auf einem Flipchart herummalte. Ilona spürte, wie Steinböck zu kochen anfing. Er wollte auf den Beamten zugehen, aber sie zog ihn am Ärmel zu zwei freien Stühlen auf der anderen Seite.

»Den kauf ich mir noch, den Witzbold«, murmelte er wütend.

Singer referierte gerade über die Fortschritte im Mordfall an einem jungen Stricher. Singer war etwa 1,90 Meter groß, Ende 40 und hatte es tatsächlich als waschechter Allgäuer in die Münchner Mordkommission geschafft.

»Also, so wie's auschsieht, hat ihn irgendoin Freier a drei Kilo schwere Bronze-Imitation von Da Vincis David übern Kopf zogen.«

»Also a Provisioneller?«, fragte Steinböck.

»Könn man o net sagen«, brummte Singer. »Der Sitte ist er jedenfalls no unbekannt.«

Wenige Minuten später war er damit fertig und übergab an Mögele. Der deckte ein neues Blatt auf und wandte sich dann wieder seinen Leuten zu.

»Nun zu unserem neuen Kollegen Hauptkommissar Steinböck. Wir sind wirklich froh, jetzt einen so erfahrenen Kriminaler in unseren Reihen zu haben. Er hat bereits den Mordfall Hacker übernommen, und solange der Kollege Müller noch in der Reha ist, steht ihm unsere Polizeianwärterin Ilona Hasleitner zur Seite.« Steinböck registrierte die verblüfften, teilweise ungläubigen Blicke.

»Vielleicht können S' uns einen kurzen Überblick über die bisherigen Ermittlungen geben?«

Steinböck stand langsam auf, blickte dann eindringlich in die Runde, so als ob er jeden Einzelnen gesondert dazu auffordern wollte, ihm auch gut zuzuhören. Was dann kam, war eher dürftig.

»Eigentlich gibt's nicht viel zu sagen. Bisher haben wir noch keine konkrete Spur. Das Opfer schrieb an einem Buch über Tests von noch nicht zugelassenen Medikamenten an Menschen. Wir haben das Manuskript von einer Dropbox aus dem Internet heruntergeladen.« Er wusste nicht, ob er das Ganze richtig erklärte, und blickte unsicher zu Hasleitner hinüber. Diese nickte zustimmend, und erleichtert fuhr er fort.

»Also bei dem Buch geht es um Medikamentenversuche, die vor der Wende von Westfirmen in Hohenschönhausen mit Gefangenen durchgeführt wurden. Darunter soll sich auch die Firma Bepal Pharm aus Martinsried befunden haben. Nachdem alle Aufzeichnungen aus Hackers Wohnung verschwunden sind, kann es gut sein, dass sein Tod damit zu tun hat. Ansonsten haben wir noch Fingerabdrücke von einem Klaus Görschi, einem Obdachlosen, gefunden, der vermutlich unter der Wittelsbacher Brücke lebt. Wir haben gestern einen Streifenwagen losgeschickt, um ihn zu finden. Bisher haben wir von denen aber noch keine Rückmeldung.«

»Der Görschi ist tot«, sagte ein junger Beamter aus der vorderen Reihe.

»Was heißt tot?«, fragte Steinböck verdutzt.

»Den haben wir gestern Abend unter der Wittelsbacher Brücke gefunden. Erschossen.«

»Haben ihn denn die Kollegen von der Streife nicht ausfindig machen können?«, mischte sich Mögele ein. »Welches Team hat den Einsatz gefahren?« Hasleitner hob zögernd die Hand. Mögele nickte ihr zu.

»Ich hab den Auftrag an den Einsatzleiter Mühlhuber weitergegeben. Der wollte sich darum kümmern.«

Mühlhuber entpuppte sich als derjenige, der sich vorhin über Ilonas Figur lustig gemacht hatte. Verärgert stand er auf.

»Ich hab keinen Streifenwagen losgeschickt. Ich hab dem Madel gesagt, ohne Bestätigung vom Steinböck kann ich das nicht machen. Wo kämen wir denn da hin, wenn jeder Polizeianwärter den Einsatz von Polizeistreifen bestimmen könnte?« Ilona wollte aufspringen, doch Steinböck drückte sie zurück in ihren Stuhl.

»Des is net wahr«, flüsterte sie.

»Und der Name des Ermordeten ist auch nicht über deinen Tisch gegangen?«, fragte Steinböck Mühlhuber. »Spätestens da hätte dir doch auffallen müssen, dass es derselbe Mann ist, nach dem wir fahnden. Dann wären die Kollegen«, und dabei deutete er auf den jungen Beamten, der den Mord bearbeitete, »doch gleich ganz anders an den Fall herangegangen und hätten uns verständigt.«

»Wie gesagt, ich hatte keine Bestätigung für den Auftrag, also ist er in den Papierkorb gewandert«, verteidigte sich Mühlhuber trotzig.

»Ich stell noch mal klar, die Ilona Hasleitner ist zurzeit meine Mitarbeiterin. Also haltet's euch dran.« Und jetzt verfiel Steinböck, der ungeheuer wütend war, so richtig in seinen bayerischen Dialekt.

»Und wenns ihr glaubt's, weil ich neu bin, könnt's ihr mir erst mal ans Knie pieseln, dann passt's auf, dass ich euch dabei ned aufn Zipfel steig.«

Dann stand er auf, deutete Hasleitner an, sitzen zu bleiben, und verließ den Raum.

15 Minuten später war das Briefing zu Ende, und alle verschwanden in ihren Büros. Steinböck, der vor der Tür gewartet hatte, fing den jungen Beamten, der Görschis Fall bearbeitet hatte, ab und verabredete sich mit ihm in einer halben Stunde in seinem Büro. Dann schnappte er sich Ilona und ging zu Mögele, der im *Stoiber-Zimmer* seine Papiere zusammenräumte.

»Tut mir leid wegen vorhin. Das ist sonst nicht meine Art. Aber besser am Anfang ein klares Wort als zu spät. Und jetzt zu dir, Ilona. Und sei ehrlich. Was hat der Mühlhuber zu dir gesagt?«

»Glauben S' mir«, und dabei sah sie den Mögele an. »Er hat kein Wort davon gesagt, dass ich eine Bestätigung brauche. Sonst hätt ich mich doch darum gekümmert.«

Mögele nickte.

»Ich glaub Ihnen das. Die ganze Sache passt zum Mühlhuber. Schließlich hätte er ja meine Stelle bekommen sollen. Das hat er bis heute noch nicht verkraftet.«

»Trotzdem würde der Görschi vermutlich noch leben, wenn Mühlhuber seinen Job anständig erledigt hätte«, brummte Steinböck.

Auf dem Weg zu seinem Büro schimpfte er weiter vor sich hin. Ilona machte ein paar schnelle Schritte, um ihn einzuholen. Sie hängte sich in seinen Arm ein und redete beruhigend auf ihn ein:

»Also Chef, ich mach dir jetzt eine Butterbreze und einen Kaffee, und dann schauen wir uns den Fall Görschi zusammen genauer an.«

Steinböck brummte etwas Unverständliches. Er hielt an und musterte Ilona. Für einen kurzen Augenblick überlegte er, wer hier eigentlich der Chef war, aber dann zuckte er nur mit den Schultern und folgte der jungen Frau, die einfach weitergegangen war.

Der junge Beamte, der Klaus Görschis Fall übernommen hatte, brachte die Unterlagen und gab einen kurzen Bericht über den aktuellen Stand der Ermittlungen ab. Auf jeden Fall war Görschi bereits tot gewesen, als Hasleitner nach ihm suchen lassen wollte. Nachdem er gegangen war, studierte Steinböck die Fotos und rief schließlich Thomas Klessel an.

»Hallo, Thomas, hast du Klaus Görschi schon unter dem Messer gehabt?«

»Du meinst den Obdachlosen, den sie unter der Wittelsbacher Brücke gefunden haben? Ist das jetzt dein Fall?«

»Genau, er ist ein Verdächtiger im Fall Hacker. Also weißt du schon etwas über ihn?«

»Ich bin gerade dabei. Auf jeden Fall war es kein Selbstmord. Keinerlei Schmauchspuren an seiner Hand. Warte mal, ich muss da noch etwas überprüfen.« Für einen Moment hörte der Kommissar nur undefinierbare Nebengeräusche, dann kehrte Kessel zurück.

»Er riecht aus dem Mund«, sagte er aufgeregt.

»So wie Hacker?«

»Genau, so wie Hacker.«

»Okay, gib mir Bescheid, wenn du Näheres weißt.«

Steinböck legte den Hörer auf, griff nach den Autoschlüsseln und sagte zu Ilona Hasleitner: »Auf geht's, es wird höchste Zeit, dass wir uns bei dieser Pharma-Firma umschauen. Wie hieß doch gleich der Arzt?«

»Du meinst Dr. Stöckel, den Leiter des Entwicklungslabors?«

»Genau den mein ich«, brummte Steinböck und schob Hasleitner durch die Tür.

∗

»Sag mal, Chef, hast du denn als Hauptkommissar keinen Anspruch auf einen eigenen Dienstwagen?«, fragte Hasleitner etwas spöttisch, als sie sich Steinböcks Käfer näherten. Bevor der wütend antworten konnte, rief jemand auf der anderen Straßenseite seinen Namen. Eine Frau Anfang 40 kam eilig herübergelaufen und wäre beinahe mit einem Fahrradkurier zusammengestoßen, der mit einem Affenzahn um die Ecke geradelt kam.

»Volldepp!«, rief dieser und wich der kleinen Frau mit einem gefährlichen Schwenker aus.

»Haben Sie das gesehen, Kommissar? Der Wahnsinnige hätte mich beinahe umgebracht«, sagte sie und stützte sich schwer atmend auf die Kühlerhaube des Käfers.

»Hätte er sie beinahe umgebracht?«, fragte Steinböck Hasleitner und lächelte jetzt spöttisch.

Ilona zögerte einen Moment und sagte dann ernst.

»Nicht wirklich, aber schnell war er schon.«

Steinböcks spöttisches Lächeln verschwand, und ihm war die Angst um seine Kühlerhaube anzumerken, als die Frau ihre in Steinböcks Augen mindestens 20 Kilo schwere Handtasche mit einem Knall auf die Haube seines 68er-Käfers wuchtete. Sie war etwa 1,60 Meter groß, trug eine runde Nickelbrille und hatte kurz geschnittene Haare, die sie mit etwas Gel zu einer Igelfrisur zurechtgemacht hatte. Bekleidet war sie mit in grellen Farben bedruckten Leggins, braunen Lederstiefeln und einem überlangen grauen Pullover.

Steinböck glaubte, diesen Harry Potter für Arme schon einmal gesehen zu haben.

»Kommissar Steinböck, vielleicht erinnern Sie sich an mich. Mein Name ist Sabine Husup vom Abend-Journal. Können Sie schon etwas Näheres zum Mord an Oskar Hacker sagen? Inwieweit hat eine schwarze tollwütige Katze mit diesem Mord zu tun?«

»Verdammt, woher wissen Sie das?«, fragte er mit gespielter Entrüstung und grinste dabei Hasleitner an. »Da muss es eine undichte Stelle im Kommissariat geben. Mich würde interessieren, wer da gequatscht hat.«

Sichtlich stolz antwortete die kleine Frau:

»Herr Kommissar, Sie wissen doch, ein guter Reporter gibt seine Informanten niemals preis. Also, was können Sie mir sagen?«

»Gar nichts, die Sache ist topsecret.«

»Soll das heißen, das Ganze geht bis in die höchsten Kreise? Promis oder Politik?«

»Von mir erfahren Sie nichts.«

»Herr Kommissar …«

»Herr Hauptkommissar«, unterbrach Ilona die Reporterin und deutete dabei auf ihren Chef. »Er ist jetzt Hauptkommissar.«

»Und wer sind Sie?«, fragte Sabine Husup genervt.

»Meine Assistentin, Ilona Hasleitner, Polizeianwärterin«, übernahm Steinböck die Frage, und man merkte ihm an, dass ihm die Situation sichtlich Vergnügen bereitete.

»Also Politik, Herr Hauptkommissar«, startete Husup einen neuen Versuchsballon. »Land oder Stadt?«, dabei steckte sie eine ihrer Visitenkarten in die Brusttasche seines Sakkos. Steinböck hob die Schultern und zog dabei den Kopf ein. Dabei stieß er einen undefinierbaren Laut aus.

»Mensch, Steinböck, nun sagen Sie schon etwas. Hat der Oberbürgermeister etwas damit zu tun?«

Der Kommissar zuckte zusammen:

»Ich habe nichts dazu zu sagen. Von mir erfahren Sie gar nichts.«

»Unser OB ist ja als ausgesprochener Katzenliebhaber bekannt«, warf Ilona nachdenklich ein.

»Mensch, Hasleitner, sind Sie verrückt? Ich hab Ihnen doch gesagt, kein Wort an die Presse. Los, steigen Sie ein!«

»Aha«, sagte Husup triumphierend. »Jetzt hätte ich nur noch gerne ein Foto von Ihnen beiden«, und hob dabei ihr Smartphone hoch.

»Nichts da«, rief Steinböck, hielt die Hand vors Gesicht, zwängte sich so schnell wie möglich ins Auto und fuhr los.

»Mensch, Chef, geht man bei der Polizei immer so mit der Presse um? Das war gemein, die hat das doch alles völlig falsch verstanden«, fragte Hasleitner irritiert, als sie versuchte, sich anzuschnallen.

»Dafür hast du aber gut mitgespielt. Außerdem war das nur eine kleine Rache für den letzten Artikel, den sie über mich geschrieben hat«, sagte er, während sich sein hämisches Grinsen noch verstärkte, als er im Rückspiegel sah, wie Sabine Husup beim Knall der Fehlzündung zusammenzuckte.

*

Endlich mal ein erfreulicher Anblick, dachte sich Steinböck, als er vor dem Empfangspult von Bepal Pharm stand und in die großen meergrünen Augen einer ungeheuer attraktiven Blondine blickte. Schließlich riss er seinen Blick von ihren Augen los und konzentrierte sich dann auf ihre Brüste, die in einem tiefen Dekolleté wunderbar zur Geltung kamen. Immer noch hielt er seinen Dienstausweis verkehrt herum in die Höhe. Der spitze Ellbogen von Ilona Hasleitner holte ihn etwas schmerzhaft zurück in die Realität.

»Womit kann ich Ihnen dienen, Herr Kommissar?« Und dann noch diese engelsgleiche Stimme. Steinböck drohte wieder abzugleiten, als ihn Ilona Hasleitner mit zwei Worten, die sie in ihrem Giesinger Straßensopran von sich gab, endgültig zurück auf den Boden brachte.

»Herr Hauptkommissar.«

»Oh Entschuldigung, Herr Hauptkommissar. Womit kann ich Ihnen dienen?«, säuselte sie noch mal, wobei sie Ilona wie Luft behandelte. Steinböck musste sich erst mehrere Male räuspern und studierte dabei das Namensschild, das sich auf ihrer Bluse dicht neben den Abgründen ihres Dekolletés befand. Dann krächzte er etwas unkontrolliert:

»Wir würden gerne mit Dr. Stöckel sprechen, Frau Schroeder.«

»Haben Sie denn einen Termin?«

»Nein, wir haben keinen Termin. Wir sind von der Polizei.«

»Wenn Sie keinen Termin haben, kann ich Sie leider nicht vorlassen. Vielleicht sollten wir gleich einen Termin für die nächste Woche ausmachen.«

Steinböck hatte das Gefühl, dass ihre Stimme gar nicht mehr so säuselte. Auch entdeckte er jetzt zwischen ihren Brüsten einige Falten und Altersflecken, die vorher noch nicht da gewesen zu sein schienen.

»Würden Sie bitte so freundlich sein und Dr. Stöckel

benachrichtigen, dass wir ihn jetzt sprechen wollen. Ansonsten möchte er sich noch heute im Kommissariat der Mordkommission München-Süd zur Befragung einfinden.«

Widerwillig nahm sie den Hörer ab und erklärte Stöckels Sekretärin den Sachverhalt. Steinböck starrte auf ihren Haaransatz und war sich nicht ganz sicher, ob da nicht schon etwas Grau durchschimmerte.

»Dr. Stöckel wird sofort bei Ihnen sein. Wenn Sie bitte dort im Foyer warten würden«, sagte sie mit jetzt eisiger Stimme.

Die beiden drehten sich wortlos um und gingen zu ein paar Designerplastikstühlen auf der anderen Seite. Steinböck betrachtete sie skeptisch. Ihre Füße verjüngten sich nach unten deutlich und hatten am Ende nur noch den Durchmesser einer Stricknadel.

»Ich setz mich da nicht rein«, sagte Ilona.

»Glaubst du nicht, dass da echter Stahl drin ist?«

»Die sind wahrscheinlich genau so unecht wie die Empfangsdame. Du hast sie ja schier aufgefressen mit deinen Augen. Falsche Nägel, geliftet, und an Silikonbusen hat sie auch gehabt.«

»Aber die Augen«, sagte Steinböck nachdenklich.

»Die waren auch falsch. Alles nur Kontaktlinsen. Kannst du dir heute beim Optiker in jeder Farbe kaufen.«

Der Kommissar war sichtlich desillusioniert. In diesem Moment kündigte ein kurzes Klingeln den Aufzug an. Die Tür öffnete sich, und heraus trat ein Mann im weißen Kittel um die 50. Vom Empfangspult flötete eine glockenhelle Stimme »Hallo, Dr. Stöckel«, die den Kommissar aber in keinster Weise mehr beeindruckte. Er flüsterte Ilona ins Ohr: »Du hörst nur zu.«

Der Mann kam mit federnden Schritten auf sie zu und drückte erst Hasleitner, dann Steinböck höflich die Hand.

»Wie kann ich Ihnen helfen, Herr Kommissar?«

Steinböck taxierte den Mann kurz, und ihm war klar, dass da ein eitler Fatzke vor ihm stand, der Probleme mit dem Älterwerden hatte. Seine Augenbrauen waren dunkel nachgezogen, und seine glatte Gesichtshaut spannte sich so, als ob man sie ihm gerade hinter den Ohren festgetackert hätte. Sein Gesicht schien unter der künstlichen Bräune blass, und seine Lippen zitterten leicht. Der Kommissar fischte drei Fotos aus seiner Sakkotasche. Er wählte zuerst das von Oskar Hacker aus und zeigte es Stöckel.

»Kennen Sie diesen Mann?«

Stöckel musterte das Bild lange, dann sagte er: »Nein, ich habe den Mann noch nie gesehen.«

»Sind Sie sich da sicher?«

»Absolut, ich habe ein ausgezeichnetes Personengedächtnis«, antwortete er leise.

»Und was ist mit diesem hier?«, fragte Steinböck und reichte ihm ein Bild von Klaus Görschi. Wieder dieses aufreizend lange Mustern.

»Nein, auch diesen Mann habe ich noch nie gesehen. Sind die beiden tot?«

»Ja, ermordet.«

»Und warum kommen Sie damit gerade zu mir?«

»Weil ich hier ein Foto habe, dass Sie eindeutig zusammen mit Oskar Hacker zeigt.«

Dr. Stöckel wurde blass, als ihm Steinböck das dritte Foto reichte, fing sich aber schnell wieder.

»Das sind ganz offensichtlich ich und dieser Hacker. Aber das muss ein einmaliger Kontakt gewesen sein, denn sonst könnte ich mich an diesen Mann erinnern.«

»Wissen Sie, wo dieses Bild aufgenommen wurde?«

»Das kann ich Ihnen nicht sagen.«

»Ist es nicht so, dass Sie neue Medikamente an Menschen ausprobieren?«

»Natürlich, das ist mein Job. Aber dieser Mann war sicherlich keiner unserer Probanden, denn sonst würde ich ihn kennen.«

»Und wie kommt er dann zusammen mit Ihnen auf dieses Foto?«, fragte Ilona Hasleitner dazwischen. Steinböck blickte sie aufmunternd an.

»Glauben Sie mir, ich kenne diesen Mann nicht. Aber ich halte regelmäßig kostenlose Sprechstunden für Obdachlose ab. Vielleicht ist das Foto ja dabei entstanden.«

»Und wo findet diese Sprechstunde statt? Hier im Haus?«, fragte sie weiter.

»Wo denken Sie hin. Nein, natürlich nicht. Immer bei den verschiedenen Sozialstationen.«

»Wie kommt es dann, dass Hacker in seinen Aufzeichnungen davon berichtet, dass ihm hier im Institut regelmäßig Blut abgenommen wurde?«

»Das ist absurd. Um was für Aufzeichnungen soll es sich denn dabei handeln?«

»Herr Dr. Stöckel, die Fragen stellen wir«, antwortete Hasleitner mit kalter Stimme. »Also wie ist das mit Ihren offiziellen Versuchsreihen, werden die Probanden dabei auch außerhalb untersucht?«, dabei tippelte sie von einem Fuß auf den anderen.

»Nein, natürlich nicht, das findet alles unter Aufsicht hier im Hause statt. Und wie gesagt, ich kenne alle unsere Probanden. Und ich habe weder diesen Herrn Hacker noch Herrn Görschi je gesehen.«

»Wo waren Sie am Sonntagabend zwischen 18 und 20 Uhr?«, mischte sich jetzt Steinböck wieder ins Gespräch ein, wobei er die offensichtlich nicht nur vor Aufregung schier platzende Ilona Hasleitner unsanft zur Seite schob und sie dadurch unmissverständlich zum Schweigen brachte.

»Da war ich zu Hause.«

»Gibt es dafür Zeugen?«

»Nein, meine Frau kam erst gegen 20 Uhr nach Hause. Aber da war ich bereits wieder weg. Ich wollte ins Kino. Der neue Woody-Allen-Film. Na Sie wissen schon. Übrigens, als ich gegen 19 Uhr aus dem Haus ging, habe ich kurz meinem Nachbarn zugewinkt. Ich bin sicher, er kann sich an mich erinnern. Übrigens, um 22 Uhr war ich wieder daheim.«

»Wo wohnen Sie?«

»Na, hier in Martinsried.«

»Und heute Morgen zwischen acht und zehn Uhr?«

»Da war ich im Labor. Ich fange jeden Morgen um acht Uhr an. Frau Schroeder kann das bestätigen. Ich hole jeden Tag die Post bei ihr ab.«

»Und im Labor, gibt es da noch einen Mitarbeiter, der Ihre Anwesenheit bestätigen kann?«

»Nein, am Vormittag war ich alleine. Aber halt, ich habe mehrere Male telefoniert. Kann man nicht feststellen, wann die Gespräche geführt wurden?«

»Ihre Telefonnummer?«

»Tut mir leid, ich weiß sie leider nicht auswendig, aber Frau Schroeder am Empfang kann Ihnen die Nummer sicherlich geben.«

»Na gut, Herr Dr. Stöckel. Das war vorerst alles. Halten Sie sich bitte zu unserer Verfügung«, sagte Steinböck und beendete in Hasleitners Augen das Gespräch zu abrupt.

Sie besorgten sich bei der alternden Barbiepuppe die Telefonnummer und ließen sich bestätigen, dass Stöckel heute Morgen tatsächlich um acht Uhr zur Arbeit erschienen war. Als die Frequenz von Hasleitners Getrippel immer mehr zunahm, wurde Steinböck klar, dass sie dringend für kleine Mädchen musste. Er blickte sie mitleidig an, und dann erkundigte er sich nach dem WC.

»Die Besuchertoilette ist am Ende des Gangs. Sie können dann gleich den Hinterausgang benutzen. Der führt direkt auf den Parkplatz. Sie sind doch mit dem Auto da?«, fragte sie spöttisch.

»Kein Problem, ich bestell unseren Chauffeur zum Hinterausgang«, knurrte der Kommissar und zog Hasleitner hinter sich her.

»Mensch, Chef, warum hast du ihn nicht darauf festgenagelt?«

»Worauf?«, stellte sich Steinböck dumm.

»Na ja, woher kannte er Görschis Namen?«

»Ich möchte mir den Kerl aufs Präsidium holen. Dazu brauch ich aber noch mehr Informationen. Vor allem über die Telefonverbindungen, und ich brauch' die Aussage des Nachbarn.«

»Tut mir leid, dass ich mich eingemischt habe«, sagte Ilona.

»Oh, du warst gut. Du wirst noch mal ein richtiges Tier. Nur deine Blase solltest du besser unter Kontrolle haben. Man jagt keinem Angst und Respekt ein, wenn man wie ein Pinguin von einem Bein aufs andere hüpft«, sagte er. In diesem Moment war die junge Polizistin schon hinter der Toilettentür verschwunden, und Steinböck entschloss sich, zum Auto zu gehen. Keine zehn Minuten später öffnete Hasleitner die Käfertür und ließ sich auf den Beifahrersitz plumpsen. Aufgeregt klappte sie ihr Smartphone auf und reichte es dem Kommissar.

»Schau dir das an, Chef«, sagte sie und grinste dabei selbstzufrieden.

Steinböck starrte auf das Foto.

»Wo hast du das her?«, fragte er und kramte die Fotos aus der Sakkotasche.

»Die Toilette hat einen gesonderten Zugang zu einem Behandlungsraum. Die Tür war offen. Und was hängt da an der Wand?«

»Das ist eindeutig die gleiche afrikanische Holzmaske wie auf dem Foto von Hacker und Stöckel. Du lädst den Kerl für morgen vor. Dann haben wir auch die Daten von der Telefongesellschaft. Ilona, das war klasse.«

Sie lehnte sich stolz zurück, und dieses Mal bekam sie den verdammten Gurt sogar beim ersten Mal ins Schloss.

*

Maxi Müller staunte nicht schlecht, als sie sah, wer da alles vor ihrer Wohnungstür stand. Den mit dem verbundenen Arm hatte sie schon mal gesehen, aber den anderen mit den Lederhandschuhen, die bis über die Ellenbogen reichten, kannte sie noch nicht. Als sie dann aber die beiden uniformierten Beamten sah, sank ihre Stimmung gegen null.

»Bitte?«, fragte sie kurz angebunden.

»Sind Sie Frau Müller, die Hausbesitzerin?«, fragte der mit den Lederhandschuhen.

»Und wer will das wissen?«

»Oh Verzeihung, mein Name ist Baumgartel. Ich bin der Amtstierarzt. Wir suchen die schwarze Katze, die im Besitz Ihres Mieters Hacker bis zu dessen bedauerlichem Ableben war.«

»Und was habe ich damit zu tun?«

»Na ja, die Katze könnte Tollwut haben, und nachdem sie Herrn Staller verletzt hat, müssen wir sie untersuchen. Sie sind doch die Besitzerin dieses Hauses. Also müssten Sie auch einen Schlüssel für die Wohnung haben.«

»Die Wohnung ist wieder vermietet. Ich kann Sie da nicht ohne Weiteres hineinlassen. Oder haben Sie einen Durchsuchungsbefehl?«

»Sie meinen einen Hausdurchsuchungsbeschluss?«

»Mein Gott, was für ein Korinthenkacker. Sie könnten Anwalt sein.« Jetzt mischte sich Staller ein. Er gestikulierte mit seinem verbundenen Arm.

»Das kann doch gar nicht sein, dass die Wohnung vermietet ist. Hackers Leiche wurde doch erst vorgestern gefunden.«

»Genau, und vorgestern Abend hat der neue Mieter unterschrieben. Übrigens ein Kollege von Ihnen. Kommissar Steinböck. Also wenn Sie in die Wohnung wollen, dann fragen Sie ihn.«

»Haben Sie denn die Katze in letzter Zeit überhaupt noch gesehen?«, fragte einer der Beamten in freundlichem Ton.

Maxi Müller musterte ihn kurz. Ihre Abneigung gegenüber Uniformierten reichte jedoch nicht aus, um auch ihn anzublaffen.

»Sie streunt meist hier in der Gegend herum. Aber wo sie jetzt ist, kann ich Ihnen beim besten Willen nicht sagen.«

»Und wer füttert sie?«, fragte der Beamte.

»Mal der eine, mal der andere«, antwortete sie zweideutig. Sie hatte nicht die Absicht, die Katze, die es sich gerade in ihrem Wintergarten gemütlich gemacht hatte, an diesen Rohling mit den Handschuhen auszuliefern.

»Ich denke, das war's«, sagte der Uniformierte und nickte Maxi Müller zu.

»Nein, ich bin mir sicher, sie weiß, wo die Katze ist«, schrie Staller aufgeregt.

»Komm, vergiss es, so läuft das nicht«, brummte der und griff nach Stallers gesundem Arm.

In diesem Moment tauchte plötzlich der Kopf der Katze zwischen Maxi Müllers Beinen auf. Laut schnurrend rieb sie sich daran und beobachtete neugierig die Männer.

»Da ist die Bestie!«, schrie Staller, schubste die Frau zur Seite und hechtete in den Flur auf die Katze zu, die aber erschrocken zur Seite sprang und blitzschnell durch die Wintergartentür nach draußen verschwand. Maxi Müller ihrerseits rappelte sich auf, stürzte sich dann auf den am Boden liegenden Staller und verpasste ihm einen Faustschlag ins Gesicht.

»Niemand betritt meine Wohnung ohne meine Erlaubnis. Und niemand schubst mich herum«, schrie sie wütend und hob ihre Faust, um Staller erneut eine zu verpassen. Dieser winselte, hob schützend die Arme vors Gesicht und versuchte gleichzeitig, Maxi Müller ins Gesicht zu treffen.

»Verdammt, warum hilft mir denn keiner? Diese Frau ist wahnsinnig.«

Schließlich gelang es den beiden Beamten, die Frau von Staller wegzuziehen und zu beruhigen. Sie tastete sich ins Gesicht und tupfte sich mit dem Finger vorsichtig gegen die Schramme auf der Wange. Dann betrachtete sie die Fingerkuppe und schrie wütend.

»Der Kerl hat mich gekratzt.« Dann wandte sie sich dem Amtstierarzt zu. »Kann ich jetzt Tollwut bekommen?«, fragte sie ihn.

»Also rein theoretisch, wenn Herr Staller wirklich

Tollwut hat, könnte, ich meine natürlich rein theoretisch ...«

Weiter kam er nicht mehr. Maxi Müller stieß einen schrillen Schrei aus und stürzte sich erneut auf den immer noch am Boden liegenden Staller von der Spurensicherung.

*

Nachdem Steinböck seinen Käfer geparkt hatte, schickte er Ilona los, um die Telefonate zu überprüfen, während er selbst noch einmal Thomas Klessel in der Pathologie aufsuchte.

»Also, die beiden Toten haben eindeutig die gleiche Substanz zu sich genommen. Wenn es sich wirklich um Medikamententests handelte, dann ging es hierbei nur darum, die Verträglichkeit zu testen. Beide Opfer waren körperlich gesund. Lediglich Görschi hatte eine deutlich vergrößerte Leber, die vermutlich von zu intensivem Alkoholkonsum herrührte.«

»Also keine negativen Folgen, die auf das Medikament schließen lassen?«, fragte Steinböck enttäuscht.

»Das würde ich so nicht sagen. Beide weisen eindeutige Vergiftungserscheinungen auf, die durchaus auf das Medikament zurückzuführen sein könnten«, wand sich Klessel.

»Was soll das Wischiwaschi? Geht's nicht etwas genauer?«, knurrte Steinböck.

»Nein, solange ich die endgültigen Werte aus dem Labor nicht habe, kann ich dir nichts Genaues sagen. Außer ...«, er zögerte.

»Außer was?«

»Vielleicht könntest du mir ein lebendes Exemplar besorgen.«

»Und wie stellst du dir das vor?«

»Ganz einfach, wenn es sich hierbei um einen illegalen Test handelt, brauche ich entsprechende Klientel. Und wo finde ich die am ehesten?«

»Unter den Obdachlosen.«

»Richtig. Also solltest du in diesen Kreisen nach einem noch lebenden Probanden suchen.«

»Gut, ich werde sehen, was ich machen kann«, brummte Steinböck und wandte sich der Tür zu.

»Übrigens, das Kaliber der Kugel, die Görschi getötet hat, ist das gleiche wie bei Hacker«, rief Klessel dem Kommissar nach.

»Könnte also dieselbe Waffe gewesen sein?«

»Am besten, du wartest den Bericht der KTU ab.«

Aber den Rest hörte Steinböck schon nicht mehr. Auf dem Weg nach draußen hatte er bereits Ilonas Nummer gewählt.

»Komm runter zum Auto, wir müssen noch mal los.«

»Zu welchem Auto?«, fragte sie.

Steinböck klappte das Handy zu und knurrte:

»Na warte, dich krieg ich noch.«

*

Steinböck war stinkig. Einmal war er sauer auf sich selbst, weil er mal wieder nicht auf Ilona gehört hatte, und das andere Mal, weil sie wieder recht gehabt hatte.

Er hätte sich die Fahrt zur Wittelsbacher Brücke sparen können. Ihre Kenntnisse der lokalen Obdachlosen-szene erwiesen sich als äußerst zutreffend.

»Ich hab dir gleich gesagt, dass du von den Pennern untertags dort keinen antriffst. Die sind alle in der Innenstadt unterwegs und versuchen, sich Stoff und Essen für den Abend zu organisieren.«

»Das heißt heutzutage nicht mehr Penner, sondern Berber oder Obdachlose«, verbesserte sie Steinböck.

»Das ist doch Quatsch! Es kommt immer drauf an, wie ich ein Wort ausdrücke und was ich dabei fühle. Ein Neger war für mich immer ein Neger. Ich habe mir nie etwas Schlimmes dabei gedacht. Und jetzt soll ich ihn Afroamerikaner nennen. Oder vielleicht Euro-afrikaner oder Afroeuropäer. Oder das Allerneueste ist ›stark pigmentierter Mitbürger‹. Das ist doch gequirlte Scheiße, sogar die Kinderbücher werden schon umge-textet. Als ob man den Rassismus und die Vorurteile aus den Köpfen der Menschen herausbekommen würde, nur weil man sie offiziell nicht mehr Neger oder Pen-ner nennen darf.«

Steinböck sagte weiter nichts, obwohl er unumwun-den zugeben musste, dass sie wieder einmal recht hatte.

»Gut, Chef, lass uns hier in die Fußgängerzone gehen, da finden wir bestimmt ein paar von ihnen.«

Der Kommissar stellte seinen VW-Käfer auf dem Taxiplatz ab, nicht ohne vorher sein ›Polizei im Dienst‹-Schild hinter die Frontscheibe zu legen. Gleich am Eingang zur U-Bahn fanden sie zwei Obdachlose, die jedoch nur auf der Durchreise in Richtung Gardasee waren. Zumindest konnten sie ihnen den Aufenthaltsort eines der ansässigen Kollegen sagen. In der Nähe vom Kaufhaus Beck fanden sie dann den ›Italiener‹. Er saß vor einem der Schaufenster. Neben ihm ein schwarz-weißer Hund, der auf den Hinterbeinen saß und eine rote Krawatte mit dem Maul festhielt.

»Ist gut, Odin, kleine Pause.« Der Mann nahm einige der Münzen vom Pappteller, der vor ihm auf dem grauen Asphalt stand. Dann kraulte er den Kopf dieser witzigen Jack-Russel-Mischung, dessen Gesicht aussah, als ob er eine Maske trüge.

»Na, noch in der Ausbildung?«, fragte er, nachdem er Hasleitners Uniform gemustert hatte.

»Sie kennen sich ja gut aus«, sagte Steinböck.

Hasleitner war sofort klar, warum sie ihn den Italiener nannten. Er hatte dunkle, feurige Augen, auch wenn der Glanz schon teilweise erloschen war. Sein pechschwarzes Haar war bereits mit grauen Strähnen durchzogen, und die vielen Falten in seinem Gesicht spiegelten das harte Leben auf der Straße wider. Er war früher sicherlich ein attraktiver Mann gewesen. Der hätte mir gefallen können, dachte sie bei sich. Dann fiel ihr Blick auf ihr eigenes Spiegelbild im Schaufenster.

»War selber mal bei dem Haufen«, antwortete der Italiener. »Ist aber schon Lichtjahre her. Bin aber immer noch ein ordentlicher Staatsbürger. Worum geht's? Wollen Sie mich wieder vertreiben?«

»Wir hätten gerne ein paar Auskünfte über Klaus Görschi.«

»Oh verdammt, eine ganz miese Sache war das. Der

Klausi hat sich bestimmt nicht umgebracht. Glauben Sie mir das. Er war ein anständiger Kerl.«

»Wie kommen Sie darauf, dass er sich umgebracht hat?«

»Na ja, was man sich halt so erzählt.«

»Wir haben bereits festgestellt, dass Görschi ermordet wurde.«

»Scheiße, ich wusste gleich, dass das kein Selbstmord war. Wo hätte er auch die Waffe herbekommen sollen? Dafür hatte er überhaupt kein Geld.«

»Wie gut kannten Sie ihn?«

»Na ja, eigentlich sehr gut. Wir waren viel zusammen. Mit Klausi konnte man gut reden. Er war so etwas wie ein Philosoph.«

»Und Oskar Hacker, kennen Sie den auch?«, fragte Steinböck weiter.

»Nicht besonders. Der tauchte hier ab und zu einmal auf, um Klausi zu besuchen. Ich mag ihn nicht besonders, aber ich glaube nicht, dass er mit seiner Ermordung was zu tun hat. Der ist mehr der vergeistigte Softi.«

»Was soll denn das sein?«, mischte sich Hasleitner ein.

Steinböck sah sie streng an, dann wandte er sich wieder dem Italiener zu.

»Hacker wurde ebenfalls ermordet. Vermutlich vom selben Täter. Können Sie sich vorstellen, wer das gewesen sein könnte? Jemand aus der Berber-Szene?«

»Quatsch, ich kenn die hier alle. Da ist keiner dabei, dem ich so was zutrauen würde.«

»Was ist mit den Medikamentenversuchen? Wissen Sie etwas darüber?«

Der Italiener schwieg einen Moment und kratzte sich am Kopf.

»Ich hab ihm immer gesagt, er soll die Finger davon lassen. Das Ganze ist die Kohle nicht wert. Aber Klausi meinte immer, leichter könnte man sein Geld nicht verdienen. Er, Hacker und Glatzen-Hans haben daran teilgenommen. Die haben ziemlich oft gekotzt. Also gesund war das Zeug, das sie da genommen haben, bestimmt nicht. Von Hacker weiß ich das nicht. Der war das letzte Mal vor etwa zwei Wochen hier. Nur für zehn Minuten. Er hatte irgendein Foto dabei, das er Klausi unbedingt zeigen wollte.«

»Um was ging es dabei?«

»Keine Ahnung, die beiden haben abseits aufgeregt getuschelt und immer wieder auf das Bild gezeigt.«

»Und Görschi hatte anschließend nicht erzählt, worum es bei dem Gespräch ging?«

»Nein, er rückte nichts raus. Er murmelte nur etwas von einem Lottogewinn.«

»Wo finden wir Glatzen-Hans?«, fragte Ilona Hasleitner.

»Keine Ahnung. Er war schon seit drei Tagen nicht mehr unter der Brücke. Aber das ist normal bei ihm. Er verschwindet zwischendurch immer für ein paar Tage und taucht dann wieder auf. Ich glaub, er hat eine Freundin.«

»Wie kommen Sie darauf?«

»Na ja, der riecht immer so gut«, sagte der Italiener grinsend.

»Können Sie herausfinden, wo er sich aufhält?«, fragte Ilona weiter.

»Ich kann's versuchen.«

Steinböck kramte eine Visitenkarte heraus und reichte sie dem Italiener zusammen mit einem Zwanziger.

»Rufen Sie mich an, wenn Sie etwas wissen. Telefongeld ist dabei.«

Der Italiener studierte Steinböcks Visitenkarte und rieb gleichzeitig den Geldschein zwischen seinen Fingern.

»Wissen Sie, Herr Hauptkommissar, das Telefonieren mit dem Handy ist ganz schön teuer, und außerdem müsste ich da einige Quellen anzapfen.«

Steinböck grinste und reichte ihm noch einen 20-Euro-Schein.

»Das müsste für einen ordentlichen Staatsbürger eigentlich reichen.«

*

Als Hasleitner und Steinböck am späten Nachmittag ins Präsidium kamen, erwartete Mögele sie bereits.

»Es gibt da ein Problem. Sie müssen ins 4. Revier, jemanden abholen.«

»Ich?«, fragte Steinböck verblüfft. »Wen sollte ich denn da abholen?«

»Eine gewisse Maxi Müller. Sie sagt, Sie wäre Ihre Vermieterin. Sie hätten die Wohnung des ermordeten Oskar Hacker gemietet?«

»Das ist richtig.«

»Na ja, nicht besonders pietätvoll, aber Sie sind ja alt genug«, meinte Mögele schnippisch.

»Was heißt hier pietätvoll«, antwortete der Kommissar wütend. »Hacker wohnt jetzt bei Klessel in der Kühlbox, und ich habe mir die frei gewordene Wohnung geschnappt. Was kann ich dafür, dass in dieser verdammten Stadt Wohnraum zum Spekulationsobjekt geworden ist?« Er musterte den perplexen Mögele und fuhr dann fort. »Warum soll ich Frau Müller beim 4. abholen?«

»Die Sache ist etwas kompliziert. Aber viel mehr weiß ich auch nicht. Ich denke, das Beste ist, wenn Sie dort hinfahren«, sagte Mögele, drehte sich um und verschwand in seinem Büro.

Steinböck sah verdutzt Hasleitner an.

»Sag mal, was soll das? Besteht diese Stadt nur aus Bekloppten?«

»Wie meinst du das?«, fragte Hasleitner.

»Verklemmte Schichtleiter, die auf Polizeianwärterinnen eifersüchtig sind. Vorzimmer-Barbiepuppen, die sich von Dr. Jekyll in Mr. Hyde verwandeln. Eitle, geliftete und geschminkte Ärzte, die einen unverschämt anlügen. Oh, vergessen wir diesen laufenden Meter nicht. Auf deren Schlagzeile heute Abend bin ich mehr als gespannt.«

»Eine Katze, die mit Menschen redet, und eine fette Polizeianwärterin mit ihrem cholerischen Vater«, ergänzte sie.

»Mensch, Ilona, du bist doch die einzig Normale unter allen. Nur bei Frau Merkel, da bin ich noch nicht ganz sicher.«

»Du solltest sie nicht so nennen. Du weißt, das mag sie gar nicht.«

Für einen Moment spielte er mit dem Gedanken, auf den Blödsinn einzugehen, aber dann entschloss er sich doch dagegen.

»Wo ist dieses 4. Revier?«, fragte er.

»Auf dem Weg nach Hause. Ich geh' noch mal nach oben und sehe nach, ob die Liste von der Telefongesellschaft schon da ist.«

»Gut, wir treffen uns beim Wagen. Und untersteh dich, irgendeine blöde Bemerkung über mein Auto zu machen«, antwortete Steinböck.

»Würde ich mir nie erlauben«, sagte sie grinsend und verschwand durch die Glastür.

∗

Der Wachhabende vom 4. war sichtlich erleichtert, als sich Steinböck vorstellte. Er zeigte kurz auf Maxi Müller, die am anderen Ende des Raumes auf einer Bank saß und stur geradeaus blickte.

»Gott sei Dank, dass Sie da sind. Sie sitzt jetzt seit geschlagenen drei Stunden in der Ecke und weigert sich, nach Hause zu gehen. Wir haben ihr angeboten, sie mit dem Streifenwagen zu fahren, aber sie, nein, sie möchte unbedingt in eine Zelle gesperrt werden.«

»Warum ist sie eigentlich hier?«, fragte Steinböck.

»Widerstand gegen die Staatsgewalt und tätlicher Angriff auf einen Beamten.«

»Wen hat sie angegriffen?«

»Staller von der Spurensicherung.«

»Den mit der Tollwut?«

»Sie wissen davon?«

Der Kommissar nickte.

»Und wo soll das Ganze stattgefunden haben?«

»Bei ihr zu Hause. Sie hat ihm den Zugang zu ihrer Wohnung verweigert, obwohl Gefahr im Verzug vorlag.«

»Das ist gelogen«, rief Müller entrüstet und kam wild gestikulierend zum Tresen gelaufen. Offensichtlich hatte sie das Gespräch genau verfolgt. »Die wollten einfach meine Wohnung durchsuchen und die Katze abholen. Ohne meine Erlaubnis oder einen offiziellen Beschluss kommt keiner in meine Wohnung.«

Schließlich erzählte Maxi Müller alles, was vorgefallen war. Als sie fertig war, schnaufte sie noch mal hörbar entrüstet und setzte sich zurück in die Ecke.

»Die sind wirklich zu viert aufgetaucht, um eine Katze zu fangen? Mein Gott, wenn das an die Presse kommt, sind wir das Gespött von ganz München.«

In diesem Moment kam Maxi Müller wieder aus ihrer Ecke angeflitzt und zeigte auf den Kratzer an ihrer Wange.

»Und außerdem hat er mich verletzt, wohl wissend, dass er Tollwut hat. Ist das nicht so etwas wie ein Mordversuch? Der Kollege hier«, dabei zeigte sie auf den Beamten, »weigert sich, eine Anzeige gegen Staller aufzunehmen. Und bevor er das nicht tut, werde ich dieses Revier nicht verlassen.«

Wieder drehte sie sich um und ließ sich entrüstet auf die Bank plumpsen.

Hasleitner, die die ganze Angelegenheit stillschweigend beobachtet hatte, ging zu Maxi Müller und setzte sich neben sie.

»Geht es der Katze gut?«, fragte sie.

»Sie meinen Frau Merkel?«

»Ja, aber ich glaube, sie mag den Namen nicht.« Jetzt erst hob Maxi Müller den Kopf und blickte die junge Frau an.

»Das ist richtig. Sie hat es mir selbst gesagt.«

»Warum nennen Sie sie dann so?«, fragte Ilona.

»Keine Ahnung. Vielleicht wollte ich sie einfach ärgern.«

»Und das Einsatzkommando, hat es die Katze erwischt?«

Jetzt grinste Müller über das ganze Gesicht.

»Von wegen. Die Katze ist viel zu schlau.«

»Kommen Sie, lassen Sie uns nach Hause fahren«, sagte Hasleitner sanft, wobei sie der Frau die Hand auf den Arm legte. Für einen langen Moment musterte Maxi Müller Hasleitner intensiv. Dann stand sie auf und ging zum Kommissar, der immer noch mit dem Beamten von der Bereitschaft diskutierte.

»Jetzt los, Steinböck, bringen Sie mich in Ihrem Huastengutzel nach Hause.« Die beiden Männer sahen sie verdutzt an.

»Nun kommen Sie schon, Herr Hauptkommissar. Übrigens eine sehr kompetente Kollegin, die Sie da haben«, sagte Maxi und deutete auf Hasleitner, die aufgestanden war und den beiden folgte. Immer noch perplex schaute Steinböck Ilona an und hob fragend die Augenbrauen.

»Wer ko, der ko«, sagte sie grinsend und folgte Maxi Müller hinaus zum Wagen.

*

Als Steinböck abends nach Hause kam, war die Katze nicht da. Er hatte Hasleitner daheim abgeliefert und versprochen, am nächsten Morgen unten auf der Straße auf sie zu warten. Nachdem Maxi Müller sich noch während der Fahrt lauthals mit Ilona über das nicht vorhandene Feingefühl von Männern unterhalten hatte, war sie, nachdem sie die Haustüre aufgeschlossen hatte, schnell und wortlos in ihrer Wohnung verschwunden.

Er genoss die Stille in den eigenen vier Wänden. Zu allererst drehte er sich eine Zigarette, dann goss er sich einen großen Whisky in das Weinglas, den er fingerbreit mit stillem Wasser verdünnte. Schließlich öffnete er die Balkontür, trug einen alten Korbstuhl nach draußen, nicht ohne sich vorher die Flasche unter den Arm zu klemmen. Dann ließ er sich in dem knarzenden Stuhl nieder und nahm den milden Abend in sich auf. Noch einmal spielte er den Fall mit geschlossenen Augen durch. Alles deutete daraufhin, dass Dr. Stöckel und Bepal Pharm mit den Morden zu tun hatten. Auf jeden Fall waren Hacker und Görschi mit derselben Waffe erschossen worden. Stöckels Telefonate waren von der Telefongesellschaft bestätigt worden, und obwohl er jeweils ein Alibi für die Tatzeiten hatte, sagte Steinböcks Instinkt, dass irgendetwas nicht stimmte. Auch die Heimlichtuerei zwischen Görschi und Hacker in Bezug auf das ominöse Foto wies in diese Richtung. Nur was war darauf so interessant, dass Görschi von einem Lottogewinn sprach? Und wo war das Foto jetzt? Die SpuSi hatte keinerlei Fotos in der Wohnung gefunden. Wo waren also all die Originale? Hatte der Mörder die Fotos mitgenommen, genau wie den Laptop?

Das Rumpeln der Katzenklappe schreckte ihn auf. Wenige Sekunden später saß die Katze auf seinem Schoß und zog sich mithilfe ihrer Krallen an seinem Bauch empor, wobei sie gleichzeitig voller Inbrunst schnurrte und genüsslich mit den Pfoten trat. Bei jedem Ausfahren der Krallen verzog er das Gesicht vor Schmerz. Schließlich sagte er knurrend:

»Verdammt, nicht nur, dass du wie eine Wahnsinnige durch deine Tür rumpelst, jetzt versuchst du auch noch, deine Krallen an meinem Bauchspeck zu schärfen. Was hältst du von Futter? Los, runter mit dir, ich mach dir etwas zurecht.«

Sofort sprang Frau Merkel elegant vom Bauch des Kommissars und machte sich schwanzschlagend auf den Weg in die Küche. Steinböck füllte beide Näpfe und gab ihr frisches Wasser. Dann machte er es sich wieder in seinem Korbstuhl bequem. Er nahm einen großen Schluck Whisky, lehnte sich zurück, schloss die Augen und schlief augenblicklich ein. Wieder träumte er von Ilona Hasleitner, die nur mit einem durchsichtigen Vorhangstoff bekleidet auf einem Besen an ihm vorüberflog. Nur diesmal war sie nicht allein. Dicht hinter ihr, ebenfalls auf einem Besen, aber eher schwebend, tauchte Maxi Müller auf, die einen geflochtenen

Kranz aus Hanfblättern auf ihrem Kopf trug und ihn mit einer Dose voller Haschkekse zu locken versuchte. Trotz der dünnen Vorhänge konnte man nichts von der Nacktheit der beiden Frauen erkennen. Selbst jetzt im Traum machte er sich über den Inhalt seiner Träume Gedanken. Warum dort sämtliche Frauen, mit denen er zu tun hatte, nackt erschienen, gab ihm dann doch zu denken.

Was bist du nur für ein kaputter Typ!, geisterte es durch seine Gedanken.

»Eigentlich bin ich gar nicht so.«

»Und warum träumst du dann davon?«

»Verdammt, was ist schon dabei, von halb nackten fliegenden Frauen zu träumen? Schließlich verhalte ich mich im Traum doch völlig korrekt.«

Er beendete das Zwiegespräch und schlug die Augen auf. Die Katze saß keine 50 Zentimeter von ihm entfernt auf dem Fensterbrett und starrte ihn an.

»Warst du das gerade?«, fragte Steinböck verwirrt.

»Wer sonst?«

»Verdammt, du pfuschst sogar in meinen Träumen rum.«

»Ich musste ja irgendwie an dich rankommen.«

Steinböck griff nach der Whiskyflasche und füllte das Weinglas bis zum Rand. Auf das Wasser verzichtete er zwangsläufig. Dann versuchte er, das Glas auf einen Zug zu leeren. Dabei verschluckte er sich. Hustend und fluchend stand er auf, starrte die Katze an und wiederholte zwischen mehreren Hustern:

»Nicht mit mir. Nicht mit mir.«

Dann ging er nach drinnen und schloss die Balkontür hinter sich zu. Noch einmal blieb er stehen, blickte zurück auf die Katze, die den Kopf gedreht hatte und ihn weiterhin anblickte. Er glaubte, ihre Mundwinkel bis nach unten durchgezogen zu sehen.

»Nicht mit mir, Frau Merkel«, sagte er und ließ sich angezogen aufs Bett fallen.

DONNERSTAG

Das letzte Glas Whisky verursachte bei Steinböck eine unruhige Nacht. Und auch seine Träume waren weitaus unangenehmer als sonst. Diesmal erschien die Katze klein und zierlich, während Staller von der SpuSi in seinem weißen Anzug wie ein Riese wirkte. Er schwang einen übergroßen Baseballschläger, den er immer wieder dicht neben der flüchtenden Katze zu Boden krachen ließ. Dabei stieß er gurgelnde Laute aus und hatte eindeutig Schaum vor dem Mund. Frau Merkel schlug einen Haken nach dem anderen, um den furchtbaren Schlägen auszuweichen. Schließlich rannte sie direkt auf Steinböck zu. Staller kam immer näher, und Steinböck war klar, dass er die Katze jeden Moment erwischen würde. Er zog seine Dienstpistole, richtete sie auf den Verfolger und drückte ab. Da das Ganze ja ein Traum war, hatte er eigentlich erwartet, dass die Kugeln durch Staller hindurchgehen würden. Das erwies sich jedoch als ein Irrtum. Staller knallte vor ihm wie ein Baum zu Boden, und das hässliche Loch in seiner Stirn zeigte eindeutig sein Ableben an. Die meterlange Mullbinde, die er die ganze Zeit hinter sich hergezogen hatte, schwebte langsam in vollendeten Kurven zu Boden und blieb dann auf Stallers Bauch liegen. Von Ferne klang das näherkommende Heulen eines Martinshorns. Er steckte seine Pistole weg und, um allen eventuellen Unannehmlichkeiten aus dem Wege zu gehen, entschloss er sich, einfach aus dem Traum aufzuwachen.

Steinböck stand auf, wünschte sich ein Aspirin und schlurfte ins Wohnzimmer. Vielleicht war Staller ja wirklich tot. Er tastete nach seiner Pistole und stellte fest, dass sie nicht da war. Erleichtert erinnerte er sich daran, sie am Vorabend in seine Schreibtischschublade gelegt zu haben.

Die Katze lag zusammengerollt auf dem Sofa und schlief. Steinböck betrachtete sie für einen Moment. Ihre Hinterbeine hatte sie von sich gestreckt, und mit den Vorderpfoten hielt sie sich tatsächlich die Augen zu. Für einen kurzen Moment lächelte er, doch dann drehte er sich ruckartig um und ging in die Küche.

»Damit kriegst du mich nicht rum«, murmelte er.

Steinböck stellte fest, dass der Kühlschrank immer noch leer war, und so entschloss er sich, im Büro zu frühstücken. Die Katze hatte sich noch mehr zusammengerollt und es tatsächlich fertiggebracht, sich zusätzlich mit den Hinterpfoten die Ohren zuzuhalten. Leise schloss er die Haustür, und da es noch zu früh war, zu Hasleitner zu fahren, ging er zu Maxi Müllers Wohnung. Auf halbem Weg wurde er auf das seltsame Pärchen aufmerksam, das soeben den letzten Absatz der Treppe genommen hatte. Eine kleine grauhaarige Frau hing am Arm eines schlanken älteren Herrn, der eine Nickelbrille und die Uniformjacke eines Liftboys trug. Er erinnerte Steinböck an das Cover einer Beatles-LP. Sie selbst war mit einem weißen Kleid bekleidet, das offensichtlich aus einem Vorhang-Store genäht worden war. Ein bisschen wie John Lennon und Yoko Ono.

Zielstrebig kam sie auf ihn zu, wobei sie ihre bessere Hälfte hinter sich herzog. Die Frau war höchstens 1,50 Meter groß. Dicht vor ihm blieb sie stehen und den Kopf in den Nacken geneigt tippte sie Steinböck mit dem Finger auf die Brust.

»Herr Kommissar, endlich bekomm ich Sie zu Gesicht. Stellt man sich als Neuer denn nicht bei seinen Nachbarn vor?«, fragte sie mit gespieltem Vorwurf, wobei sie ihn mit einem umwerfenden Lächeln anstrahlte. Steinböck war völlig perplex.

»Ist schon gut, mein Lieber. Sie haben natürlich im Moment jede Menge Arbeit. Der schreckliche Mord an unserem geliebten Oskar. Sind Sie denn schon weitergekommen?« Sie blickte in Steinböcks verdutztes Gesicht. Da wurde sie von dem Herrn an ihrer Seite angestoßen.

»Amely, meine Liebste, sollten wir uns dem Herrn Kommissar nicht erst einmal vorstellen?«

»Oh Entschuldigung, Herr Kommissar, wie unhöflich von mir. Das ist mein Mann Götz von Domenik, und ich bin Amely, die Tante von Maxi Müller. Wir wohnen im zweiten Stock.« Steinböck hatte sich endlich gefangen, und jetzt zeigte sich, dass der bayerische Muhackel durchaus auch auf ungewohntem Parkett glänzen konnte.

»Oh nein, was ich getan habe, ist nicht zu entschuldigen. Selbstverständlich stellt man sich als neuer Mieter den Nachbarn erst einmal vor. Ich wäre entzückt, wenn ich heute nach Dienstschluss mit einer Flasche Sekt bei Ihnen vorbeischauen dürfte.«

»Prosecco, mein Lieber, wie wär's mit Prosecco?«, flötete Amely lächelnd, dabei zog sie ihren Liftboy in Richtung Eingangstür.

»Wir sehen uns heute Nachmittag, Herr Kommissar.«

Und schneller, als der Spuk aufgetreten war, war er auch wieder vorbei. Schmunzelnd blickte er den beiden nach, und dann drückte er Maxi Müllers Klingelknopf. Erst zuckte er zusammen, dann schüttelte er den Kopf. Wer sonst außer Maxi Müller konnte ›Spiel mir das Lied vom Tod‹ als Türklingelton verwenden? In dieser Familie passte alles zusammen. Bevor er ein zweites Mal drücken konnte, öffnete Maxi Müller die Tür.

»Und werden Sie diesen Schwachkopf anklagen?«, fragte sie, als sie ihn erblickte.

»Sie meinen Staller?«

»Wen sonst?«

»Glauben Sie wirklich, dass er Sie mit Tollwut angesteckt hat?«, fragte Steinböck.

»Ach Quatsch, der hat genauso wenig Tollwut wie die Katze. Aber diesen Psychopathen kann man doch nicht ungeschoren davonkommen lassen.«

»Ich werd mal sehen, was ich machen kann. Langsam geht er mir auch auf den Wecker.«

»Und, was sagen Sie zu diesem Artikel?«

»Welcher Artikel?«, fragte er sichtlich verdutzt.

»Sie haben die heutige Zeitung noch nicht gelesen?«

»Verdammt, es ist früher Morgen, wann soll ich die denn gelesen haben?«, raunzte Steinböck zurück.

Maxi Müller packte den Kommissar am Arm und zog ihn grinsend hinter sich her. Im Wintergarten drückte sie ihm das Abend-Journal in die Hand.

»Hier lesen Sie!«, sagte sie spöttisch. Steinböck schüttelte ungläubig den Kopf. ›TOLLWUT‹, stand da in riesigen roten Buchstaben quer über das Gesicht einer schwarzen Katze geschrieben. Und dann folgten einige wirre Vermutungen, die den restlichen Text einleiteten: ›Was hat diese tollwütige Katze mit dem grausamen Mord an Oskar H. zu tun? Was ist dran an dem Gerücht, dass das Tier zum Haushalt unseres Bürgermeisters gehört? Hat eventuell schon eine Ansteckung stattgefunden?‹

Er überflog den restlichen Text, dessen wirre Hypothesen so gehalten waren, dass der Schreiber auch nicht verantwortlich zu machen war. Schließlich landete er bei dem Foto am unteren Ende der Titelseite. Dort sah man Steinböck, wie er gerade versuchte, in seinen alten VW-Käfer zu steigen, und gleichzeitig mit der Hand sein Gesicht verdeckte. Neben ihm Hasleitner, die vergnügt in die Kamera grinste und mit der rechten Hand das Peacezeichen machte. Darunter stand: ›Die ermittelnden Beamten Steinböck und Hasleitner mit ihrem aktuellen Einsatzfahrzeug‹.

Müller sah den Kommissar schmunzelnd an. Seine Brust hob und senkte sich schwer. Er erinnerte sie an einen frisch geschlüpften Maikäfer, der seine Flügel aufpumpte. Oder war es doch ein anderes Tier? Sie musterte ihr Gegenüber eindringlich und wartete auf dessen Ausbruch, der jedoch, wie sie mit Bedauern feststellte, ausblieb.

»So naiv und dumm kann die doch gar nicht sein«, flüsterte er. »Na warte, Harry Potter, dich krieg ich noch.«

Langsam faltete er die Zeitung zusammen. Fragend blickte er Maxi Müller an.

»Sie können sie behalten. Ich hab sie schon gelesen.« Steinböcks Blick schweifte über die üppigen Marihuanapflanzen, von denen eine die Blätter hängen ließ und offensichtlich eingegangen war.

»Was ist denn mit Ihrer Plätzchenstaude passiert?«

Erst blickte sie ihn verwirrt an, dann folgte sie seinem Blick.

»Ach die! Als ich heute Morgen kam, sah sie bereits so aus. Ich habe keine Ahnung, was passiert ist. Sagen Sie, Steinböck, warum sind Sie eigentlich gekommen?«

Der Kommissar steckte die Zeitung in die Innentasche seines Sakkos und ging schweigend auf die Eingangstür zu. Dann drehte er sich um.

»Die Katze.« Er zögerte einen Moment.

»Was ist mit der Katze?«, fragte sie und musterte ihn eindringlich.

»Die Katze, wenn sie mit Ihnen redet, wie ist das?«

»Wie meinen Sie das?«, fragte sie misstrauisch.

»Ich will wissen, ob Sie sie akustisch hören oder ob es einfach in Ihrem Kopf ist?«

»Sie können sie also auch hören?«, rief sie aufgeregt.

»Verdammt, er kann sie auch hören«, lachte sie hysterisch und klatschte dabei in die Hände. Steinböck bereute bereits, dass er sie gefragt hatte, und wartete keine weitere Antwort ab. Eilig verließ er die Wohnung.

»Herr Kommissar, möchten Sie nicht vielleicht noch ein paar Kekse mitnehmen, frisch gebackene Gemüseplätzchen!«, rief sie hämisch hinter ihm her, wobei sie noch einmal hysterisch auflachte.

*

Als Steinböck seinen VW-Käfer erreichte, saß die Katze auf dem Dach des Wagens. Zuerst versuchte er, sie zu ignorieren. Er öffnete die Fahrertür, und ihm war klar, dass er nicht einfach losfahren konnte. Also beugte er sich vor und blickte sie an. Ihre Gesichter waren nur wenige Zentimeter voneinander entfernt.

»Was willst du?«, fragte er.

»*Ich komme mit. Solange dieser Wahnsinnige hier herumläuft, bleibe ich lieber in eurer Obhut*«, stellte die Katze lapidar fest. Steinböck war verblüfft.

»Gut, steig ein«, sagte er dann, um zu sehen, wie sie reagieren würde.

Die Katze sprang ins Auto und legte sich auf die Ablage des Rückfensters. Langsam stieg auch er ein und überlegte noch mal, wie viele Gläser Whisky er gestern gehabt hatte. Dann wendete er den Wagen und blickte noch einmal in Richtung Wintergarten. Dort stand Maxi Müller und grinste hämisch.

»Bist du für die abgestorbene Marihuanapflanze verantwortlich?«, versuchte es Steinböck.

»*Das war für den Namen Frau Merkel*«, hörte er sie sagen.

»Aber sie hat dir gestern das Leben gerettet.«

»*Mag sein, aber die Vernichtungsaktion fand bereits vor Stallers Auftauchen statt. Außerdem sind immer noch zwei Pflanzen übrig.*«

»Spionierst du ständig in meinem Kopf herum?«

»*Wenn du es nicht willst, passiert auch nichts.*«

»Gut, lass mich jetzt in Ruhe«, brummte er, blickte in den Rückspiegel und sah gerade noch, wie sich die Katze zusammenrollte und den Kopf zwischen ihre Vorderpfoten steckte. Er versuchte, sich wieder auf die Straße zu konzentrieren. Maxi Müllers hysterisches Lachen klang noch immer in seinen Ohren. Steinböck verfluchte sich selbst. Warum musste er sie auch danach fragen? Er war dabei, sich zum Affen zu machen. Und eben die Sache mit der Katze. Ihm war klar, dass dieses Frage- und Antwortspiel allein in seinem Kopf abgelaufen war. Schließlich hatte er heute Morgen schon daran gedacht, den schwarzen Teufel mit aufs Revier zu nehmen. Aber es war so real gewesen. Wieder blickte er in den Rückspiegel. Vielleicht hatte er schon zu lang alleine gelebt. Und plötzlich war dann diese verdammte Katze in sein Leben getreten. Das war natürlich Unsinn. Sie war nicht getreten, sie hatte sich hereingeschlichen. Sie beobachtete ihn von der sicheren Höhe eines Schrankes oder machte es sich, während er schlief, auf seiner Brust bequem. Er hatte sie sich nicht ausgesucht. Oder doch? Eigentlich war er in ihr Leben eingedrungen. Er hatte sich die Wohnung geschnappt, in der sie lebte. Er hatte sogar die Einrichtung übernommen. Irgendetwas zwang ihn, einen Blick in den Rückspiegel zu werfen. Die Katze hatte ihren Kopf gehoben und starrte ihn an. Ihre Augen schienen unwirklich wie die Rücklichter eines Wagens. Steinböcks Ich hatte sich geteilt. Der eine Teil war in Gedanken versunken, der andere fuhr mehr oder weniger routiniert den Wagen. Er hatte es tatsächlich bis vor Ilonas Wohnung geschafft, bevor er beinahe auf seinen Vordermann aufgefahren wäre. Er konnte den Käfer gerade noch zum Stehen bringen. Nur wenige Zentimeter trennten die beiden Stoßstangen. Immer noch leuchteten die Bremslichter des Kleinbusses dicht vor ihm.

»Verdammtes Vieh«, murmelte er. »Du machst mich noch wahnsinnig.« Steinböcks Käfer war abgestorben, und die Katze war aufgrund der Vollbremsung auf der Kopfstütze des Beifahrersitzes gelandet, wo sie sich nun verzweifelt festkrallte. Dabei blickte sie ihn mit vorwurfsvoller Miene an. Im gleichen Moment wurde die Beifahrertür aufgerissen, und Hasleitner steckte ihren Kopf herein.

»Morgen, Chef, das war aber knapp. Ist dir was passiert?« Dann bemerkte sie Frau Merkel, die sich immer noch an die Kopfstütze krallte.

»Hallo, Katze, du warst wohl nicht angeschnallt?«, fragte sie und versuchte zu lachen. Dabei verzog sie schmerzhaft das Gesicht.

»Du willst mir aber jetzt nicht erzählen, dass du dich am Türstock gestoßen hast«, sagte der Kommissar und deutete auf ihre geschwollene Unterlippe, die offensichtlich auch geklammert worden war.

»Nicht jetzt, Chef«, sagte sie, löste vorsichtig Frau Merkel aus der Kopfstütze und schubste sie zurück auf die Ablage. Dann klappte sie den Sitz nach vorne und versuchte, einen großen roten Koffer auf den Rücksitz zu schieben.

Nachdem der Kleinbus bereits weiter gefahren war, begannen die ersten Autos hinter Steinböck zu hupen. Wütend öffnete er das Handschuhfach, holte das mobile Blaulicht heraus und schaltete es ein. Dann stieg er aus und setzte es demonstrativ auf das Dach. Ein Wagen nach dem anderen überholte Steinböcks Käfer. Schließlich stoppte ein BMW-Cabriolet neben ihm. Auf dem Beifahrersitz ein Model Anfang 20, sehr blond und sehr bulimisch. Und am Steuer ein Schnösel mit getönten grau melierten Haaren und seidenem Halstuch, dem man trotz ausführlicher Restaurierungsarbeiten ansah, dass er die 60 schon überschritten hatte.

»Sie wollen doch nicht sagen, dass das ein Einsatzauto ist?«, rief er hämisch.

»Vor 50 Jahren waren alle Polizeiwagen VW-Käfer«, antwortete Steinböck.

»Haha, vor 50 Jahren fuhr ich bereits meinen dritten Mercedes«, prahlte er. Steinböck musterte ihn gelassen. Dann fiel sein Blick auf den Hungerhaken. Sie zog gerade so intensiv an ihrer Zigarette, dass er befürchtete, ihre bereits eingefallenen Wangen würden aufgrund des entstandenen Vakuums in der Mitte aneinanderstoßen und zusammenkleben. Schließlich antwortete er:

»Dann müssen Sie ja schon weit über 70 sein.«

Das saß. Wutentbrannt legte Silberlocke den Gang ein, und der BMW machte einen gequälten Satz nach vorne. Der Kommissar glaubte noch das Wort »Arschloch« zu hören, war sich aber nicht sicher, ob es von Silberlocke oder Frau Merkel kam. Hasleitner, die sich inzwischen auf den Beifahrersitz gezwängt hatte, grinste und verzog dabei schmerzlich das Gesicht. Steinböck folgte dem BMW mit einer gewaltigen Fehlzündung, bis er ihn aus den Augen verlor.

*

Es dauerte noch eine Stunde, bis Steinböck endlich seine Tasse Kaffee mit den beiden Butterbrezen vor sich liegen hatte. Mögele hatte das Briefing diesmal besonders ausführlich gestaltet. Während er in die Brezen biss, überlegte er, wie lange es wohl dauern würde, bis er Ilona alleine dorthin schicken konnte. Heute hatte er ihr die Zusammenkunft erspart. Er beobachtete sie beim Telefonieren. Sie war gerade dabei, Dr. Stöckel zum Verhör ins Revier vorzuladen. Ihr normalerweise hübsches Gesicht sah heute schrecklich entstellt aus.

»Er kommt in zwei Stunden«, sagte sie, während sie das Telefon beiseitelegte. Sie blickte ihn grimmig an.

»Nun frag schon endlich.«

»Willst du darüber reden?«

»Hab ich denn eine Wahl?«

»Man hat immer eine Wahl.«

Ilona schwieg und starrte auf den Bildschirm ihres PCs.

»Was willst du wissen?«

»Ist es meine Schuld?«

»Ach Quatsch, er ist einfach ein Arschloch.«

»Willst du ausziehen?«, fragte Steinböck und deutete auf den Koffer.

»Vorerst ja«, antwortete sie kurz angebunden.

»Okay, wenn du jetzt nicht darüber reden willst, dann eben ein anderes Mal.«

Ilona sah ihn an und wischte sich mit dem Handrücken die Tränen aus den Augen.

»Klar will ich darüber reden. Mein ganzes Leben lang wollte ich schon darüber reden. Aber es war ja nie jemand da, der zuhörte. Also habe ich versucht, es allein zu schaffen. Und ich habe es geschafft. Also willst du dir das wirklich antun?«

Die Katze erhob sich von ihrem Kissen auf dem Fensterbrett, machte einen gehörigen Buckel und streckte sich dabei. Anstatt wieder zusammenzusacken, wie sie es sonst immer tat, sprang sie erst auf Steinböcks Schreibtisch und von dort auf den von Ilona. Sie setzte sich auf ihren Hintern, schlug aufgeregt mit ihrem Schwanz hin und her und blickte die junge Frau erwartungsvoll an.

»Das glaub ich jetzt nicht«, murmelte sie. Dann blickte sie zu Steinböck hinüber.

»Was ist mit dieser Katze los? Das ist doch nicht normal.«

Der Kommissar zuckte grinsend mit den Schultern.

»Leg los, wir hören dir zu.«

»Die ersten Jahre waren okay«, sagte sie leise und starrte dabei die Katze an. »Er war ein liebenswerter Vater. Er war immer für mich da. Und dann, ich glaube, ich war acht Jahre alt, da verlor er seine Arbeit als Drucker. Eine Zeit lang versuchte er noch, einen neuen Job zu bekommen. Aber aus irgendeinem Grund hat es nie geklappt. Schließlich fing er zu trinken an. Als er mich das erste Mal schlug, brach eine Welt für mich zusammen. Aber es kam noch schlimmer. Irgendwann stand er mit heruntergelassenen Hosen vor mir und erklärte mir, wie schön ich doch inzwischen geworden sei. Und wie sehr er doch meinen zierlichen, schlanken Körper liebte. Von da an begann für mich die Hölle auf Erden. Ein Jahr lang abwechselnd Gewalt und Missbrauch. Schließlich begann ich immer mehr zu essen. Ich wollte nicht mehr das zierliche, schlanke Mädchen sein. Ich wurde dicker und dicker. Und tatsächlich verlor er das Interesse an mir. Jetzt waren es nur noch die Schläge. Aber damit konnte ich leben.«

»Du warst doch in der Schule. Hat dort niemand etwas bemerkt?«, unterbrach sie Steinböck.

»Ich habe sogar meinen Klassenlehrer um Hilfe gebeten. Er meinte, ich solle mich nicht so anstellen. Außerdem wüsste er ja von meiner überschäumenden Fantasie, und ich hätte das wohl sicherlich alles erfunden.«

»Aber die Misshandlungen müssen doch zu sehen gewesen sein.«

»Oh, früher hat er mich nie ins Gesicht geschlagen, und außerdem hatte er für mich ein Attest organisiert, sodass ich nicht am Sportunterricht teilnehmen musste.«

»Trotzdem hätte der Lehrer doch etwas bemerken müssen.«

»Hat er vermutlich auch. Zwei Jahre später verschwand er plötzlich von der Schule. Man munkelte, er sei zu nett zu einigen Jungs gewesen.«

»Weißt du, was mit ihm passiert ist?«

»Laut Polizeicomputer musste er für sechs Jahre nach Stadelheim.« Hasleitner verstummte für einen Moment und kraulte der Katze den Kopf. Dann fuhr sie leise fort. Sie wandte sich an die Katze. Steinböck hätte in diesem Moment den Raum verlassen können. Sie hätte es nicht bemerkt. Ilona sprach einfach weiter.

»Und dann, eines Abends, ist er einfach nicht nach Hause gekommen. Das hatte es noch nie gegeben. Er konnte noch so betrunken sein, er hatte mich noch nie über Nacht alleine gelassen. Eine Woche hörte ich nichts von ihm. Es war eine wunderschöne Woche. Ich ging zur Schule, kaufte ein und lebte ganz für mich allein. Am neunten Tag kamen dann eine Polizistin und ein Betreuer vom Jugendamt in die Schule und brachten mich in eine Pflegefamilie. Mein Vater hatte versucht, eine Bank auszurauben, und dabei hatte er eine Angestellte verletzt. Also landete er für drei Jahre im Gefängnis. Ich glaube, er kam deswegen so glimpflich davon, weil der Beamte bei seiner Verhaftung vergessen hatte, das Jugendamt über mich zu informieren. Mein Vater drohte damals, die Stadt und die Polizei zu verklagen, weil man mich neun Tage allein gelassen hatte.«

»Die mussten doch die Wohnung durchsucht haben, nachdem sie ihn festgenommen hatten.«

»Hatten sie auch, aber ich war gerade in der Schule, und als ich zurückkam, waren sie schon weg. Ich entfernte das Polizeisiegel. Keiner konnte meinen Vater leiden, also kümmerte sich auch niemand um mich.«

»Wie ging es weiter bei der Pflegefamilie?«, fragte Steinböck.

»Es ging nicht weiter. Drei Tage später kam der Mann vom Jugendamt zusammen mit einer Frau in die Schule. Ich erinnere mich noch daran, wie er sie mir als meine Oma vorstellte. Sie hatte völlig verheulte Augen. Sie nahm meine Hände und fing zu weinen an. »Ich habe es nicht gewusst«, murmelte sie immer wieder. »Das Schwein hat mir nie etwas erzählt.«

»Die Mutter deiner Mutter?«, unterbrach er sie.

»Ja, mein Vater hatte es doch tatsächlich fertiggebracht, ihr zu verschweigen, dass ihre Tochter ein Kind hatte. Na jedenfalls fragte sie mich, ob ich nicht bei ihr wohnen möchte. Sie war Lehrerin am Gymnasium und stand kurz vor ihrer Pensionierung. Das Jugendamt hatte nichts dagegen, und für mich begann die schönste Zeit meines Lebens. Ich kam aufs Gymnasium und hatte eine Oma, die mich abgöttisch liebte. Vielleicht, weil ich ihrer Tochter so ähnlich sah. Nach drei Jahren tauchte mein Vater wieder auf. Er wollte das Sorgerecht zurückhaben. Ich weiß noch, wie er mich anstarrte, als er das erste Mal vor der Tür stand. Ich war 14 und hatte wieder eine nahezu normale Figur. Ich sagte ihm, dass ich ihn nie wieder sehen wolle, und schlug ihm die Tür vor der Nase zu. Erst kam ein Brief von einem Rechtsanwalt, in dem er ankündigte, dass er das Sorgerecht für mich einklagen würde. Dann zwei Wochen später erfuhren wir, dass sie ihn wieder bei einem Bankraub erwischt hatten. Also erledigte sich das Problem von selbst.

»Was ist schiefgegangen?«, fragte Steinböck.

»Zwei Wochen nach dem Abitur hatte meine Oma einen Herzinfarkt. Sie lebte noch drei Tage. Ich war bei ihr, als sie die Augen zumachte. Für mich brach wieder eine Welt zusammen. Sie hatte mir zwar die Wohnung und etwas Geld hinterlassen, aber sie hatte mich einfach alleine gelassen. Ich fing wieder an zu fressen. Ein halbes Jahr lang habe ich die Wohnung nur verlassen, um einzukaufen. Ich hockte vor der Glotze und stopfte mich mit Chips voll. Eines Tages entschloss ich mich dazu, Polizistin zu werden. Der Amtsarzt war ein Freund meiner Oma. Ich musste ihm versprechen abzunehmen. Er würde sonst in Teufels Küche kommen. Na ja, vor eineinhalb Jahre begann ich mit der Ausbildung, und vor drei Monaten stand mein Vater wieder vor der Tür. Er bettelte und heulte. Es war erniedrigend. Ich ließ mich dazu überreden, dass er bei mir wohnen konnte, bis er etwas anderes gefunden hatte. Natürlich nur unter der Bedingung, dass er mich nicht anrührte. Jetzt habe ich ihm eine Woche gegeben, um auszuziehen. Ich drohte ihm, mit vier Kollegen wiederzukommen, wenn er bis dahin nicht verschwunden wäre.«

»Und glaubst du, er wird gehen?«

»Oh, ich bin davon überzeugt. Die Ankündigung, ihn mit der Polizei abholen zu lassen, hat ihn erschreckt. Schließlich ist er noch auf Bewährung.«

Jetzt schwiegen beide. Offensichtlich erwartete Hasleitner, dass Steinböck etwas sagen würde. Er rutschte auf seinem Stuhl herum und räusperte sich.

»Du hast deine Oma wohl sehr gern gehabt?«, fragte er etwas verlegen.

»Ja«, sagte sie und lächelte dabei erstmals wieder. Dann fingen ihre Wangenmuskeln an zu zucken. Tapfer versuchte sie, ihre Tränen zu unterdrücken.

»Morgen ist es zwei Jahre her, dass sie gestorben ist«, sagte sie und begann zu weinen.

»Ich kann einfach nichts dagegen machen. Ich denk fast jeden Tag an sie, und meistens macht es mir nichts aus, aber manchmal ...«

Jetzt heulte sie richtig los. Das waren die Situationen, die Steinböck fürchtete. Sein sonst so messerscharfer Verstand pflegte dann auszusetzen. Angestrengt überlegte er, wie er Ilona trösten könnte. Er dachte daran, wie seine Mutter gestorben war. Er war damals 15, mitten in der Pubertät und voller widerlicher Pickel. Anfangs verachtete er sich selbst, weil er immer wieder weinen musste. Er blickte auf die Katze, und dann erinnerte er sich an die Worte seines Vaters. Er stand auf, zog seinen Drehstuhl hinter sich her und setzte sich neben die junge Frau.

»Weißt du, Ilona, gegen die Trauer kannst du nichts machen. Sie ist wie eine Katze. Sie schleicht sich lautlos an und springt auf deinen Schoß. Du willst sie vertreiben, aber sie krallt sich fest. Du versuchst, an etwas anderes zu denken, aber sie stupst dich mit ihrer feuchten Nase an. ›Ich bin jetzt da‹, sagt sie. ›Akzeptier das gefälligst.‹ Dann bricht meistens alles aus dir heraus. Und es tut verdammt weh. Aber nach einer Weile ist sie plötzlich wieder weg. Die Katze. Genauso lautlos, wie

sie gekommen ist, verschwindet sie wieder. Und letzt-
endlich fühlst du dich besser.«

Ilona seufzte richtig tief, kraulte mit einer Hand den
Kopf von Frau Merkel, während sie sich mit der anderen die Tränen aus dem Gesicht wischte.

»Des ist ein wunderschöner Vergleich, Chef. Ich hätte
nie gedacht, dass du so einfühlsam bist«, sagte sie, während sie so zufrieden lächelte, dass selbst die beiden ver-
schmierten Autobahnen der Wimperntusche, die von
oben nach unten über ihr Gesicht führten, sie in keinster
Weise entstellen konnten.

»Komm, Chef, lass uns arbeiten«, sagte sie und
wandte sich dem Bildschirm zu.

»So nicht, schau dich doch mal an. Jetzt gehst dich
erst mal a bisserl aufbrezeln«, sagte Steinböck energisch.

Ilona stand auf, griff nach ihrer Handtasche und
machte sich daran, das Büro zu verlassen. Bevor sie die
Tür schloss, drehte sie sich noch einmal um.

»Danke«, sagte sie leise.

*

Thomas Klessel lehnte sich in seinem Schreibtischstuhl
zurück und legte die Füße auf den Tisch. Er angelte
mit einem Lineal nach seinem Jackett, das über einem
Hocker lag. Er griff in die Innentasche und holte einen
silbernen Flachmann heraus. Genüsslich schraubte er
den Deckel ab, der zugleich als kleiner Trinkbecher zu
verwenden war. Er füllte ihn bis zur Hälfte und hob
ihn in die Luft.

»Auf dich, Dr. Thomas Klessel. Du bist wahrlich ein Genie.«

Dann kippte er die winzige Menge hinunter, gab einen zufriedenen Schnaufer von sich und schraubte andächtig den Flachmann wieder zu. Schließlich langte er nach dem Telefon und wählte die Nummer von Steinböcks Büro.

»Hast du noch einen Probanden gefunden?«, fragte er ohne Begrüßung und ohne sich vorzustellen.

»Auch ich wünsche Ihnen einen guten Tag, Doktor Frankenstein«, antwortete der Kommissar.

»Frankenstein ist die richtige Anrede. Ich bin ein Genie. Also hast du noch jemanden gefunden?«

»Ja, Glatzen-Hans, er müsste jeden Moment in meinem Büro sein. Der Pförtner hat ihn soeben angekündigt.«

»Oh verdammt, er verliert schon seine Haare?«

»Mensch, was ist los mit dir? Hast du wieder am Klebstoff geschnüffelt?«

»Hacker und Görschi wurden vergiftet.«

»Was heißt vergiftet? Sie wurden erschossen.«

»Das ist richtig. Sie wären aber über kurz oder lang auch so gestorben.«

»Kannst du das beweisen?«

»Noch nicht.«

»Von welchen Zeiträumen sprechen wir?«, fragte Steinböck.

»Vielleicht zwei, drei Wochen.«

»Warum hat man sie dann noch erschossen?«

»Vielleicht um sicherzugehen, dass wir sie nicht näher

untersuchen. Hättest du den Geruch nicht erwähnt, hätte ich diese zusätzliche Untersuchung nie gemacht.«

»Womit sind sie vergiftet worden?«, wollte der Kommissar wissen.

»Ehrlich gesagt, ich habe keine Ahnung. Es ist ein Nervengift. Aber es wirkt schleichend. Irgendwann versagen die Organe. Vermutlich das Herz zuerst. Ich hoffe, dass der Massenspektrometer uns mehr sagen wird. Aber das dauert noch ein paar Tage.«

»Wie lange hatten sie das Gift schon intus?«, fragte Steinböck.

»Ein bis zwei Wochen vermutlich«, sagte Klessel unsicher. Dann fuhr er fort: »Wenn es ein illegaler Medikamentenversuch war, bestehen folgende zwei Möglichkeiten. Erstens, die beiden hatten ein Mittel genommen, das das Gift bereits beinhaltete, oder zweitens, sie waren vergiftet worden und hatten dann quasi ein Gegenmittel bekommen.«

»Und was glaubst du, Thomas?«

»Ich habe wirklich keine Ahnung. Dafür müssten wir ein Speziallabor zurate ziehen. Und das wird richtig teuer.«

»Scheißegal, tu es.«

»Dafür brauche ich Mögeles Genehmigung«, sagte Klessel.

»Gut, ich werde mit ihm reden. Gibt es noch etwas?«

»Dein Freund mit der Glatze sollte unbedingt einen Arzt aufsuchen.«

*

Ilona kam mit einem Mann im Schlepptau zurück ins Büro.

»Schau mal, wen ich da habe, Chef. Glatzen-Hans oder mit bürgerlichem Namen Hans Schulze.«

»Nicht Schulze, sondern Schulte«, unterbrach der Mann, der sich inzwischen ungefragt auf einen Stuhl vor Steinböcks Schreibtisch niedergelassen hatte. Er war etwa Anfang 60 und trug einen verschmutzten hellen Trenchcoat. Sein Pullover und seine Cordhose waren braun, und dazu trug er abgewetzte Haferlschuhe. Über seinem faltigen Gesicht thronte eine braun gebrannte Glatze, die so stark glänzte, dass Hasleitner vermutete, dass er sie mit Öl eingeschmiert hatte. Eine etwa zehn Zentimeter lange weiße Narbe über dem rechten Ohr hob sich darauf deutlich ab.

»Schön, dass Sie zu uns gefunden haben«, sagte Steinböck und drückte den Knopf seines Aufnahmegeräts herunter.

»Ein Verhör?«, fragte Schulte misstrauisch.

»Sagen wir, eine Befragung«, antwortete der Kommissar grinsend.

»Also kommen wir gleich zur Sache. Wir haben erfahren, dass Sie zusammen mit Hacker und Görschi an Medikamentenversuchen teilgenommen haben.«

»Wer hat Ihnen denn dieses Märchen erzählt? Ich habe noch nie in meinem Leben Medikamente zu mir genommen. Außer morgens Aspirin, wenn ich am Abend zuvor zu viel gesoffen hatte. Das ist jedoch schon des Öfteren vorgekommen.« Dann grinste er und entblößte dabei zwei Reihen gelber Zähne, von denen auch nicht mehr jeder einen Nachbarn hatte.

»Und Hacker und Görschi, haben die an solchen Tests teilgenommen?«

»Also Görschi bestimmt nicht. Und Hacker kannte ich noch nicht so lange.«

»Ist es nicht so, dass die beiden in letzter Zeit ziemlich oft gekotzt haben?«

»Das ist Quatsch, wer behauptet denn so etwas?«

»Zum Beispiel der Italiener.«

»Mein Gott, der ist doch meistens besoffen. Dem können Sie sowieso nichts glauben.«

»Dann haben Sie sich in den letzten beiden Wochen nicht öfter erbrochen?«

»Nein, natürlich nicht.«

»Wunderbar, dann besteht ja für Sie keine Gefahr.«

»Wie meinen Sie das?«

»Na ja, wir haben festgestellt, dass Hacker und Görschi vergiftet wurden, und wir vermuten, das Ganze könnte mit illegalen Medikamentenversuchen zusammenhängen.«

»Aber ich dachte, die wären erschossen worden.«

»Das schon, aber die wären auch so bald gestorben. Aber egal, Ihnen kann ja nichts passieren«, sagte Steinböck und beobachtete grinsend Ilona, die ihn völlig verdutzt ansah.

Glatzen-Hans wurde blass und kratzte sich nervös am Arm. Schweißperlen traten überall auf seinem kahlen Schädel hervor, und zum Glänzen kam jetzt auch noch ein Glitzern dazu. Dabei starrte er ängstlich auf seine zitternden Hände.

»Ist Ihnen nicht gut?«, fragte der Kommissar besorgt.

»Nein, nein, es geht mir ausgezeichnet.«

»Und Sie sind sich sicher, dass Sie an keinen Medikamentenversuchen teilgenommen haben?«

»Absolut sicher.«

»Das ist ja bestens. Dann habe ich nur noch eine Frage: Kennen Sie einen Dr. Stöckel?«

»Nein, ich habe den Namen noch nie gehört.«

»Sehr gut, dann können Sie jetzt gehen. Bitte hinterlassen Sie an der Pforte eine Adresse, wo wir Sie in der nächsten Zeit erreichen können. Übrigens, wenn Ihnen noch etwas einfällt, hier meine Handynummer und meine neue Adresse.«

Glatzen-Hans wankte etwas, nachdem er aufgestanden war. An der Tür drehte er sich noch einmal um, blickte auf Steinböcks Zettel und weiter auf die Katze, die ihn während der ganzen Zeit angestarrt hatte. Dann verließ er das Büro.

»Mensch, Chef, das kannst du doch nicht machen. Du hast dem Mann eine Höllenangst eingejagt«, sagte Hasleitner entrüstet.

»Das war auch meine Absicht. Laut Klessel sind Hacker und Görschi tatsächlich vergiftet worden. Und du versuchst, dem Kerl jetzt unauffällig zu folgen. Ich möchte unbedingt wissen, was der jetzt vorhat.«

Hasleitner griff nach ihrer Jacke, öffnete vorsichtig die Tür und lugte den Gang entlang.

»Ich ruf dich an«, flüsterte sie und verschwand nach draußen. Steinböck lehnte sich in seinem Stuhl zurück und verschränkte die Hände hinter dem Kopf. Die Katze sprang auf seinen Schreibtisch, hockte sich auf einen Aktenstapel und starrte ihn mit ihren gelben Augen durchdringend an.

»Was glotzt du so?«, knurrte Steinböck.

»Das hast du ausnahmsweise mal gut gemacht.«

»Das war doch offensichtlich, dass der Kerl lügt.«

»Ich rede nicht von diesem Kerl, sondern von Ilona.«

»Das verstehe ich nicht.«

»Wie du deinen Job machst, ist mir egal. Ich geh mal davon aus, dass du dein Handwerk gelernt hast. Aber das mit dem Mädchen – Respekt.«

»Ich versteh dich immer noch nicht.«

»Der Vergleich mit der Katze, der war richtig gut. Hat mir gefallen.«

»Ach, das meinst du. War nicht von mir, hatte ich mal irgendwo gehört.«

»Hätte mich auch gewundert. Ich geh dann mal pinkeln.«

Die Katze machte einen Sprung aufs Fensterbrett, drückte mit dem Kopf den Fensterflügel etwas zur Seite und verschwand nach draußen.

*

»Verdammt, Sabine, dieser Artikel ist journalistischer Müll.«

»Ach Onkel, hab dich doch nicht so, die Verkaufszahlen waren doch super.«

Fred Schaurig, Chefredakteur und Mitinhaber des Abend-Journals, ließ seinen massigen Körper frustriert hinter seinem Schreibtisch nieder und wischte sich mit einem Taschentuch den Schweiß von der Stirn.

»Sowohl der Polizeichef als auch der Bürgermeister haben mich heute Morgen schon angerufen. Der Polizeichef ist sauer. Er hat im letzten Jahr eine Million Euro für die Erneuerung des Polizeifuhrparks organisieren können, und dann sprichst du bei einem alten Käfer vom aktuellen Einsatzfahrzeug.«

»Puh, kein Wunder, dass der sauer ist«, sagte die kleine Reporterin grinsend und fuhr sich mit der Hand vorsichtig über die gegelten Spitzen ihres Bubikopfs. »Und was wollte der Bürgermeister?«

»Er hat sich beschwert, weil er heute Morgen um sieben Uhr vom Amtstierarzt herausgeklingelt worden war. Dieser war in Begleitung eines gewissen Staller von der Spurensicherung und verlangte die Herausgabe sämtlicher schwarzer Katzen.«

»Das versteh ich nicht. Weißt du, was der wollte?«

»Keine Ahnung. Jedenfalls hat mich dein Artikel in Teufels Küche gebracht. Ich erwarte von dir, dass du etwas gewissenhafter recherchierst. Was ist jetzt wirklich an diesem Fall dran?«

»Na ja, zumindest haben wir jetzt die Aufmerksamkeit der Leser. Es gibt da offensichtlich noch einen Mord, und zwar an einem Penner namens Görschi, einem Freund Hackers. Er wurde ebenfalls erschossen.«

»Du wirst auf keinen Fall von einem Penner schreiben. Nichtsesshafter oder zeitweilig Wohnungsloser, aber auf keinen Fall Penner. Ist das klar?«, schimpfte Fred Schaurig. Er war offensichtlich immer noch sehr wütend, und so versuchte die Reporterin, ihn zu beruhigen.

»Logisch, Onkelchen. Ich gehe heute Nachmittag brav zur Pressekonferenz ins Präsidium. Mögele hat die Presse geladen. Bin mal gespannt, was er zu sagen hat. Außerdem geht's da auch noch um den Fall des ermordeten Stricher, den Kommissar Singer bearbeitet.«

»Auf keinen Fall wirst du das Wort Stricher ...«

»Ist schon klar. Gesellschaftsknabe für ...«

»Jetzt reicht's, kümmere dich um den Fall Hacker. Ich habe gehört, dass es dabei womöglich um illegale Medikamentenversuche geht. Die Firma Bepal Pharm in Martinsried soll darin verwickelt sein. Aber absolutes Fingerspitzengefühl. Kein Wort wird ohne meine Zustimmung gedruckt. Und wehe, wenn du es wagst, noch einmal die Titelseite zu ändern und dich dabei auf mich zu berufen.«

Sabine Husup wusste, dass es besser war zu schweigen, und so verließ sie mit einem scheinheilig gesäuseltem »Aber natürlich, Onkelchen« dessen Büro.

*

Steinböck hatte endlich Zeit, sich den Fall in aller Ruhe noch einmal durch den Kopf gehen zu lassen. Hatte Klessel mit seiner Theorie recht? Waren die beiden aus Versehen vergiftet worden, und hatte man wirklich versucht, das Ganze zu vertuschen, indem man sie erschoss? Warum bestritt Glatzen-Hans die Versuche? Offensichtlich wurde er dafür bezahlt, dass er den Mund hielt.

Warum wurde er nicht erschossen? Jedenfalls war ihm die Geschichte mit der Vergiftung sehr nahegegangen. Steinböck war überzeugt, dass er sich bereits mit Dr. Stöckel in Verbindung gesetzt hatte. Aber war der Leiter der Versuchsabteilung von Bepal Pharm überhaupt in der Lage, kaltblütig zwei Menschen zu erschießen? Er war schon eher der Affekttäter. Andererseits, wie viele Leute in der Firma würden über unerlaubte Tests eingeweiht sein? Höchstens eine Handvoll. Und dann gab es da bestimmt jemanden fürs Grobe. Steinböck beschloss, sich Hackers Aufzeichnungen bis zu Stöckels Eintreffen noch mal genauer vorzunehmen.

Die nächsten eineinhalb Stunden widmete er sich dem Manuskript, wobei er regelmäßig unterbrochen wurde. Als Erstes war es Singer, der ihn anrief. Sie hatten festgestellt, dass Dr. Stöckel der Besitzer der Wohnung war, in der der ermordete Stricher aufgefunden worden war. Nachdem kein offizieller Mietvertrag zwischen den beiden bestand, wollte er Stöckel nach der Verbindung zwischen ihm und dem Opfer befragen.

»Hab vom Mögele gehört, der Kerl kommt heut noch zu dir. Könntest du ihn danach gleich zu mir weiterschicken?«

»Werde ich gerne machen. Wär' schön, wenn du mich auf dem Laufenden halten würdest.«

Eine halbe Stunde später rief Stöckel an und entschuldigte sich, dass er etwas später kommen würde. Steinböck grinste vor sich hin. Er war sich sicher, dass Glatzen-Hans der Grund für die Verspätung war. Etwa 20 Minuten später meldete sich Ilona.

»Chef, rate mal, was eben passiert ist?«, sagte sie mit verschwörerischer Stimme.

Obwohl er es sich denken konnte, wollte er ihr die Freude nicht nehmen, und so antwortete er:

»Keine Ahnung, aber du wirst es mir gleich erzählen.«

»Stöckel und Glatzen-Hans haben sich soeben im Café getroffen. Glatzen-Hans ist wahnsinnig aufgeregt. Er gestikuliert wild mit seinen Armen herum. Stöckel versucht, ihn zu beruhigen, und schaut dabei immer ganz ängstlich um sich.«

»Sehr gut, du bleibst dran. Und wenn sie sich trennen, kommst du zurück ins Büro.«

»Könnt ich vielleicht noch kurz bei meiner Freundin vorbeischauen, bei der ich die nächsten Tage übernachten will? Die geht nicht an ihr Telefon.«

»Von mir aus, aber beeil dich. Ich hätt dich gern dabei, wenn ich den Stöckel verhöre.«

»Danke, Chef, dauert höchstens a Viertelstund'. Liegt aufm Weg.«

Steinböck stand auf, goss sich ein Haferl Kaffee ein, wobei er zufrieden vor sich hinblickte. In diesem Moment kam die Katze zurück, sprang vom Fensterbrett und blieb direkt vor Steinböck sitzen.

»*Was grinst du so?*«, *fragte Frau Merkel.*

»Weil ich eben Grund zum Grinsen habe. Was willst du?«

»*Ich hab Hunger.*«

»Gab's denn keine Mäuse draußen auf dem Parkplatz?«

»*Das sagt gerade der Richtige. Gerade erst zwei riesige Butterbrezen verdrückt, aber einem kleinen unschuldigen Tier die Nahrung verweigern wollen.*«

»Was ist an dir schon unschuldig?«

»*Können solche Augen lügen?*«, fragte sie und schnurrte dabei.

»Ach Scheiße«, brummte er und füllte die Schüssel, die in der Ecke stand, mit Trockenfutter auf. Die Katze setzte sich neben den Napf und blickte ihn erwartungsvoll an.

»Passt dir das Futter nicht?«

»*Ich hätte gern noch frisches Wasser.*«

»Da ist doch noch genug drin«, sagte er und füllte widerwillig aus dem Wasserhahn nach.

»*Und bitte nicht nur nachfüllen. Frisches Wasser. Ich möchte dich mal sehen, wenn man dir am nächsten Morgen das abgestandene Weißbier vom Vorabend hinstellt und dann ein frisches draufgießt.*«

Für einen Moment überlegte Steinböck, ob er ihr die Wasserschüssel hinterherwerfen sollte. Er schloss die Augen und versuchte sich vorzustellen, wie die Kellnerin auf ein lackes Weizen ein frisches draufschüttete. Also spülte er die Blechschüssel aus, füllte frisches Wasser ein und stellte sie missmutig neben die Katze auf den Boden. Trotzdem war er entschlossen, sie für den Rest des Tages zu ignorieren.

»*Geht doch!*«, sagte Frau Merkel schnippisch und zog die Mundwinkel nach unten.

*

Zum wiederholten Male studierte Steinböck Hackers Aufzeichnungen. Die Hinweise auf verschiedene westdeutsche Firmen, die in der ehemaligen DDR Medikamentenversuche an Gefangenen durchgeführt hatten, waren eindeutig. Aber das war nicht die Aufgabe der Mordkommission. Das Ganze lag überhaupt nicht im Zuständigkeitsbereich der Polizei. Außer, Hacker hatte mit den aktuellen Anschuldigungen gegen Bepal Pharm recht gehabt. Ansonsten wäre das Ganze ein Fall für einen investigativen Journalisten. Kurz dachte er dabei an Harry Potter, verwarf dann aber diesen absurden Gedanken. Immer wieder begegnete er dem Namen eines gewissen Dr. Jankosch. Offensichtlich Hackers Hauptinformant. Seine Suchanfrage ergab, dass Jankosch in einem Seniorenheim in Giesing gemeldet war. ›Wohnstift am Entenbach‹ klingt ja recht freundlich, dachte Steinböck und rief das dortige Büro an. Man gab ihm Jankoschs Durchwahl, und wenig später hatte er ihn an der Strippe. Er hatte vor dem Mauerfall als Gefängnisarzt in Hohenschönhausen gearbeitet. Sie verabredeten sich für den nächsten Vormittag im Seniorenheim. Eines war klar, Hackers Recherchen gingen in erster Linie um die Versuche, die westdeutsche Firmen vor der Wende an Häftlingen durchgeführt hatten. Was hatte Hacker herausgefunden, das so brenzlig war, dass man ihn dafür umbringen wollte? Und warum Görschi? Nur weil Hacker ihn eingeweiht hatte? Und was hatte es mit dem angeblichen Lottogewinn auf sich? In diesem Moment klopfte es an der Tür, und bevor er antworten konnte, trat Mögele ein, hinter ihm sein

Zwillingsbruder, zumindest was den hässlichen braunen Trachtenanzug mit den grünen Rändern betraf. Als er ihn erkannt hatte, versteifte sich Steinböcks Körper. Ferdel Bruchmayer, seines Zeichens Staatssekretär im Wirtschaftsministerium und sein erklärter Intimfeind Nummer eins. Das bezog sich nicht nur auf die Sache letztes Jahr in Starnberg, bei der er sich von ihm wie ein naiver Erstklässler hatte linken lassen, sondern auch auf ihre gemeinsame Schulzeit. Schon damals hatte er ein Talent bewiesen, das ihn für die bayerische Politik prädestinierte. Bruchmayer schrieb den Hausaufsatz Wort für Wort bei ihm ab, und Steinböck bekam den Sechser. Der Deutschlehrer gab Steinböck zu verstehen, dass er sehr wohl wisse, von wem das Original sei, zuckte aber bedauernd die Schultern und verwies auf Bruchmayers Vater, den Landtagsabgeordneten und Busenfreund von Ministerpräsident Franz-Josef Strauß. Und so schaffte Bruchmayer es tatsächlich durchs Abitur, obwohl selbst der Hauptschulabschluss normalerweise für ihn schon ein Problem gewesen wäre.

»Ja der Steinböck«, sagte er mit jovialem Grinsen und kam mit diesem federnden Schritt, der offenbar allen Lobbyisten zu eigen ist, auf ihn zu. Steinböck ignorierte die ausgestreckte Hand und wandte sich an Mögele.

»Gibt's irgendwas Wichtiges? Ich hab gleich eine Zeugenbefragung.«

»Sag mal, im Mordfall Hacker, seid ihr da schon weitergekommen?«

»Noch nichts Konkretes. Der Stöckel hat auf jeden Fall Dreck am Stecken.«

»Also Steinböck, ich will, dass Sie den Fall lückenlos aufklären.«

»Und warum ist der dann hier?«, fragte er und deutete auf Bruchmayer, der wieder dieses hinterfotzige Grinsen aufgesetzt hatte, das ihn schon sein ganzes Leben begleitete.

»Der Herr Staatssekretär möchte nur, dass hier keine oiden Kamellen aufgewärmt werden. Sie verstehen schon.«

»Ich versteh gar nichts.«

»Jetzt stell dich net so blöd«, keifte Bruchmayer. »Die angeblichen Arzneimitteltests damals in der DDR haben nichts mit dem Mord zu tun, und die Staatsregierung möchte nicht, dass die ganze Sache wieder hochschwappt. Kümmere du dich um deinen Mord und halt dich aus den anderen Sachen raus.«

»Und die Sauerei wird wieder unter den Tisch gekehrt?«

»Wir kümmern uns schon drum. Dafür gibt's schließlich einen Untersuchungsausschuss.«

»Dass ich net lach – einen Ausschuss. Mensch, Mögele, eine Krähe hackt der andren doch kein Auge aus.«

»Egal, Sie kümmern sich um den Mord und sonst um nichts«, brummte Mögele.

»Und immer schön auf dem Teppich bleiben«, sagte Bruchmayer gehässig.

»Jetzt reicht's«, knurrte Steinböck und schob den verblüfften Herrn Staatssekretär durch die immer noch offene Tür.

»Raus jetzt! Ich muss arbeiten.« Dann schlug er die Tür zu, drehte sich zu Mögele um und fragte: »Woher weiß der von Hackers Aufzeichnungen? Doch net von dir? So gut kenn ich dich.«

»Natürlich nicht. Aber es sind ja genug Leute beim Briefing dabei. Einer von denen hat's ihm halt gesteckt. Und noch was. Treib's nicht zu weit. Der Mann kann dir gefährlich werden.«

»Keine Angst, ich kenn den seit dem Kindergarten. Der Kerl hat so viel Dreck am Stecken, damit füll ich die Süddeutsche Zeitung für ein halbes Jahr.«

»Sei bloß vorsichtig, ich kann dich da nicht decken. Der Kerl hat mächtige Freunde.«

Allein die Tatsache, dass Mögele ihn wieder duzte, zeigte Steinböck, dass er Schiss hatte.

»Bleib ganz ruhig. Ich bau schon keinen Mist. Aber wer sagt uns denn, dass damals keine Regierungsfuzzis dabei waren. Ich muss immer an Hackers Lottogewinn denken.«

»Du meinst das Foto?«, fragte Mögele.

»Genau, das Foto. Irgendjemand war da drauf, und der hat einen Riesenschiss, dass das Foto an die Öffentlichkeit kommt. Warum nicht ein Politiker, der heute ein hohes Viech ist?«

»Dann finde das Foto. Wenn das ein Motiv für die Morde zeigt, steh ich voll hinter dir. Aber Hackers Aufzeichnungen sind nicht unser Bier. Wir sind die Mordkommission.«

»Ist mir schon klar.«

»Übrigens hab' ich noch einen zusätzlichen Kollegen für dich.« Mögele bemerkte Steinböcks entsetztes Gesicht.

»Keine Angst, ich nehm dir deine Hasleitnerin nicht weg. Der Neue ist nur zum Recherchieren hier im Büro. Ich schick dir die Technik für einen weiteren Anschluss.«

»Gegen eine Hilfe im Büro ist ja nichts einzuwenden, aber irgendwann will der dann doch mit raus.«

»Das ist relativ unwahrscheinlich«, sagte Mögele grinsend. »Und außerdem verlangt der Umgang mit dem Neuen Erfahrung und etwas Fingerspitzengefühl. Und dafür bist du nun mal der Geeignetste im Kommissariat.«

Dann klopfte er ihm auf die Schulter und verließ das Büro. Der Leiter der Kripo ließ einen völlig perplexen Steinböck zurück. Der schnaufte ein paar Mal tief durch, dann griff er nach seiner leeren Kaffeetasse und machte Anstalten, sie gegen die Wand zu werfen. Der vorwurfsvolle Blick der Katze ließ ihn innehalten. Er stellte die Tasse zurück, blickte zur Decke hoch, und es reichte gerade noch für ein leises »Lieber Gott, warum gerade ich?«

*

Ilona Hasleitner knallte die Bürotür hinter sich zu und ließ sich schwer atmend und mit hochrotem Kopf auf ihren Bürostuhl fallen. Steinböck blickte sie erstaunt an, und wieder stellte er fest, dass das Mädel einfach zu fett war.

»Entweder du nimmst ab oder du machst langsamer«, sagte er.

Die junge Frau ignorierte seine Bemerkung und sagte keuchend: »Der Stöckel muss jeden Moment da sein. Er hat sich grad unten im Foyer mit jemand getroffen. Ich glaub, die san verabredet. Und rat moi, mit wem?«

»Mit dem Seehofer«, sagte Steinböck spöttisch.

»Ach Schmarren. Mit der Silberlocke, der mit der dürren Tussi.« Steinböck schaute sie verwirrt an. »Na der von heut früh, der mit dem BMW-Cabrio.«

Steinböck schnalzte mit der Zunge.

»Da schau her. Genauso stellt man sich einen schmierigen Winkeladvokat' vor.«

»Du moanst, des ist sein Anwalt?«, fragte Ilona ungläubig.

»Wollen wir wetten?«

»Na, na, ich glaub dir auch so.«

»Und hast du deine Freundin erreicht?«

»Leider net, die ist im Urlaub.«

»Was willst du jetzt machen?«

»Ich werd mir halt für die Zeit eine Pension suchen.«

»Des kost doch ein Heidengeld. Kannst bei mir schlafen.«

»Aber Chef, bist du net a bisserl zu alt für mich?«, sagte sie grinsend.

Verdutzt sah er sie an. Dann grinste auch er.

»Du kannst für ein paar Tage auf dem Sofa im Wohnzimmer schlafen. Mein Bett gebe ich nicht her. Du bist jung genug.«

Sie lachte noch mal laut, dann wurde ihr Gesicht ernst.

»Ich weiß nicht, Chef. Ich bin mir da nicht ganz sicher.«

Steinböck dachte an Ilonas Geschichte. Dann sagte er sanft: »Du brauchst keine Angst haben. Ich lang dich nicht an.«

Ilona zögerte einen Moment. Ihr Blick irrte durchs Zimmer und blieb auf der Katze haften.

»Also gut, ich komm mit«, sagte sie energisch. »Die Katz passt schon auf mich auf.«

In diesem Moment klopfte es an die Tür.

Silberlocke betrat selbstsicher und mit arrogantem Gesichtsausdruck den Raum. In seinem Schlepptau ein zerzauster Dr. Stöckel. Als er Steinböck erkannte, zuckte er kurz mit den Mundwinkeln.

»Grüß Gott, mein Name ist Dr. Käskopf. Ich bin der Anwalt von Herrn Dr. Stöckel. Herr Dr. Stöckel möchte gerne eine Aussage machen.«

»Schon blöd, wenn man so eitel ist und dann auch noch Käskopf heißt«, flüsterte Ilona ihrem Chef ins Ohr. Der brummte nur, bot den beiden Platz an und deutete Hasleitner mit einem Kopfnicken an, dass sie sich hinter ihren Schreibtisch verziehen sollte. Steinböck drückte die Taste des Aufnahmegeräts herunter und sagte:

»Gut, Herr Dr. Stöckel, dann fangen Sie doch mal an.«

»Also, zuallererst muss ich gestehen, dass ich gestern nicht ganz die Wahrheit gesagt habe. Ich kenne die beiden Männer, deren Fotos Sie mir gezeigt haben. Sie gehören zu einer Gruppe sozial Unterprivilegierter, die ich immer wieder mal kostenlos behandle.«

»Das sagten Sie schon. Aber warum behaupteten Sie,

sie noch nie gesehen zu haben, obwohl Sie die beiden sogar beim Namen kennen. Schließlich ist es doch etwas Ehrenhaftes, ›sozial Unterprivilegierte‹ kostenlos zu behandeln.«

»Na ja, wissen Sie, die Herren in den oberen Etagen sehn es nicht besonders gerne, wenn wir das machen.«

»Gestern sagten Sie, dass Sie die Untersuchungen meist in irgendwelchen Sozialstationen durchführten. Es wurde uns auch bestätigt, dass das üblich sei. Aber von einem Dr. Stöckel hat bisher noch nie jemand etwas gehört.«

Dann legte ihm Steinböck die beiden Fotos vor.

»Dieses Foto mit Hacker wurde eindeutig in dem Untersuchungsraum in Ihrem Institut aufgenommen. Herr Dr. Stöckel, hören Sie endlich auf, uns anzulügen.«

»Na gut, ich hab die armen Kerle bei uns im Institut behandelt, aber wenn das herauskommt, kann es mich meinen Job kosten. Ich wollte nur helfen.«

»Mir kommen gleich die Tränen«, sagte Steinböck hämisch. »Hacker und Görschi wurden vergiftet. Und Sie haben damit zu tun.« Jetzt mischte sich Silberlocke ein:

»Was soll das, Herr Kommissar? Die beiden wurden erschossen.«

»Das ist richtig. Aber sie hatten eine tödliche Menge Gift in ihren Körpern und wären in den nächsten Tagen sowieso gestorben. Ihr heimlicher Medikamentenversuch ging daneben, Herr Dr. Stöckel. Also haben Sie die beiden erschossen in der Hoffnung, dass der Pathologe die Toten nicht näher untersuchen würde. Hat er aber.

Und es dauert nur noch wenige Tage, bis wir die Ergebnisse aus dem Speziallabor haben. Und dann kennen wir jeden Stoff, den die beiden in den letzten Wochen zu sich genommen haben. Und sollte etwas Verdächtiges dabei sein, werden wir die ganze Firma auf den Kopf stellen. Außerdem werden wir bis dahin einen Kollegen abstellen, um zu verhindern, dass noch irgendwelche Unterlagen verschwinden.«

»Sie sind doch vollkommen verrückt!«, schrie Stöckel hysterisch. Jetzt erhob sich Silberlocke, der immer blasser wurde, beugte sich zu Stöckel herunter und flüsterte ihm etwas ins Ohr. Dann wandte er sich Steinböck zu.

»Ich möchte meinen Mandanten gerne alleine sprechen.«

»Wie Sie wollen«, brummte Steinböck. Er nickte Ilona zu, und beide gingen vor die Tür.

»Mensch, Chef, das hast du prima gemacht«, sagte sie.

»Das war alles nur Bluff. Wenn Silberlocke nur ein bisschen was auf dem Kasten hat, haut er uns das Ganze um die Ohren. Von wegen Kollegen abstellen.«

»Und was ist mit der Hausdurchsuchung?«

»Klessels bisherige Ergebnisse sind Vermutungen. Bevor wir nicht die Laboruntersuchungen haben, reicht das nicht für eine Hausdurchsuchung.«

»Und was ist mit seinem Alibi? Der Nachbar behauptete, dass er bereits um 18 Uhr weggefahren sei. Und im Kino konnte sich auch niemand an ihn erinnern. Nur die Anrufe, während Görschi ermordet wurde, hatte er offensichtlich von seinem Büro aus geführt«, sagte Ilona.

»Die gleiche Tatwaffe lässt auf einen Täter schließen. Dann würde Stöckel also nicht infrage kommen.«

»Außer, sie sind zu zweit.«

»An wen denkst du?«, fragte Steinböck.

»Na ja, an Glatzen-Hans. Wer sagt, dass er nur einer der Probanden ist? Vielleicht ist er ja Stöckels Komplize. Das wirkte sehr verschwörerisch, wie sich die beiden heute unterhalten haben.«

Der Kommissar runzelte die Stirn.

»Von dieser Seite hab ich das Ganze noch nicht betrachtet. Respekt, Hasleitner.«

Inzwischen steckte Silberlocke seinen Kopf zur Tür raus.

»Also, Herr Kommissar«, legte der Anwalt los, »Herr Dr. Stöckel möchte noch mal klarstellen, dass er die beiden nur aus sozialem Engagement heraus gratis behandelt hat und dass er weder mit ihrem Tod noch mit ihrer angeblichen Vergiftung irgendetwas zu tun hat.«

»Hatten Sie noch andere Patienten aus der Obdachlosenszene?«, fragte Steinböck und wandte sich dabei an Stöckel.

»Nein, wirklich nur die beiden«, antwortete Stöckel, nachdem er kurz überlegt hatte.

»Kennen Sie diesen Mann?«, fragte Steinböck und legte ihm ein Foto von Glatzen-Hans vor.

»Nein, den hab ich noch nie gesehen.«

»Gut, noch mal zu Ihrem Alibi. Ihr Nachbar erinnert sich noch genau, wie Sie ihm zugewinkt haben.«

»Sagte ich doch.«

»Aber es war 18 und nicht 19 Uhr, als Sie von zu Hause wegfuhren. Und im Kino kann sich keiner an Sie erinnern. Sie hatten also genügend Zeit, nach Schwabing zu fahren und Oskar Hacker zu erschießen.«

»Wie kommen Sie nur auf so eine absurde Idee?«

»Weil Sie mich permanent anlügen. Mit diesem Mann«, und dabei tippte Steinböck wild auf Glatzen-Hans' Bild, »den Sie angeblich noch nie gesehen haben, haben Sie sich erst vor einer Stunde getroffen.«

Stöckel wurde bleich, und bevor er etwas sagen konnte, griff Käskopf ein.

»Mein Mandant möchte im Moment zu diesem Thema keine Aussage machen.«

»Und was ist mit Ihrem Alibi?«

Bevor Silberlocke ihn stoppen konnte, fuhr Stöckel fort:

»Von 18.30 Uhr bis etwa 20 Uhr war ich im ›Faun‹. Und bevor Sie mich jetzt fragen, warum ich das nicht vorher angegeben habe – ganz einfach, es handelt sich um eine Schwulen-Bar.«

»Und Sie sind verheiratet«, meldete sich plötzlich Hasleitner mit verblüfftem Gesicht.

»Richtig, verstehen Sie jetzt?«

»Wo ist diese Bar?«, wollte Steinböck wissen.

»In der Hans-Sachs-Straße. Der Barkeeper kann bezeugen, dass ich da war.«

»Wir werden das prüfen. Das wär's dann für den Moment. Ach übrigens, der Kollege Singer möchte Sie noch gerne befragen.«

»Worum geht es denn?«

Steinböck griff nach einem Zettel, der vor ihm auf dem Schreibtisch lag.

»Um den Mord an einem jungen Stricher, der am Montag in Ihrer Wohnung in der Hans-Sachs-Straße gefunden wurde.«

Plötzlich herrschte eisiges Schweigen im Raum, und Stöckel wurde von einem auf den anderen Moment aschfahl im Gesicht.

»Sieht so aus, als würde Ihr Alibi für Hacker Sie zum Verdächtigen bei einem anderen Mord machen«, brummte der Kommissar.

*

Hasleitner hatte inzwischen die Nummer des ›Faun‹ herausgesucht. Sie wählte, und als es klingelte, stellte sie das Gespräch zu Steinböck hinüber. Der Kommissar hatte Glück. Er erreichte den Barkeeper, und dieser bestätigte Stöckels Anwesenheit. Er konnte sich noch besonders gut daran erinnern, weil es Probleme mit Stöckels Begleitung gab. Ein ziemlich heruntergekommener Typ. Er bat ihn für den nächsten Tag ins Büro, um seine Aussage schriftlich aufzunehmen. Ein kurzes Klopfen an der Tür unterbrach ihn. Der Haustechniker steckte seinen Kopf herein. Steinböck nickte ihm zu und legte auf.

»So, ihr braucht's schon wieder einen neuen Anschluss. Ihr vermehrt's euch ja schneller als die Karnickel«, stellte der Mann mit dem Werkzeugkasten lachend fest. Ilona sah Steinböck verwirrt an.

»Wir bekommen Verstärkung. Ein neuer Kollege. Ich glaub, ich verzieh mich mal, bis die hier fertig sind.«

»Ein neuer Kollege?«, wiederholte sie verschreckt. »Und was ist mit mir?«

»Du hältst die Stellung. Ich bin in einer halben Stunde wieder da.«

»Ich mein, kann ich bleiben, wenn der Neue kommt?«

»Mädel, du siehst doch, dass wir einen zusätzlichen Anschluss machen. Ich geb dich doch nicht mehr her.« Dann stand er auf und ließ eine erleichterte Ilona und einen grinsenden Techniker zurück.

*

Steinböck nutzte die Unterbrechung, um Singer aufzusuchen. Dieser saß gerade mit Stöckel und Silberlocke im Vernehmungszimmer. Nebenan im Beobachtungsraum hockten Mögele und ein weiterer Kollege.

»Und wie sieht's aus?«, fragte er.

»Er hat die Tat an dem jungen Stricher gestanden. Er sagt, es sei ein Unfall gewesen. Sie hätten sich gestritten. Es gab eine Rangelei, und der Junge versuchte, ihn zu würgen. Er hätte nach dem nächstbesten Gegenstand gegriffen und zugeschlagen. Dummerweise war dies der nackte David aus Bronze und drei Kilo schwer.«

»Und sein Anwalt?«

»Nichts. Zweimal hat er telefoniert, und ansonsten hockt er einfach da und lässt Stöckel ins offene Messer rennen. Ich versteh' den Kerl nicht.«

»Ich schon«, brummte Steinböck. »Das ist der Anwalt von Bepal Pharm. Ein verheirateter Leiter des Entwicklungslabors, der sich als schwul entpuppt und noch dazu am Tod eines Strichers schuld ist. Der wird geopfert, das sag ich dir. Dann sind eventuelle Medikamentenversuche für die Presse nicht mehr interessant. Und als Mörder für Hacker und Görschi kommt er nicht mehr infrage. Der Kerl tut mir sogar leid. Mir reicht's, ich geh in die Kantine«, sagte er wütend und verließ den Raum.

*

Pünktlich eine halbe Stunde später war Steinböck zurück in seinem Büro. Der Hausmeister hatte noch einen Schreibtisch gebracht, und der Techniker war gerade dabei, das Netzwerkkabel einzustecken.

»So, ich denke, jetzt muss alles funktionieren. Wenn der Neue Probleme hat, soll er mich halt anrufen«, sagte er, packte seine Tasche zusammen und verließ das Büro. Hasleitner starrte unentwegt Steinböck an, der sich in die Papiere auf seinem Schreibtisch vertieft hatte. Irgendwann spürte er ihren Blick und sah kurz auf.

»Willst du irgendetwas?«, fragte er.

»Ich will wissen, was mit dem Neuen ist.«

»Was soll mit dem schon sein? Mögele hat uns eben einen zusätzlichen Kollegen besorgt. Und den können wir auch dringend gebrauchen.«

»Kennst du ihn?«

»Nein, aber er soll irgendwie komisch sein. Der Mögele meint, bei dem sei Fingerspitzengefühl vonnöten, und das würde er nur uns zutrauen.«

»Du willst mich verscheißern?«

»Nein ehrlich, genau so hat er es gesagt.«

»Geht der dann mit dir nach draußen?«

»Der Oberchef sagt, er wäre nur fürs Büro da. Vielleicht so eine Art Profiler.«

»Aber wenn der schon ausgebildet ist, dann …«

»Jetzt wart's halt ab, bis er kommt«, unterbrach er sie genervt. Hasleitner schmollte und stand auf, um sich einen Kaffee zu holen. Gerade als sie die Tasse einschenkte, gab es einen lauten Knall an der Tür. Steinböcks Hand glitt automatisch zu seiner Waffe. Frau Merkel sprang auf, machte einen gewaltigen Buckel und sträubte ihr Fell, sodass sie für einen Moment doppelt so groß erschien wie normal. Steinböck hörte sie das erste Mal laut fauchen; sie machte wirklich einen gefährlichen Eindruck. Vor der Tür war es jetzt vollkommen ruhig, nur ein leises Klopfen erinnerte daran, dass da draußen jemand war. Steinböck räusperte sich.

»Herein.«

Hasleitner versuchte fluchend, mit einem Papiertaschentuch den Kaffee aufzuwischen, der inzwischen die Wand des Schränkchens herunterlief. Dann kam er herein. Nein, er kam nicht, er rollte. Auf einem Rollstuhl der Kategorie Formel 1, gekleidet mit einer dreiviertellangen Lederhose, Haferlschuhen und einem rot-weiß karierten Hemd. Leicht geduckt, verschmitzt grinsend sagte er:

»Sorry, ich hab die Kurve net gekriegt. Darf ich mich vorstellen? Ich bin der Neue. Kommissar Emil Mayer junior, Neger, Rollstuhlfahrer und 60er-Fan.«

Frau Merkel löste sich als Erste aus ihrer Erstarrung.

»Der arme Kerl. 60er-Fan, als ob er nicht schon genug gestraft wäre.«

Sie sprang vom Fensterbrett und umrundete vorsichtig den Rollstuhl, um dabei immer wieder mal an den Reifen zu schnuppern. Hasleitner und Steinböck starrten abwechselnd auf die Katze und den Neuen, während Mayers Blick zwischen den beiden belustigt hin und her wanderte. Dann machte die Katze einen Sprung auf Emils Knie und rieb schnurrend den Kopf an dessen Schulter.

»Okay«, dabei zeigte Emil Mayer jr. mit dem Finger auf die Katze. »Wenn's nach ihr geht, kann der Neger bleiben. Wie isses mit euch?«

»Von mir aus auch«, sagte Steinböck. Dann blickten beide Ilona an.

»Der Neger kann bleiben«, sagte sie mit breitem Grinsen.

*

Nachdem Steinböck, die Katze und Ilona am späten Nachmittag das Büro verlassen hatten, rollte Emil Mayer jr. in die Mitte des Raumes. Langsam drehte er sich um die eigene Achse, indem er die Räder jeweils in die entgegengesetzte Richtung bewegte. Er grinste zufrieden. Endlich war er wieder dabei. Er dachte an die Kugel in seinem Rücken, die sein ganzes Leben verändert hatte. Er war gerade Kommissar geworden, als es passierte. Er hatte nie resigniert, aber die Tatsache, dass man ihn in irgendein Büro versetzen wollte, in dem er nur noch administrative Arbeiten verrichten sollte, machte ihn wütend. Das war das erste Mal, dass er seinen Onkel um einen Gefallen gebeten hatte. Er hatte Steinböck gleich gesagt, dass Bruchmayer sein Onkel sei, und für einen Moment war die Stimmung im Büro ziemlich eisig gewesen.

»Wie kommt es, dass der dein Onkel ist?«

»Weil ich schwarz bin?«, fragte er und blickte dabei den Chef trotzig an. Dann lachte er und stellte lakonisch fest: »Der ist doch noch viel schwärzer als ich.«

»Das kann wohl stimmen«, brummte Steinböck und lächelte dabei schon wieder. »Also, wie kommt es, dass er dein Onkel ist?«

»Meine Mutter und er sind Geschwister.«

»Die Franzi ist deine Mutter?«

»Genau, und der Emil Mayer senior, ein sogenanntes Besatzerkind, ist mein Vater.«

»Wie geht's ihr, der Franzi, ich mein, deiner Mutter?«

»Gut, sie wohnt jetzt in Rosenheim.«

Er grinste Steinböck frech an: »War da mal was zwischen euch beiden?«

»Das willst du gar nicht wissen«, erwiderte der schmunzelnd und warf ihm einen Packen Akten auf den Schreibtisch.

»Hier unser Fall. Mach dich damit vertraut. Morgen früh geht's weiter.«

Emil Mayer jr. war wieder dabei. Er hatte ein neues Team: einen ausgefuchsten Kriminaler als Chef, dessen unorthodoxe Arbeitsweise in der Szene bekannt war, eine Polizeianwärterin, die richtig nett zu sein schien, und eine absolut verrückte Katze. Das karge Büro mit seinen kalten Neonleuchten erschien ihm wie das Paradies. Klar, da sollten ein paar Bilder an die Wand, und es gab auch warmes Neonlicht. Er beschloss, sich darum zu kümmern. Dann rollte er hinter seinen Schreibtisch, stieß einen tiefen Seufzer aus und machte sich über die Akten her.

*

Auf dem Heimweg saß Frau Merkel auf Hasleitners Arm.

»Was hältst du von ihm?«

Steinböck blickte sie fragend an:

»Wen meinst du?«

»Du weißt genau, wen ich meine. Den Neuen.«

»Hast du immer noch Angst, dass er dir den Job wegnimmt?«, fragte er grinsend.

»Na, ich find ihn nett. Und wie er sich vorgestellt hat. Neger, Rollstuhlfahrer und 60er-Fan.«

»Ja, alles Außenseiter und Verlierer in der Münchner Gesellschaft.«

»Lass des bloß keine 60er-Fans hören, da sind ganz nette Menschen drunter«, sagte Hasleitner.

»Ich weiß, ich bin auch einer von denen. Und was ist mit dir?«

»Na ich bin natürlich Bayern-Fan. Sag mal, des mit dem Emil seiner Mutter, war da früher wirklich etwas zwischen euch?«

»Ich denk, wir sollten uns lieber über den Fall unterhalten«, sagte Steinböck streng. Ilona grinste, streichelte die Katze und flüsterte ihr etwas ins Ohr. Steinböck hörte die Katze kichern. Er versuchte, etwas von Frau Merkels Gedanken aufzufangen. Aber da war nichts.

»Saukatz«, brummte er unhörbar. Hasleitner grinste immer noch. Sie blickte ihren Chef an und dann die Katze, zuckte kurz mit den Schultern und fuhr dann mit gespieltem Ernst fort:

»Also, wenn Stöckel wirklich in der Schwulen-Bar war, fällt er als Täter definitiv aus.«

»Verdammt, hat es jetzt Medikamentenversuche gegeben oder nicht?«, dabei klopfte er wütend mit der Hand auf das Lenkrad.

»Denk daran, die beiden wurden vergiftet. Wo sollte das Gift denn sonst herkommen?«

»Wir brauchen Glatzen-Hans. Und zwar, bevor er tot ist«, murmelte Steinböck.

»Und wenn er gar nicht an dem Versuch teilgenommen hat, wenn er wirklich nur Stöckels Handlanger oder Komplize ist?«

»Als ich ihm erzählte, dass die beiden anderen vergiftet worden waren, da war er wirklich erschrocken. Und hast du nicht erzählt, dass er wahnsinnig aufgeregt war, als er sich mit Stöckel getroffen hatte? Wir schreiben ihn zur Fahndung aus.«

»Aber du hast doch nichts Konkretes gegen ihn in der Hand.«

»Dann basteln wir uns etwas. Irgendetwas wird mir schon einfallen.«

»Er hatte sich ein Taxi genommen, als er sich von Stöckel trennte.«

»Ein Sandler, der ein Taxi nimmt? Würde mich interessieren, wo der hingefahren ist.«

»Es war der Taxistand am Stachus. Ziemlich genau um 14 Uhr. An einen Sandler müsste man sich doch erinnern können«, meinte Hasleitner.

In diesem Moment fuhr Steinböck auf den Seitenstreifen einer Bushaltestelle. Er deutete auf die Lidl-Filiale.

»Ilona, sei so nett und hol mir zwei Flaschen Prosecco aus dem Supermarkt. Aber eher an teuren. Sonst blamier ich mich heute noch mal.«

Sie blickte ihn fragend an und streckte ihm die offene Hand hin. Der Kommissar griff in die Innentasche seines Sakkos und holte ein paar Scheine heraus. Er drückte ihr einen Zwanziger in die Hand.

»Was willst du heute Abend essen?«, fragte er.

Sie zuckte mit den Schultern, hob die Katze zu Steinböck hinüber und stieg aus.

»Keine Antwort ist auch eine Antwort«, knurrte er. Dann griff er zum Handy und wählte die Büronummer.

»He, Emil, dachte mir schon, dass du noch da bist. Es gibt Arbeit für dich. Steig mal der Taxizentrale auf die Füße. Heute gegen 14 Uhr, Taxistand am Stachus, der vor dem großen Brunnen. Da hat jemand einen Sandler aufgenommen. Ich möchte wissen, wo der hingefahren ist. Was, du weißt nicht, was ein Sandler ist? Na, ein Penner halt oder korrekt gesagt ein Obdachloser. Bis morgen früh reicht's. Also häng dich rein. Übrigens, es handelt sich um Hans Schulte. In den Akten muss irgendwo ein Foto von ihm sein.«

Zufrieden legte er auf und schaute Frau Merkel an. Er kraulte sie hinter den Ohren, und tatsächlich schien es ihr zu gefallen. Immer lauter begann sie zu schnurren und drückte ihren Kopf mit geschlossenen Augen fest in seine Hand. Der Kommissar schloss ebenfalls die Augen und lehnte sich zurück. Das Schnurren der Katze wurde immer intensiver, und er war kurz davor einzuschlafen. Plötzlich zuckte er zusammen, als jemand dicht neben seinem Ohr gegen die Scheibe klopfte. Mürrisch drehte er das Seitenfenster herunter.

»Was wollen Sie?«, fragte er barsch die Politesse, die ihren Kopf nun zum Fenster hineinsteckte und sich neugierig umsah.

»Guter Mann, das ist eine Bushaltestelle und kein Parkplatz. Außerdem gehören Tiere nicht auf den Fahrersitz, sondern in eine gesicherte Beherbergung. Führerschein und Fahrzeugpapiere bitte.« Ihr aufdringliches Parfüm ließ Steinböck das Gesicht verziehen. Er kramte nach seinem Dienstausweis und hielt ihn ihr unter die Nase.

»Das ist eine Observation in einem Mordfall, und die Katze ist nur Tarnung.«

Die Politesse kroch wieder aus dem Fenster, nahm den Ausweis und studierte ihn aufmerksam. Erleichtert atmete Steinböck, der die ganze Zeit die Luft angehalten hatte, tief ein. Frau Merkel nieste und sprang auf die hintere Sitzbank. Inzwischen war Hasleitner zurückgekommen, öffnete die Beifahrertür und hievte eine Einkaufstüte von Lidl auf den Rücksitz, wobei die Prosecco-Flaschen deutlich hörbar aneinanderschlugen. Sie musterte die Politesse kurz und warf dann dem Kommissar einen fragenden Blick zu.

»Von wegen Observation«, zischte die Hüterin der Münchner Verkehrsordnung giftig und blickte argwöhnisch auf die Plastiktüte. Wie immer schaltete Hasleitner blitzschnell.

»Mensch, Chef, gib Gas. Der Verdächtige hat soeben die Lidl-Filiale verlassen. Er sitzt in dem blauen BMW, der gerade vom Parkplatz fährt.«

»Tut mir leid, Einsatz«, sagte Steinböck und nahm der verdutzten Frau seinen Ausweis ab. Dann legte er den Gang ein, und während Ilona sich anschnallte, folgte er mit einer gewaltigen Fehlzündung langsam dem BMW. Sie schaute zu ihrem Chef hinüber, und dann grinsten sich beide an.

»Die hat ganz schön gestunken«, sagte sie.

Steinböck klopfte mit der flachen Hand aufs Lenkrad und sagte lachend:

»Sogar die Katze hat niesen müssen.«

Nach zehn Minuten erreichten sie die Fallmerayerstraße. Steinböck lenkte den Käfer auf den Parkplatz. Dann half er Hasleitner dabei, den Koffer ins Haus zu tragen. Die Katze eilte mit eleganten Sprüngen in Richtung Wintergarten davon.

Wie nicht anders zu erwarten, passte sie Maxi Müller im Treppenhaus ab.

»So, zieht die Kollegin jetzt bei Ihnen ein? Na ja, nett ist sie ja. Mir kann's egal sein. Ich bin da tolerant«, meinte sie schmunzelnd, wobei sie offenbar auf den Altersunterschied anspielte.

»Des ist nicht so, wie Sie glauben, Frau Müller. Ich hab daheim gerade Probleme«, dabei zeigte sie auf ihr lädiertes Gesicht. »Der Kommissar hat mir für die nächsten Tage seine Couch angeboten.«

»Wenn das so ist, dann kommen S' mal mit«, sagte sie, fasste Ilona an der Hand und zog sie hinter sich her. Diese blickte fragend Steinböck an, der aber auch nur mit den Schultern zuckte und dann laut hinterherrief:

»Ich geh dann mal nach oben, mich bei den Domeniks vorstellen.«

»Vergessen Sie den Prosecco nicht«, rief Maxi Müller, bevor sie mit Hasleitner in ihrer Wohnung verschwand.

*

Steinböck hatte vorsichtshalber beide Prosecco-Flaschen unter den Arm geklemmt. Wie schon vor drei Tagen versuchte er, im sportlichen Laufschritt eine Treppe zu nehmen, was auch dieses Mal in einem kleinen Desaster endete. Also setzte er sich erst mal vor der Wohnung der beiden alten Herrschaften auf die letzte Stufe und versuchte, wieder zu Atem zu kommen. Unten hörte er, wie jemand den Koffer über den Steinfußboden rollte. Er schnaufte noch mal tief durch, dann klopfte er gegen die Tür. Offensichtlich hatte Amely von Domenik bereits hinter der Tür gelauert. Sie wurde so schnell geöffnet, dass sein zweiter Klopfer bereits ins Leere ging.

»Der Herr Kommissar«, sagte sie laut lachend und riss ihm die beiden Prosecco-Flaschen förmlich aus den Händen. »Ha, meine Lieblingsmarke, der vom Lidl. Nur ein bisschen warm. Aber wir haben natürlich immer ein paar davon im Kühlschrank stehen. Gööötz, du kannst jetzt einschenken, unser neuer Nachbar ist da«, flötete sie.

Steinböck erreichte das Wohnzimmer. Da stand Götz, der Liftboy, mit einem Tuch über dem Arm und verstaute gerade eine Flasche Prosecco in einem alten silbernen Eiskübel. Dann schob er Amely den Stuhl hin, wartete, bis sich der Kommissar gesetzt hatte, bevor er sich selbst in einer Art Thronsessel niederließ, dessen Bezug vermutlich aus demselben Material wie sein Jackett war. Wie mit den Augen eines Kindes, das zum ersten Mal einen prächtig geschmückten Weihnachtsbaum zu Gesicht bekommt, glitt Steinböcks Blick fasziniert durch den Raum. Ein Sammelsurium von Kitsch, Plüsch und schlechtem Geschmack verschmolz durchaus zu einer Einheit, die mancher Münchner Schicki-micki-Wohnung gutgetan hätte.

»Herr Kommissar, wie schön, dass Sie gekommen sind«, sagte Götz von Domenik und schob ihm ein silbernes Tablett mit Crackern hin, auf deren undefinierbarem Aufstrich eine einzelne Kaper thronte. Vorsichtig griff Steinböck nach einem. Der Geschmack überraschte ihn. Eine Mischung aus Kräuterkäse und geräucherter Forelle ergänzte sich perfekt mit der Kaper.

»Nun erzählen Sie schon, Herr Kommissar«, sagte Amely von Domenik aufgeregt.

»Nun lass den Kommissar doch erst mal essen, meine Liebe.«

Steinböck machte ein fragendes Gesicht, während er nach dem nächsten Cracker griff.

»Ich versteh Sie nicht, was soll ich Ihnen denn erzählen?«

»Also Herr Kommissar«, sagte sie entrüstet. »Wir wollen wissen, wie weit Sie mit der Aufklärung des Mordes des beklagenswerten Oskar Hacker sind?«

»Ach so, ehrlich gesagt tappen wir da noch im Dunkeln. Vielleicht doch ein Raubmord.«

»Ach wo denken Sie hin, Herr Kommissar. Der arme Oskar war doch ständig pleite. Immer wieder hat er uns um Geld angepumpt.«

»Und Sie haben es ihm gegeben?«

»Na ja, er brauchte es doch für seine Recherchen«, sagte sie. »Bitte erzählen Sie nichts davon Maxi, ich meine, dass wir ihm Geld geliehen haben.«

»Sie hat ihm doch selbst genug gegeben«, murmelte ihr Mann.

»Ja, bei ihr ist es etwas anderes. Sie wollte nicht, dass wir von unserer kleinen Rente etwas abgeben … Könnte es nicht mit den Recherchen zu seinem Buch zusammenhängen?«

»Was wissen Sie darüber?«, fragte Steinböck eher beiläufig und betrachtete die aufsteigenden Perlen in seinem Glas.

»Nichts Genaues, Oskar tat immer sehr geheimnisvoll, aber es hatte wohl irgendetwas mit seiner Vergangenheit in der DDR zu tun.«

»Und sonst wissen Sie nichts?«

»Nein, aber Maxi vielleicht. Mit ihr hat er sich gut verstanden.«

»Was macht sie eigentlich beruflich?«

»Maxi? Nichts. Ein bisschen Schauspielerei. Früher bekam sie kleine Rollen am Theater. Sie hat viel Geld von ihrer Mutter geerbt. Außerdem studierte sie Biologie.«

»Nein, Botanik. Das war Botanik, Liebes«, unterbrach sie ihr Mann, wobei er ihr beruhigend die Hand auf den Arm legte.

»Ach ist doch völlig egal, sie hat es ja eh nicht abgeschlossen. Wussten Sie, dass Maxi mehrere Jahre in Indien gelebt hatte? Sie ist genauso verrückt, wie es ihre Mutter war.«

»Nein, das wusste ich nicht«, antwortete der Kommissar etwas genervt, weil er genau wusste, was jetzt auf ihn zukam.

»Also Maxis Mutter Sonja, meine jüngere Schwester, und ich lebten zusammen mit unseren Eltern in Dießen. Mein Vater war Kunstmaler, und wir hatten eine wunderbare Kindheit. Eines Tages kamen unsere Eltern bei einem Autounfall ums Leben. Sonja war gerade 18 geworden. Noch im selben Jahr packte sie ihre Koffer und entschied sich, nach München zu gehen, um

Schauspielerin zu werden. Das war das letzte Mal, dass ich sie gesehen habe.«

»Ich glaube nicht, dass den Kommissar diese Geschichte interessiert«, unterbrach sie ihr Mann. Steinböck war klar, dass er noch mindestens eine halbe Stunde Konversation betreiben musste, also entschied er sich doch für die Lebensgeschichte dieser bewundernswerten Frau, anstatt weiter über den Mordfall Hacker zu diskutieren.

»Nein, nein, ich find das äußerst spannend. Ihre Schwester blieb also nicht in München.«

»Doch, ich glaube, sie hat München nie verlassen.«

»Warum haben Sie sie nie besucht? Nach Dießen sind es keine 60 Kilometer.«

Plötzlich herrschte eine ungewöhnliche Stille. Die beiden schauten sich an. Amely griff nach den Händen ihres Mannes.

»Wir können es doch dem Kommissar erzählen? Irgendjemandem müssen wir es doch erzählen.«

Bevor Götz von Domenik etwas erwidern konnte, knallte der Fensterflügel, der offensichtlich nur angelehnt war, gegen die Wand, und Frau Merkel sprang ins Zimmer.

»Ach nein, die Katze.« Amely klatschte erfreut in die Hände. »Sie ist immer so stürmisch.«

Frau Merkel durchquerte den Raum und sprang direkt auf Steinböcks Schoß.

»Verdammt, was machst du denn hier?«, sagte Steinböck halblaut.

»*Mensch, auf diese Geschichte warte ich schon lange. Ich liebe Familiendramen. Ich hoffe, es wird eines.*«

Dann rollte sie sich schnurrend auf Steinböcks Oberschenkeln zusammen und starrte mit ihren bernsteinfarbenen Augen erwartungsvoll in Richtung der beiden alten Herrschaften. Steinböck überlegte aufgrund dieses Zwischenspiels ernsthaft, ob er gehen sollte, beschloss aber zu bleiben. Wieder dachte er kurz darüber nach, den Polizeipsychologen aufzusuchen.

»Gut, ich werde es selbst erzählen«, sagte von Domenik und zupfte an den Troddeln seiner Sergeant-Pepper-Uniform herum.

»Als Sonja ging, war sie schwanger. Und zwar von mir. Sie stritt mir jedes Recht auf das Kind ab. Sie sagte, sie würde nach Holland fahren, um es wegmachen zu lassen. Es ging mir damals ziemlich schlecht. Dann sind wir beide zusammengekommen.« Er blickte zu Amely und lächelte.

»*Ist das nicht gigantisch. Das ist besser als bei Pilcher*«, tönte es in Steinböcks Kopf. Kurz überlegte er, der Katze den Hals umzudrehen.

»*Denk erst gar nicht dran.*«

»Drei Jahre später sah ich sie durch Zufall wieder«, fuhr von Domenik fort. »Ich war beruflich in München, da stand sie plötzlich vor mir, ein kleines Mädchen an der Hand. Sie bestritt erst gar nicht, dass es meine Tochter sei. Sie war inzwischen mit einem 20 Jahre älteren Mann verheiratet, der offensichtlich sehr reich war. Irgendwie brachte sie mich dazu, ihr zu versprechen, mich aus ihrem Leben herauszuhalten. Maxi solle nie erfahren, dass ich ihr Vater sei. Ein paar Jahre später starb Sonjas Mann. Wir lasen es in der Zeitung. Ein Nachruf auf einen erfolgreichen Münchner Geschäftsmann. Das nächste Mal, dass wir von ihr hörten, war die offizielle Benachrichtigung über ihren Tod. Sie hatte Krebs. Sie wurde gerade mal 44 Jahre alt. Die Behörden setzten sich mit mir in Verbindung, als es um Sonjas Nachlass ging. Maxi war die Haupterbin, aber sie war verschwunden. Schließlich fanden wir heraus, dass sie irgendwo in Indien in einem Aschram lebte. Sie schrieb uns, dass sie im Moment nicht bereit sei, nach Hause zu kommen. Auch schien sie der Tod ihrer Mutter nicht besonders zu berühren. Sie bat mich darum, mich um ihre Angelegenheiten zu kümmern, bis sie zurückkommen würde.«

»Wie war das Verhältnis zwischen den beiden?«

»Ich glaube, nicht besonders. Maxi spricht nicht gerne darüber. Sie hat ihre Jugend in verschiedenen Internaten verbracht. Ich denke, meine Schwester hatte sie abgeschoben. Sie wollte ihr Leben leben, und Maxi war ihr im Weg. An Geld fehlte es nicht, so besuchte sie über kurz oder lang eine Reihe exklusiver Internate in ganz Europa.«

»Sie blieb nie lange?«, fragte Steinböck.

»Nein, sie war wohl genauso schwierig wie ihre Mutter. Jedenfalls taten ihr die Jahre in Indien gut. Als sie zurückkam, nur mit einem Koffer und einer ganzen Menge winziger Ableger und Samen aus Indien, zog sie hier in dieses Haus, ließ sich einen Wintergarten anbauen und holte uns zu sich. Die Armut in Indien hatte sie verändert. Sicherlich ist sie exzentrisch oder sogar ein bisschen verrückt. Auf jeden Fall ist sie aber hilfsbereit und sehr sozial.«

»Ach, ich muss gleich heulen. Maxi Müller, der Menschenfreund«, kommentierte Frau Merkel die Ausführung der alten Dame.

Steinböck stand auf, packte sie und ging aufs Fenster zu. Dabei zog er leicht angewidert die Nase hoch und sagte: »Ich glaube, die Katze muss mal raus.«

Dann setzte er sie auf den Mauervorsprung und schloss schnell das Fenster.

»Und tschüss«, murmelte er. Dann wandte er sich wieder den von Domeniks zu. Der entrüstete Blick von Frau Merkel entging ihm. Eine gewisse Genugtuung konnte Steinböck in diesem Moment nicht verhehlen.

*

»Also Sie können das Gästeapartment gerne nutzen, bis Sie Ihre Probleme zu Hause gelöst haben. Hier sind Bettwäsche und ein Schlüssel für die Außentür. Nur für die Verbindungstür hier zu meiner Wohnung gibt es keinen Schlüssel mehr. Aber ich denke, damit können wir beide leben.« Hasleitner stemmte ihren Koffer auf die dafür vorgesehene Ablage und wandte sich dann Maxi Müller zu.

»Ich weiß gar net, wie ich Ihnen danken soll.«

»Mensch Kindchen, mach doch kein Gedöns daraus. Ich hab gerade keinen Besuch, und außerdem möcht ich dir ersparen, deinen Chef auch noch am Abend ertragen zu müssen.«

»Na ja, so schlimm is er gar net, aber so ist es schon angenehmer.«

»Also pack deine Sachen aus. In einer Dreiviertel-stunde gibt's was zu essen. Zucchini-Auflauf mit Süß-kartoffeln und vielen indischen Kräutern. Natürlich rein vegetarisch.«

Dabei schätzte sie noch einmal kurz Hasleitners Figur ab.

»Es wird dir schmecken! Übrigens, ich bin die Maxi«, sagte sie und reichte Ilona die Hand.

FREITAG

Als Steinböck am nächsten Morgen aufwachte, lag die Katze zu seinen Füßen auf der Bettdecke. Vorsichtig stand er auf. Er hatte keine Lust auf irgendwelche Diskussionen. Am Tag zuvor hatte er sich eine Kaffeemaschine für Pads gekauft, und er stellte zufrieden fest, dass er auf Anhieb einen ordentlichen Kaffee zubereitet hatte. Er schnappte sich einen Korbstuhl, setzte sich auf die Terrasse und drehte sich eine Zigarette. Hasleitner hatte ihn am Abend zuvor informiert, sie müsse heute Morgen noch etwas erledigen und würde mit der Tram fahren. Er war froh über Maxi Müllers Angebot, Ilona in ihrem Gästeapartment wohnen zu lassen. Steinböck hatte Bedenken gehabt, mit Ilona eine Woche lang auch nach der Arbeit noch Zeit zu verbringen. Trotz allem war das Problem mit ihrem Vater noch nicht gelöst. Er beschloss, darüber nachzudenken. Er schlich leise in die Küche, um sich noch einen Kaffee zu machen. Scheppernd drückte die Maschine das Wasser durch das Pad. Ein Blick ins Schlafzimmer zeigte ihm, dass die Katze verschwunden war. Er setzte sich in seinen Korbstuhl und drehte sich eine weitere Zigarette.

»*Du rauchst zu viel.*«

Überrascht drehte Steinböck den Kopf. Die Katze saß

direkt hinter ihm auf dem Fenstersims. Wie zur Hölle war sie dorthin gekommen? Eben war sie noch nicht da gewesen. Er konzentrierte sich auf seine Zigarette, mit dem festen Willen, das Vieh zu ignorieren. Geschickt rollte er den Tabak in das Papier, dann leckte er mit der Zungenspitze entlang der Klebefläche und vollendete das kleine Kunstwerk. Stolz hob er sie vors Auge und prüfte gegen das Licht ihre Form. Seiner Meinung nach war sie von einer maschinell Gedrehten nicht zu unterscheiden.

»*Das ist auch keine Lösung.*«

Steinböck schwieg und zündete sich demonstrativ genussvoll die Zigarette an.

»*Genauso wie gestern. Gewalt ist keine Lösung. Das solltest du als Vertreter der Exekutive wissen.*«

»Von was zum Teufel redest du eigentlich? Ich hätte gute Lust, dich in einen Sack zu stecken und dann …«

»*Nanana, jetzt werden wir aber etwas seltsam. Hast du mich nicht erst gestern gewaltsam vors Fenster gesetzt?*«

»Ach daher weht der Wind. Deine zynischen Bemerkungen über Maxi Müller waren vollkommen überflüssig.«

»*Nun heul doch nicht gleich. Im Großen und Ganzen ist sie ja ganz nett.*«

Steinböck stand auf, drückte die kaum gerauchte Kippe im Aschenbecher aus und brachte seine Tasse in die Küche.

»Was ist, kommst du mit oder willst du hier auf Staller von der SpuSi warten?«

»*Auch diese Bemerkung war überflüssig*«, stellte Frau Merkel gereizt fest und machte sich auf den Weg zum Auto. Als Steinböck den Käfer erreichte, saß sie bereits auf der vorderen Ablage und starrte ihn wieder mit ihren bernsteinfarbenen Augen an.

»Du solltest nach hinten gehen, bevor ich losfahre«, sagte er laut zur Katze, während er den ersten Gang einlegte.

»*Jetzt mal ganz im Ernst, wir sollten das Problem Staller endgültig aus der Welt schaffen. Ich habe da einen Plan.*«

»Du hast einen Plan? Und der wäre?«, fragte er neugierig.

»*Stallers Büro liegt doch im dritten Stock. Ich werde vor seinem Fenster auf dem Sims entlanglaufen. Immer schön hin und her. Und vielleicht werde ich sogar etwas fauchen, um ihn zu provozieren. Dann wird er sicherlich versuchen, mich mit seinem albernen Netz zu fangen. Ich locke ihn also immer weiter vors Fenster, und wenn die Gelegenheit günstig ist, spring ich ihm mit ausgefahrenen Krallen auf den Kopf und von dort gleich weiter ins Büro. Wenn ich Glück habe, verliert er das Gleichgewicht und, schwupp, fällt er drei Meter tief aufs Kopfsteinpflaster.*«

Steinböck ließ ruckartig die Kupplung los, der Wagen machte einen Sprung nach vorne, und die Katze knallte gegen die Rückenlehne des Beifahrersitzes. Mit einem Satz sprang sie nach hinten und setzte sich auf die Ablagefläche. Vorwurfsvoll schüttelte sie den Kopf in Richtung Steinböck.

»Kann ja sein, dass du die Idee nicht gut findest. Aber glaub mir, Gewalt ist auch keine Lösung.«

*

Als Steinböck das Präsidium betrat, winkte ihn der Pförtner zu sich.

»Das Briefing fällt heute aus. Mögele ist außer Haus. Übrigens, der Staller führt was im Schilde wegen der Katze. Ich weiß noch nichts Genaues, aber irgendwas hat er geplant. Wenn ich mehr erfahre, meld ich mich.«

»He, warum plötzlich so freundlich?«

»Na ja, es ist wegen dem Emil. Er ist ein toller Kerl ... Keiner wollte ihn haben. Nach außen hatten sie alle recht tolerant getan, aber als es dann darum ging, ihn ins Team aufzunehmen, hatte jeder eine andere Ausrede. Des rechne ich dir hoch an, dass du ihn genommen hast.«

»Schon gut«, brummte Steinböck und ging den Gang entlang.

»Ich werde dazu nichts sagen.«

»Das ist auch besser so.« Steinböck drückte die Katze, die er wie immer in der Armbeuge trug, etwas fester an seinen Körper. Den ganzen Weg bis zum Büro versuchte sie, sich herauszuwinden. Dort angekommen setzte er sie unsanft auf dem Fensterbrett ab. Sie machte einen Buckel und fauchte ihn an.

»Nanana, denk daran, Gewalt ist auch keine Lösung.« Steinböck wandte sich grinsend Mayer zu, der ein Headset trug und eben ein Telefongespräch beendete.

»Morgen, Emil, du bist früh dran. Gibt's schon was Neues?«

»Servus, Chef! Hast du gerade die Katze gemeint oder mich?«

Steinböck deutete mit dem Kopf in Richtung Fenster, wo Frau Merkel mit dem Kopf den Flügel aufdrückte und nach draußen verschwand.

»Dann is gut. Die geht sicherlich bloß a bisserl frische Luft schnappen.«

»Hoffentlich«, brummte Steinböck und dachte dabei an Staller von der SpuSi.

»Also den Taxifahrer hätte ich gefunden. Aus irgendeinem unerklärlichen Grund hat er der Zentrale aber seine Zieladresse nicht gemeldet, und dummerweise is der heut früh zum Angeln gefahren und soll erst morgen wieder kommen.«

»Hat der kein Handy?«

»Doch schon, aber seine Chefin sagt, er schaltet's immer ab, wenn er frei hat. Sie weiß auch nicht, wo er hin ist. Ammersee oder Starnberger See? Soll ich eine Großfahndung rausgeben?«

»Na lass mal, vielleicht kommen wir auch anders weiter. Hast du dich mit dem Fall vertraut gemacht?«

»Alles gelesen«, sagte er grinsend und hob den Stapel mit Akten und Vernehmungsprotokollen hoch.

»Du warst wohl die ganze Nacht hier?«, fragte Steinböck überrascht.

»Naa, um zwölfe war ich mit allem durch. Des Manuskript von dem Hacker is a dickes Ei, aber nichts ist da drin so brisant, dass es die beiden Morde erklären würde. Also geht's vermutlich um neue Medikamentenversuche, und Hacker wollte vor Ort recherchieren. Der Stöckel verabreicht ihnen irgendein Medikament, und dabei geht was schief. Deshalb die schwere Vergiftung. Aber warum werden die dann noch erschossen? Gut, um vom Gift abzulenken. Bestimmt gibt's noch mehr, die bei den Versuchen mitgemacht haben. Ziemlich sicher dieser Glatzen-Hans. Aber der ist seit gestern verschwunden. Und zwar nach einem eindringlichen Gespräch mit Stöckel.«

Er lehnte sich in seinem Rollstuhl zurück, stemmte sich mit den Armen kurz nach oben und ließ sich dann langsam wieder zurücksinken.

»Die andere Möglichkeit ist das Foto. Der sogenannte Lottogewinn. Vermutlich eines der Fotos, das er bei seinen Recherchen entdeckte. Auf jeden Fall ist die Sache so heiß, dass sie ihn das Leben kostete. Leider hatte er das Foto noch nicht in sein Manuskript eingefügt. Also brauchen wir die Originale, aber die sind verschwunden.«

Emil Mayer schwieg für einen Moment und blickte dann erwartungsvoll Steinböck an.

»Und lieg ich arg falsch?«

»Du liegst genau richtig, und du hast mich auf eine Idee gebracht. Wenn der Hacker und der Görschi jemanden erpresst haben, könnte doch auch Geld geflossen sein. Bares haben wir nicht gefunden, und auf Hackers Konto war auch nichts. Vielleicht haben die ja ein neues Konto aufgemacht.«

»Ich kümmere mich sofort darum«, sagte Mayer.

»Und ich fahr jetzt zu diesem Dr. Jankosch. Mal

sehen, was ich von dem erfahren kann. Kannst du ab und zu einen Blick auf die Katze werfen?«

»Klar, was soll die schon anstellen.«

»Dein Wort in Gottes Ohr«, seufzte Steinböck und verließ das Büro.

*

Steinböck betrat das Seniorenheim mit gemischten Gefühlen. Schon der Gedanke, dass er über kurz oder lang in so einer Einrichtung landen könnte, beunruhigte ihn nicht nur, sondern es schlug ihm sogar auf den Magen. Die nackte Wirklichkeit brachte ihn wieder zurück auf den heimatlichen Boden.

›Sie betreten den Freistaat Bayern‹, stand da auf dem Blechschild neben der Klingel.

Wenigstens hat er seinen Namen noch dazu geschrieben, dachte sich Steinböck, als er den Knopf drückte. Nur ein Preuß konnte auf die alberne Idee kommen, sich so ein Schild an die Tür zu hängen.

Dann stand er vor ihm: Haferlschuhe, wollene Kniestrümpfe, die obligatorische dreiviertellange Lederhose, Trachtenjanker, weißes Hemd und, daran erkennt man spätestens den Preußen, eine Krawatte mit blau-weißem Rautenmuster.

»Jrüüs Gott, Sie sind wohl der Kommissar«, berlinerte er und versuchte, einen bayerischen Tonfall einzuflechten, was dann noch blöder wirkte. »Es freit me, wenn icke der stolzen bayerisch-königlichen Polizei helfen kann.«

Jetzt bloß schnell zum Thema kommen, dachte Steinböck, sonst such ich noch an Grund, um den einzukasteln.

»Also, Herr Dr. Jankosch, es geht um einen gewissen Herrn Hacker, einen Schriftsteller, der Sie wegen seiner Recherchen aufgesucht hatte. Erinnern Sie sich an ihn?«

»Na klar, ein ausjesprochen mutiger junger Mann. Aber wie ich jehört habe, jetzt ziemlich tot. Hab ihm natürlich jerne Auskunft jejeben über jene unrühmliche Zeit und meine Arbeit in Hohenschönhausen. Bin wirklich nicht stolz darauf. Wurde damals sozusagen für drei Jahre als Jefängnisarzt dorthin versetzt, weil ick die Klappe zu weit aufjerissen hatte. Aber einjeweiht war ick nich. Doch eins hab ich mitjekriegt, die westlichen Pharmafirmen jaben sich dort die Klinke in die Hand.«

Steinböck stellte erleichtert fest, dass er jetzt wieder gänzlich in seinen Berliner Dialekt zurückgefallen war.

»Aber Sie hatten doch Hacker 'ne Menge Fotos gegeben«, startete er einen Versuchsballon.

»Klar, ich war ja auch so was wie der Jefängnisfotograf. Dadurch jabs immer jenügend Westfilme, und abjeliefert hab ich natürlich nur die offiziellen Fotos.«

»Haben Sie denn noch Fotos von damals?«

»Nö, die hab ich alle dem bedauernswerten Hacker jejeben. Glauben Sie denn, dass er wejen meiner Fotos umjebracht wurde?«

»Und Sie haben wirklich keine Fotos mehr übrig?«, fuhr Steinböck fort und ignorierte Jankoschs Frage.

»Nö, die waren alle in einem Schuhkarton, und den hab ich ihm komplett überlassen.«

»So ein Mist«, fluchte der Kommissar.

»Immer mit der Ruhe, Herr Oberkommissar. Ick hab doch noch die janzen Nejative. Hier, hab ick schon für Ihnen vorbereitet.«

Er reichte ihm einen prall gefüllten braunen DIN-A4-Umschlag.

»Herr Dr. Jankosch, Sie san a Schau«, sagte Steinböck.

»Wat bin ick?«, fragte er etwas entrüstet.

»Na ja, eine Schau oder eine Show. Was weiß ich, wie man des übersetzt. Sie sind toll, schlau.«

»Aha, ein Schlawuzi oder ein Schlawiner«, stellte er aufgeregt fest.

»Ja, so ungefähr«, sagte Steinböck, drückte den braunen Umschlag an sich, verabschiedete sich kurz und verließ die Wohnung.

*

Auf dem Rückweg parkte er den Wagen in der Schellingstraße vor Hasleitners Wohnung. Er blickte nach oben, und es schien sich etwas hinter den Gardinen zu bewegen. Gerade wollte er weiterfahren, da stieg wieder diese ungeheuerliche Wut in ihm auf. Er dachte an Ilona und wie sie früher jeden Tag von ihrem Vater misshandelt worden war. Er stellte den Motor ab, stieg aus und machte sich auf den Weg in den vierten Stock. Diesmal beschloss er, langsam nach oben zu gehen. Er wollte nicht wieder außer Puste sein, wenn er diesem Arschloch gegenüberstand. Heute hatte er genug Zeit, das Treppenhaus zu betrachten. Es war zwar heruntergekommen, aber penibel sauber. Überall roch es nach Bohnerwachs, ein Geruch, dem er seit seiner Jugend nicht mehr begegnet war. Plötzlich änderte sich die Duftnote. Der Hundehaufen auf dem Treppenabsatz passte so gar nicht dazu. Grinsend umschiffte Steinböck die Tretmine. Nach ein paar Stufen zögerte er, drehte sich um und betrachtete mit angewidertem Gesicht, wie eine Fliege bereits ihren Claim absteckte.

Nichtsdestotrotz schien das Ganze von einigermaßen fester Konsistenz zu sein. In seiner Sakkotasche tastete er nach einem der dünnen Einweghandschuhe, von denen er immer ein paar bei sich trug. Als er wenig später Hasleitners Wohnung erreichte, legte er den Finger auf den Klingelknopf und wollte diesen nicht wieder loslassen, bevor die Tür nicht geöffnet würde. Lautes Fluchen drang aus der Wohnung, und aufgrund des permanenten Geklingels wurde sie vermutlich schneller als sonst geöffnet. Und da stand er wieder: *Mr. Schiesser Feinripp.* Am Hemdausschnitt quoll ein Berg grau melierter Brusthaare heraus, die an einen Gorilla erinnerten. Steinböck vermutete, dass er dasselbe Unterhemd wie gestern trug. Zumindest waren die Eiflecken noch die gleichen.

»Was willst du hier, Bulle?«

»Ich hab eine Nachricht für dich.«

»Eine Nachricht? Etwa von Ilona, dieser Schlampe?«

»Nein, von mir und der gesamten Münchner Polizei. Solltest du Ilona noch ein einziges Mal anrühren, sorge ich dafür, dass du noch am gleichen Tag wieder im Bau bist. Und ich versprech dir, ich häng dir alles

Mögliche an, sodass du die nächsten zehn Jahre nicht wieder rauskommst. Du kannst froh sein, dass Ilona auf eine Anzeige verzichtet hat.«

»Ach leck mich doch am Arsch. Wenn du nicht gleich verschwindest, polier ich dir die Fresse«, knurrte Ilonas Vater, hob die Hand und machte einen Schritt auf Steinböck zu. Dieser wich keinen Zentimeter zurück.

»Oh bitte, schlag zu und ich lass dich hier mit einer Sondereinheit abholen«, bettelte der Kommissar. Hasleitner stoppte. Langsam ließ er die Hand sinken.

»Hau endlich ab. Und grüß die Schlampe von mir«, sagte er. Und dann ging er zu weit, als er mit breitem Grinsen fortfuhr: »Hat sie dich schon rangelassen?«

Steinböck holte die rechte Hand hervor, die er die ganze Zeit hinter dem Rücken gehalten hatte, presste dann den Inhalt auf Hasleitners Brusttoupet und fuhr langsam mit der flachen Hand und gespreizten Fingern über dessen fetten Ranzen.

»Du bist nicht nur ein Stück Scheiße, sondern du stinkst auch noch danach«, sagte er mit einem zufriedenen Grinsen im Gesicht. Hasleitner war völlig überrascht, und bevor er losbrüllen konnte, eilte Steinböck die Treppe hinunter. Hinter ihm klatschte etwas Hundescheiße gegen die Wand, aber er war bereits außer Reichweite. Geschickt übersprang er den Rest der Tretmine, während Hasleitners cholerisches Geschrei immer leiser wurde.

*

Als Steinböck gegen elf das Präsidium in der Ettstraße erreichte, stand ein Krankenwagen mit Blaulicht vor der Tür. Er parkte seinen Käfer, griff sich das Kuvert mit den Negativen und ging auf den Haupteingang zu. Einige schaulustige Kollegen standen vor der Tür, und er hatte Mühe durchzukommen. Der Beamte an der Pforte winkte ihn zu sich.

»Jetzt hat sich des Problem mit dem Staller ja erledigt.«

»Was soll das heißen?«, fragte Steinböck, und er spürte, wie sämtliches Blut aus seinem Kopf wich.

»Mei, Sie sann ja ganz käsig. Aber so schlimm is des Ganze net. Der Staller, der Depp, ist beim Treppensteigen die Stufen naufg'fallen und hat sich wahrscheinlich an Fuaß brochen.«

Steinböck atmete erleichtert auf.

»Wie konnte denn des passieren?«, fragte er nach.

»Na, weil er halt bled is«, sagte der Beamte. »Übrigens Steinböck, es gibt da noch a Problem – ihr alter Käfer da draußen.«

»Was ist mit meinem Käfer?«, fragt er misstrauisch nach. »Der Parkplatz ist mir zugewiesen worden.«

»Des ist es nicht. Aber immer, wenn Sie vom Hof fahren, geht bei uns die Alarmanlage los.«

»Wieso des?«

»Na ja, des is wegen derer Fehlzündungen. Die Anlage ist auch auf Schüsse eingestellt. Ich hab mit dem Mechaniker vom Fahrzeugdepot gesprochen. Er tät das in Ordnung bringen. Ich bräucht halt Ihren Schlüssel.«

Steinböck reichte ihm grinsend den Autoschlüssel.

»Da bin ich aber gespannt, ob er das schafft.«

Dann verabschiedete er sich mit einem Kopfnicken. Währenddessen öffnete sich die Fahrstuhltür, und Staller wurde auf einer fahrbaren Trage von zwei Sanitätern herausgeschoben. Der rechte Fuß war an den Zehen bandagiert. Als er Steinböck erblickte, streckte er den Arm in seine Richtung aus.

»Die Katze, die Katze, wir müssen sie kriegen. Wegen der Untersuchung.«

Der Sanitäter an Stallers Kopfende grinste Steinböck an.

»Er fantasiert a bisserl. Wir haben ihm a starkes Schmerzmittel gegeben.«

»Ist es schlimm?«

»A wo, vielleicht is der große Zeh brochen, aber des wird scho wieder.«

Als er das Büro betrat, saßen Hasleitner und Mayer hinter ihren Schreibtischen. Von der Katze war nichts zu sehen. Er ging zum geöffneten Fenster und blickte kurz hinaus.

»Die Katz war grad da, is aber wieder zum Fenster 'naus«, sagte Mayer, der Steinböck beobachtete.

»Was ist da draußen eigentlich los?«, fragte Ilona.

»Der Staller ist die Treppen runtergefallen und hat sich wahrscheinlich den großen Zehen gebrochen. Jetzt fahren sie ihn mit dem Sanker ins Krankenhaus.«

»Und du glaubst, die Katze hat was damit zu tun?«, fragte Ilona ernst. Emil Mayer schaute erstaunt von einem zum andern.

»Des is nicht euer Ernst«, stellte er verblüfft fest.

»Doch«, sagte Hasleitner und nickte mit dem Kopf.
»Ich erzähl dir die Geschichte in der Mittagspause.«

Für Steinböck war die Angelegenheit vorerst erledigt.

»Und hast du was wegen der Banken rausgefunden?«, fragte er den jungen Kommissar.

»Also es gibt koane weiteren Konten auf den Namen Oskar Hacker. Bis auf des oane, des ma eh scho kenna, und des is hoffnungslos überzogen. Der Görschi hat auch nur ein Konto, und da kommt nur sein Hartz IV drauf. Aber der würde sich natürlich hüten, da zusätzliches Geld draufzutun. Aber jetzt kommt's. Ich hab mir auch des Konto vom Glatzen-Hans angesehen, und da sind 17.000 Euro drauf. 4.000 Euro wurden gestern bar eingezahlt, um 14.10 Uhr. Also hat sich die Sache mit dem Taxifahrer auch erledigt.«

»Sehr gut. Noch etwas?« Emil schaute Ilona an und nickte ihr zu. Stolz sagte sie:

»Dr. Stöckel hat gestern 5.000 Euro in bar von seinem Konto abgehoben. Und am Montagmorgen 10.000.«

»Und«, Mayer hob theatralisch den Zeigefinger, »am Montagmittag hat der Glatzen-Hans 10.000 eingezahlt.«

»Da schau her, Frau Stachelbeer«, sagte Steinböck und rieb sich die Hände. »Da sollten wir doch noch mal mit dem schönen Doktor reden.«

»Ilona, du setzt dich mit Singer in Verbindung. Ich würde Stöckel gern noch mal befragen. Und du«, dabei reichte er Emil den braunen DIN-A4-Umschlag,

»besorgst mir davon so schnell wie möglich Abzüge. Von mir aus auch digital. Hauptsache, schnell.«

Mayer schüttete vorsichtig die Negative auf den Schreibtisch.

»Mensch, Chef, das sind ja Hunderte. So schnell wird das nicht gehen.«

»Egal, mach denen im Labor Dampf. Ich geh zu Klessel. Er hat mir eine SMS geschrieben. Offenbar gibt's etwas Neues. Wir treffen uns dann wieder hier im Büro.«

Mayer war als Erster auf dem Gang, und Steinböck konnte gerade noch sehen, wie er hinter der nächsten Ecke verschwand.

»Der Kerl ist ja schneller als jeder Fußgänger«, murmelte er und schlug die andere Richtung zu Klessels Labor ein. Der lange Gang war menschenleer bis auf Frau Merkel, die gemächlich auf ihn zukam und dabei mit dem Schwanz schlug. Er blieb stehen und stemmte die Fäuste in die Hüften.

»Hier treibst du dich also rum. Ich habe gerade einen Notarztwagen vor dem Eingang angetroffen.«

»*So etwas kommt vor.*«

»Staller wurde soeben abtransportiert.«

»*Da hat er sich wohl wieder etwas ungeschickt verhalten.*«

»Was soll das heißen?«, fragte er und hob die Katze hoch.

»*Ich habe mit Stallers Unfall nichts zu tun. Er ist einfach ein Vollidiot. Ich konnte doch nicht wissen, dass er die Treppen hochkommen würde. Als er mich sah, dachte er wirklich, er könnte mich fangen. Ich bin dann durch seine Beine durchgeschlüpft. Mag sein, dass ich ihn etwas berührt habe.*«

Steinböck war sich sicher, dass sie dabei höhnisch grinste.

Unsanft setzte er sie zurück auf den Boden.

»Du solltest vorsichtiger sein. Irgendwann kommt Staller zurück.«

Dann ließ er sie stehen, ohne sich noch mal umzudrehen. Bis zum Ende des Ganges hatte er das Gefühl, ihren Blick auf seinem Rücken zu spüren.

Klessel saß an seinem Schreibtisch, wie immer die Beine auf dem Tisch, und studierte den Bericht vom Labor.

»Du kommst gerade recht«, sagte er zu Steinböck, als dieser durch die Tür trat. »Setz dich, habe soeben den vorläufigen Bericht vom Labor bekommen. Die Mädels da sind wirklich schnell. Übrigens, hier ist die Rechnung für Mögele.«

Steinböck warf einen kurzen Blick darauf.

»Ganz schön happig«, stellte er fest. »Also was gibt's Neues?«

»Bei dem Gift handelt es sich offensichtlich um ein Saponin. Ein Pflanzengift. Diese Stoffgruppe weist eine entsprechend große Strukturvielfalt und damit eine große Variabilität in den biologischen Eigenschaften auf. Saponine sind in höheren Pflanzen weit verbreitet, besonders in nährstoffreichem Gewebe wie Wurzeln, Knollen, Blättern, Blüten und Samen.«

»Und jetzt mal Klartext für einen einfachen Kriminaler: Um welche Pflanze handelt es sich, und wird sie in der Medizin als Heilmittel eingesetzt?«

»Der Bericht ist erst vorläufig. Man verwendet Saponine gegen Darmkrebs. Aber in unserem Fall sind die Konzentration und auch der chemische Aufbau eher tödlich.«

Dann lehnte er sich weiter zurück, griff nach seinem silbernen Flachmann, den er in der Brusttasche seines Arbeitskittels hatte, und goss sich einen Schluck in den Schraubverschluss. Er hob den winzigen Becher in Steinböcks Richtung.

»Möchtest du auch einen?«

Steinböck schüttelte verneinend den Kopf.

»Was trinkst du da eigentlich?«

»Rum aus der Dominikanischen Republik. Zwölf Jahre in alten portugiesischen eichenen Sherry-Fässern gereift.«

Dann kippte er den Rum hinunter.

»Also könnte der Stoff in einem Medikament enthalten sein?«

»Ja, aber nicht in dieser Konzentration. Diese Menge führt zwangsläufig zu einer Schädigung der Nieren und des zentralen Nervensystems.«

»Also sind wir genauso schlau wie vorher.«

»Mehr oder weniger. Warten wir den endgültigen Bericht ab.«

»Na wenigstens hab ich für den Mögele ein schönes Mitbringsel.« Er winkte mit der Rechnung. »Ich glaub, jetzt nehm ich doch einen.« Klessel reichte ihm grinsend den Flachmann.

Vorsichtig schraubte Steinböck den kleinen silbernen Deckel ab. Skeptisch betrachtete er die winzige Öffnung. Dann setzte er den Flachmann an den Mund und nahm einen kräftigen Schluck.

»Puh, guter Stoff!«, sagte er und schüttelte sich etwas. Grinsend reichte er dem verdutzten Klessel die Flasche zurück.

*

»Warum wollen Sie mich nicht länger vertreten?«, fragte Stöckel frustriert. Silberlocke lehnte sich zurück und meinte mit säuerlicher Miene:

»Ich bin nun mal der Anwalt von Bepal Pharm und dazu da, die Interessen des Konzerns zu vertreten. Sie verstehen doch, ich kann Sie unmöglich in dieser Sache mit dem Stricher verteidigen. Außerdem ist Dr. Berger ein ausgezeichneter Strafverteidiger. Bei ihm sind Sie in besten Händen. Denken Sie doch an Ihre Familie.«

»Was ist mit meiner Familie? Warum war meine Frau noch nicht da? Hat mein Schwiegervater damit zu tun?«

»Wir sollten den Ball im Moment ganz flach halten. Bloß kein unnötiges Aufsehen erregen. Durch diese unappetitliche Sache sind Sie beim Mord von Görschi und Hacker aus dem Schneider.«

»Was meinen Sie mit unappetitlich?«, hakte Stöckel wütend nach.

»Na ja, Sie wissen schon, das Milieu und so. Aber in Ihrem Fall handelt es sich eindeutig um Notwehr, und Dr. Berger wird Sie da schon rausholen.«

»Und was ist mit der anderen Sache? Die Versuche mit Hacker und Görschi. Schließlich war das nicht meine Idee, das Medikament jetzt schon am Menschen zu testen.«

Silberlocke beugte sich vor und sagte mit leiser, aber scharfer Stimme:

»Jetzt hören Sie mir mal zu. Die Sache mit den Versuchen hatte ich im Griff, und das unglückliche Ableben der beiden Penner ist nicht unsere Sache, aber dass Sie Ihren Schwanz nicht unter Kontrolle haben, das hat das Ganze erschwert. Ihre Frau hat keine Ahnung von Ihrer Vorliebe für Jungs, sie glaubt immer noch, dass Sie der treu-liebende Ehemann und Vater sind. Und so soll es auch bleiben. Aber dafür müssen Sie etwas tun.«

»Was soll ich dafür tun?«

»Bepal Pharm wird Sie vorläufig beurlauben. Sie unterschreiben eine Erklärung, dass Sie nicht genehmigte Versuche mit einem eher harmlosen Medikament auf eigene Faust, ohne Wissen der Firma, durchgeführt haben. Dafür wird Berger den Fall so verteidigen, dass von einer Homosexualität Ihrerseits keine Rede sein wird. Und bei dem Streit ging es um Mietschulden. Die blauen Flecken an Ihrem Hals werden die Notwehr untermauern. Sie bekommen eine Bewährungsstrafe, kehren zurück zu Ihrer Frau, und in ein paar Monaten übernehmen Sie Ihren alten Job wieder.«

»Wie soll das gehen? Es existiert kein Mietvertrag.«

»Mein Gott, stellen Sie sich doch nicht so an. Sie haben die Wohnung für Ihre Frau gekauft. Es sollte eine Überraschung sein. Aus Gutmütigkeit haben Sie dem Jungen angeboten, dass er vorübergehend dort wohnen könnte. Als Sie mitgekriegt haben, dass er dort unerlaubt der Prostitution nachging, forderten Sie ihn auf, sofort die Wohnung zu verlassen. Er weigerte sich, wurde handgreiflich und versuchte, Sie zu erwürgen. Sie hatten Todesangst, griffen nach dem nächstbesten Gegenstand und schlugen zu. Hier handelt es sich eindeutig um Notwehr. Vermutlich bekommen wir sogar einen Freispruch durch«, sagte Silberlocke aufgeregt und fühlte sich bereits wie beim Schlussplädoyer, obwohl er wusste, dass er dieses nie halten würde.

»Und Sie glauben, das könnte so klappen?«, fragte Stöckel zweifelnd und winselte dabei ein bisschen.

»Aber natürlich, verlassen Sie sich auf mich und natürlich auf Dr. Berger. Ein wirklich exzellenter Kollege. Und jetzt unterschreiben Sie hier.« Dann schob er ihm ein paar Blätter hin und reichte ihm einen Kugelschreiber, den er aus der Innentasche seines Jacketts zog.

»Was ist das?«

»Die Erklärung, dass Sie die Versuche auf eigene Faust durchgeführt haben.«

»Das kommt bestimmt von meinem Schwiegervater?«

»Na Sie wissen doch, die Firma geht ihm über alles.«

»Ich weiß«, knurrte Stöckel und unterschrieb frustriert.

Silberlocke steckte die Papiere zurück in seine Aktentasche, erhob sich und reichte Stöckel die Hand.

»Und meine Frau wird nichts erfahren.«

»Mein Ehrenwort. Jeder, der etwas anderes behauptet, wird von uns verklagt. Dr. Berger wird heute Nachmittag vorbeikommen. Bei ihm sind Sie in besten Händen. Er wird umgehend eine Haftverschonung beantragen.« Dann drehte er sich um und verließ schnell den Vernehmungsraum. Stöckel setzte sich zurück auf den Stuhl und sackte merklich in sich zusammen. Von dem eitlen, genialen Wissenschaftler war nicht viel übrig geblieben. Sein Blick fiel auf Silberlockes Zeitung, die er liegen gelassen hatte. Für einen Moment überlegte er, aufzuspringen und ihm nachzulaufen. Dann fiel ihm ein, dass die Tür sicherlich versperrt war. Er klappte die Zeitung auf, und da grinste es ihm entgegen. Sein eigenes Foto.

›Tragödie im Liebesnest‹, prangte es ihm da in riesigen Buchstaben entgegen und darunter etwas kleiner, aber immer noch deutlich und unübersehbar: ›Was hat Dr. S. mit dem Tod seines jungen Geliebten zu tun?‹

*

Gerade als Steinböck die Tür zum Büro öffnete, hörte er laute Geräusche. Er sah den Gang entlang und erblickte in diesem Moment Emil Mayer, der mit irrwitzigem Tempo um die Ecke bog und auf ihn zukam. Vorn auf seinen Knien, wie eine Galionsfigur, saß Frau Merkel, die Ohren nach hinten angelegt. Einen Meter vor ihm machte er mit dem Rollstuhl eine geschickte 90-Grad-Wendung und kam zum Stehen.

Er hob die rechte Hand zum römischen Gruß.

»Salve, Steinböck, die schwarzen Sklaven grüßen dich.«

»*Sklaven ist ja in Ordnung, aber von wegen schwarz? Schwarz ist hier nur einer, und das bin ich, du Karamellbonbon. Aber Rolli fahren ist toll. Das ist ein ganz anderes Gefährt als so ein alter Käfer*«, murmelte Frau Merkel, sprang herunter und schlüpfte durch die Bürotür.

»Okay, Sklave, und was ist mit den Fotos?«

»Ich hab denen im Labor klargemacht, dass es wahnsinnig wichtig ist und absolute Priorität hat. Ich hab ihnen gedroht, du würdest sonst persönlich vorbeikommen und dass du heut besonders schlechte Laune hättest«, sagte er mit gespieltem todernsten Gesicht.

»Sehr gut«, sagte Steinböck grinsend. »Und was haben die geantwortet?«

»Die ham mich rausgeschmissen, obwohl ich meinen Behindertenausweis vorzoagt hab.«

Steinböck klopfte ihm auf die Schulter und lachte.

»Sehr gut, so werden wir zur gefürchtetsten Abteilung im ganzen Kommissariat. Dann wollen wir mal sehen, was Ilona erreicht hat.«

Hasleitner stand bereits hinter der Tür und hatte alles mitgekriegt.

»Beim weißen Sklaven ist es nicht so gut gelaufen. Stöckels Anwalt ist gerade da. Aber sobald der weg ist, können wir ihn zur Vernehmung haben, hat der Singer gesagt.«

»Also gut. Ich möchte irgendeinen Vorgesetzten von Stöckel haben. Emil, ruf bei Bepal Pharm an. Ich will wissen, woran die Abteilung vom Stöckel gerade arbeitet, und am besten lädst du den zuständigen Testleiter gleich vor. Und dann schaust du mal, was du über den Stoff *Saponin* im Internet findest.« Er kritzelte etwas auf einen Zettel und reichte ihn Mayer.

»Ilona, hier sind 60 Euro. Schau, dass du den Italiener findest. Vielleicht weiß der, wo Glatzen-Hans ist. Aber sei sparsam. Des Geld bekomm ich nimma zurück. So, ich besuch jetzt den Oberchef und bring ihm die fette Rechnung vom Labor. Dann kümmere ich mich mit Emil um den Stöckel. Übrigens Ilona, keine Alleingänge. Du sollst nur rausfinden, wo er ist.«

*

Die Unterredung mit Mögele war nicht besonders erfreulich gewesen. Erst hatte er sich geweigert, die Rechnung fürs Speziallabor zu übernehmen, aber dann erklärte er sich doch dazu bereit, als Steinböck ihn dezent daran erinnert hatte, wer ihn vor 20 Jahren mit den entsprechend leichten Fragen durch die mündliche Prüfung gebracht hatte.

Hasleitner hatte sich kurz per Handy gemeldet. Die 60 Euro waren weg, und von Glatzen-Hans bisher keine konkrete Spur. Eine Adresse habe sie noch zu überprüfen. Er beschloss, in die Kantine zu gehen, um ein paar Weißwürste, mindestens zwei Brezen und ein Weißbier zu sich zu nehmen. Als die Frau hinter dem Tresen gerade vier Weißwürste in eine kleine Schüssel mit heißem Wasser versenkte, dachte er an Ilona Hasleitner. Er mochte das Mädchen, und er wollte unbedingt, dass sie in ihrem Beruf weiterkommen würde. Also hatte er sich fest vorgenommen, auf sie einzuwirken, dass sie abnehmen müsste. Schließlich entschied er sich doch für einen italienischen Vorspeisenteller und ein San Pellegrino. Und selbst diese leichte Mahlzeit gönnte ihm das Schicksal nicht. Emil Mayers SMS war eindeutig: »Großer Caesar, deine Anwesenheit ist dringend erforderlich. Das Kolosseum brennt.« Steinböck tauchte noch mal ein Stück Weißbrot in das Olivenöl, das knietief auf dem Teller stand, und machte sich auf den Weg zurück ins Büro. Auf dem Gang glaubte er kurz, Frau Merkel zu sehen, wie sie durch die Tür des Archivs verschwand, aber er beschloss, alles, was mit ihr zu tun hatte, für heute zu ignorieren.

Als er das Büro betrat, saß die Katze auf Emil Mayers Schulter, und zusammen betrachteten sie ein Foto, wobei Mayer eine Lupe vor sein Gesicht hielt, durch die offenbar auch Frau Merkel blickte. Der Anblick der Katze bestärkte seine Absicht, einen Termin beim Polizeipsychologen zu machen. Er räusperte sich, beide Köpfe gingen in seine Richtung, wobei Mayer die Lupe weiterhin vor sein rechtes Auge hielt, sodass ihn zwei bernsteinfarbene Katzenaugen, ein normales und ein riesiges, anstarrten.

»Gut, das du kommst, Chef, es gibt eine Menge neuer Nachrichten. Welche willst du zuerst hören?«

»Fang mit den guten an.«

»Also, ein großer Teil der Fotos ist da. Ich hab mir schon mal ein paar angesehen. Sag mal, auf diesem Bild hier, ist das nicht mein Onkel?«, dabei reichte er

Steinböck das Foto, das er gerade in der Hand hielt. Der Kommissar musterte es eindringlich, wobei er seine Brille hochschob.

»Da schau her, der Ferdel. Schick schaut er aus mit Anzug und Krawatte. Oh, und die langen Haare, a richtiger kloaner Revoluzzer.«

»Und der Dicke da neben ihm, den hab ich doch auch schon mal gesehen. Ich glaub auf irgendeiner alten römischen Münze.«

Steinböck lachte:

»Da hätt er sich gern gesehen. Das ist der Strauß, unser ehemaliger Landesvater. Aber dafür bist du zu jung. Sozusagen die Gnade der späten Geburt.«

»Könnte das das besagte Foto sein, das wir suchen?«

»Wohl kaum. Der Strauß war öfter in der DDR. Hat denen doch den Milliardenkredit vermittelt, als sie pleite waren. Und dein Onkel war immer schon ein Mitläufer. Das ist alles bekannt. Damit lockst du keinen Hund mehr hinter dem Ofen hervor. Nein, nein, auf dem speziellen Foto muss etwas anderes zu sehen sein. Was gibt es sonst noch für Neuigkeiten?«

Emil Mayer jr. schob einen Haufen Fotos beiseite und zog die neueste Zeitung heraus.

»Hast du das schon gelesen? Jetzt fallen sie über den Stöckel her. Ich hab' auch mit Bepal Pharm telefoniert. Der Chef persönlich hat mir erklärt, dass es im Moment kein Medikament gäbe, das in der Erprobungsphase wäre, jedoch könne er nicht ausschließen, dass Stöckel privat irgendwelche Versuche gemacht habe. Jedenfalls wolle er im Lauf des Nachmittags vorbeikommen.«

Während Mayer ein eingehendes Gespräch annahm, studierte Steinböck den Artikel.

»Wo, zur Hölle, hat Harry Potter diese Informationen her? Irgendjemand hier im Kommissariat muss gequatscht haben«, schimpfte Steinböck. Emil Mayer reichte ihm wortlos den Telefonhörer.

»Hallo, Singer, gut, dass du anrufst, ich muss unbedingt ...«

Mehr sagte er nicht. Er lauschte schweigend, und seine Zähne knirschten deutlich hörbar, während sein Gesicht immer blasser wurde. Schließlich legte er auf.

»Stöckel hat sich umgebracht. Er hat sich erhängt.«

»Wie ist das möglich?«, fragte Mayer.

»Er hat's mit seinem Unterhemd geschafft. Neben ihm lag die heutige Zeitung.«

»Wo hatte er die her?«

»Sein Anwalt war kurz vorher bei ihm.«

»Und jetzt?«

»Jetzt brauchen wir unbedingt diesen Glatzen-Hans. Ich sehe mir jetzt die Fotos an, und du versuchst, Ilona zu erreichen. Erzähl ihr, was passiert ist. Und dann setzt du dich mit dieser Sabine Husup in Verbindung. Das ist die Reporterin vom Abend-Journal. Sie soll hierher kommen, und zwar sofort, sonst lass ich sie abholen.«

»Soll ich ihr das wirklich so sagen?«

»Ach, ist mir doch scheißegal, wie du das machst. Hauptsache, du bekommst sie hierher.«

Steinböck wurde immer wütender. Er griff sich die Fotos, stopfte sie in eine Plastiktüte und machte sich daran, das Büro zu verlassen.

»Wo kann ich dich erreichen, Chef?«

»Ich bin in der Kantine und werde jetzt mindestens vier Weißwürste verdrücken, also stör mich nicht. Nur wenn's wirklich brennt.«

*

Ilona Hasleitners Gespräch mit dem Italiener war nicht besonders ergiebig. Sie fand ihn vor dem Rathaus, wo er gerade ein paar englischen Touristen mit wilder Gestik etwas erklärte. Immer wieder zeigte er auf das Rathaus und ahmte mit ausgebreiteten Armen ein Flugzeug nach. Dabei machte er das Knattern eines Maschinengewehrs nach und heulte zwischendurch wie eine rollige Katze. Sein Hund lag auf der Decke und hielt sich mit den Vorderpfoten die Ohren zu. Das war dann auch den Briten zu viel, und sie verschwanden eiligst, ohne auch nur einen Cent in seinen speckigen grauen Filzhut zu werfen. Vor sich hin fluchend klopfte er den Hut mit ein paar heftigen Schlägen gegen seinen Oberschenkel und versuchte, ihn dann wieder einigermaßen auszubeulen. Als er aufblickte, sah er Hasleitner, die grinsend vor ihm stand.

»Waaas?«, fragte er. »Das klappt bei älteren Engländern sonst immer. Mädchen, die haben doch kein Selbstvertrauen. Das war das letzte Mal, als sie den Deutschen überlegen waren. Immer feste druff auf die Nazis, das bringt sonst immer ein paar Euro.«

»Na ja, diesmal scheinbar nicht«, antwortete sie immer noch grinsend und wedelte mit einem 20-Euro-Schein.

»Geht's immer noch um Glatzen-Hans?«

»Schon wieder.«

»Aha, hat er also doch Dreck am Stecken.«

»Wissen Sie, wo er ist?«, fragte Ilona nach, ohne darauf einzugehen.

»Ich müsste mal telefonieren«, dabei streckte er die Hand aus. Sie reichte ihm ihr Handy. Der Italiener schüttelte den Kopf und deutete auf den Geldschein. Dann ging er zehn Meter zur Seite und zog sein eigenes Handy heraus. Er sprach etwa eine Minute, bevor er zurückkam.

»Die Information kostet 50 Euro.«

»Ich hab aber nur noch 40«, sagte Hasleitner und zeigte ihm die beiden letzten Zwanziger, die sie von Steinböck bekommen hatte.

»Gut Mädchen, weil du's bist. Du gibst mir deine Handynummer, und ich verschwinde jetzt. In einer Viertelstunde bekommst du von mir eine SMS mit der Adresse.«

»Warum so misstrauisch?«

Der Italiener grinste nur, griff sich das Geld und packte sein Zeug zusammen. Dann nahm er den Hund an die Leine und verschwand in Richtung Mariensäule. Ilona ging zu einem der Obststände und kaufte sich ein Kilo Kirschen. Sie setzte sich auf die Mauer des Fischerbrunnens, zog ihr Handy heraus, legte es neben sich und aß ein paar Kirschen. Die Kerne spuckte sie aufs Pflaster. Eine Frau blieb vor ihr stehen und stemmte ihre Fäuste in die Hüften.

»Da schau her, die Ilona. Als Kiberer solltest du so

was nicht machen. A schlechtes Beispiel und no dazu hier aufm Marienplatz, wo all die Touristen rumlaufen«, sagte die Frau entrüstet.

»I bin koa Kiberer, obwohl ich grad bei der Kriminalpolizei lerne. Aber i bin immer noch in der Ausbildung.«

»Und lernt man des bei der Polizei?«

»Naa, Sie ham ja recht«, sagte sie kleinlaut zu der Frau.

»Und was ist mit deinem Vater, wann zieht der endlich wieder aus? Heut hat er doch tatsächlich a Unterhemd voller Hundescheiße des Treppenhaus runtergeschmissen.«

In diesem Moment piepste Hasleitners Handy. Sie glitt von der Mauer, griff danach und blickte gespannt aufs Display.

»Also wie lang bleibt der noch?«, drängte die Nachbarin.

»In spätestens einer Woche ist er draußen. Das versprech ich Ihnen«, antwortete Hasleitner und verschwand in Richtung U-Bahn.

*

Als Steinböck vom Mittagessen zurückkam, wartete bereits ein Mann im feinen Anzug auf ihn. Er war etwa Ende 60, hager und kalt wie eine Hundeschnauze. Sichtlich verstimmt, dass Mayer ihn vor dem Büro auf dem Gang warten ließ, tigerte er unruhig auf und ab.

»Sie sind sicher Steinböck«, knurrte er ihn an. »Ich warte schon eine halbe Stunde auf Sie. Ihr Mitarbeiter sagte, Sie wären in einer wichtigen Telefonkonferenz mit einigen amerikanischen Kollegen.«

»Stimmt haargenau«, antwortete er und dachte dabei an die vier Weißwürste, die ihm jetzt doch ganz schön schwer im Magen lagen.

»Was kann ich für Sie tun?«

»Mein Name ist Müller-Humbold. Ich bin der Vorsitzende von Bepal Pharm. Sie hatten mich herbestellt.«

Der Typ gehörte eindeutig zur Kategorie ›höchst unsympathisch‹, und Steinböck hätte ihn am liebsten wieder nach Hause geschickt.

»Nehmen Sie Platz«, knurrte er, nachdem sie das Büro betreten hatten. »Ich hatte Sie eigentlich noch nicht so früh erwartet.«

»Naja, jetzt nach dem tragischen Unglück mit meinem Schwiegersohn, ich meine Dr. Stöckel, wollte ich doch so schnell wie möglich kommen.«

»Welchem tragischen Unglück?«

»Na er hat sich doch aufgehängt.«

»Woher wissen Sie das? Das Ganze ist doch erst wenige Stunden her?«

»Dr. Käskopf, unser Anwalt …«

»Und woher weiß er es?«, fragte Steinböck.

Müller-Humbold zuckte mit den Schultern und grinste doof. Steinböck war klar, dass es hier im Revier jemanden gab, der Bepal Pharm immer auf dem neuesten Stand hielt. Zumindest einen Warnschuss gedachte er, noch abzugeben.

»Emil, setz dich doch noch mal mit den Kollegen von der NSA in Verbindung. Ich brauch eine Aufstellung sämtlicher E-Mails und Telefonate, die heute vom Präsidium rein- oder rausgegangen sind. Wenn sie uns schon abhören, dann muss es auch etwas bringen.«

»Du meinst die Kollegen von der Telefonkonferenz?«, fragte Mayer mit geschäftiger Miene. Müller-Humbolds blödes Grinsen war verschwunden, und vermutlich überlegte er gerade, wie er alles auf Käskopf abwälzen konnte.

»Genau die. Und nun zu Ihnen, Herr Müller-Humbold. Welches Medikament wurde Hacker und Görschi verabreicht?«

»Ich habe keine Ahnung, wovon Sie reden. Erst bringen Sie uns mit dubiosen Versuchen in DDR-Gefängnissen in Verbindung, und dann sollen wir mit den Vergiftungen dieser Penner zu tun gehabt haben.«

»Woher wissen Sie denn von den Vergiftungen? Ach schon gut, das kriegen wir eh raus. Also Sie sagen, es gab keine Medikamentengaben an die beiden.«

»Oh doch, die gab es, aber wir wussten nichts davon.« Umständlich kramte er in seinem schwarzen Aktenkoffer.

»Hier bitte, eine Erklärung von Dr. Stöckel, dass die Versuche privat abliefen und ohne Wissen oder Genehmigung der Firma.« Steinböck studierte kurz das Papier.

»Woher haben Sie das?«

»Er hat es heute Morgen im Beisein von Dr. Käskopf unterschrieben. Sein ausdrücklicher Wunsch war es, die Firma und seine Familie vor Schäden zu schützen, die durch sein unverantwortliches Handeln entstanden waren.«

»Dann haben Sie ja auch sicherlich eine Erklärung für die beiden Morde?«

»Also das ist doch eher Ihr Geschäft. Aber ich habe mich bei meinen Mitarbeitern erkundigt. Es gab da einen gewissen Hans Schulte, der immer wieder im Labor auftauchte. Ein sehr unangenehmer Zeitgenosse. Er hat offensichtlich für meinen Schwiegersohn die Drecks- arbeit verrichtet. Ihm würde ich die Morde schon zutrauen.

»Also kennen Sie Hans Schulte?«

»Nein, natürlich nicht, ich hab den Mann noch nie gesehen.«

»Aber Sie würden ihm die Morde zutrauen?«

Müller-Humbold zuckte mit den Schultern.

»Wissen Sie, was ich glaube?«, polterte Steinböck los. »Sie würden alles tun, um Ihre Firma da rauszu- halten. Und da kam der Selbstmord von Ihrem Schwie- gersohn wie gerufen. Warum hat der sich eigentlich aufgehängt? Womit haben Sie ihn soweit gebracht? Nur dumm, dass er für den Mord an Hacker ein Alibi hatte. Sonst hätten Sie ihm die beiden Morde auch noch angehängt. Er kann sich ja nicht mehr wehren. Also bleibt nur noch Schulte. Hauptsache, die Firma wird rausgehalten.«

Müller-Humbolds Gesicht wurde starr wie eine Maske. Mit eisigem Lächeln sagte er: »Aber Herr Kom- missar, glauben Sie nicht, dass Sie da etwas zu weit gehen? Sie sollten sich einfach an die Fakten halten. Ich werde jetzt gehen. Sollten Sie noch weitere Fragen haben, nur zusammen mit meinem Anwalt.«

Dann stand er auf, an der Tür drehte er sich noch einmal um.

»Bringen Sie den Fall zu Ende, und denken Sie an Ihre Karriere.«

Wortlos sah der Kommissar zu, wie sich die Tür hinter Müller-Humbold schloss. Mayer beobachtete ihn mit geduckter Haltung, da er einen Ausbruch erwartete. Steinböck nahm seine Kaffeetasse, wiegte sie in der Hand wie einen Diskus und ließ sie dann wieder langsam zurück auf den Tisch sinken. Dabei pfiff er die angehaltene Luft wie eine alte Dampflok aus.

»Ab heute gibt es kein Briefing mehr und kein Wort zu Kollegen außerhalb unseres Büros. Alles bleibt unter uns dreien.«

»Du verdächtigst mich also nicht?«

»Warum sollte ich? Wegen deines Onkels? Nein, da sind schon vor deiner Zeit Informationen geflossen. Der Typ glaubt wirklich, er kommt so einfach davon. Aber nicht mit mir. Wo bleibt diese verdammte Reporterin?«, knurrte er Mayer an.

*

»Herr Kommissar, warum haben Sie mich mit einem Streifenwagen abholen lassen? Ihnen ist doch hoffentlich klar, sollte diese Vorladung unbegründet sein, werden Sie und Ihre Behörde mit erheblichen Schwierigkeiten zu rechnen haben«, sagte Sabine Husup wütend, als sie hinter Emil Mayer jr. das Büro betrat.

»Meine liebe Frau Husup, hierbei handelt es sich um

einen Irrtum. Ich wollte mich eigentlich nur mit Ihnen unterhalten, sozusagen ein rein informativer uns gegenseitig befruchtender Austausch von Informationen.«

»Und warum kommen Sie dann nicht zu mir in die Redaktion, sondern lassen mich wie einen Verbrecher abholen?«

»Ich sagte ja schon, ein bedauernswerter Irrtum. Meinem jungen Kollegen ist da leider ein Fehler unterlaufen. Sie wollen doch jetzt nicht auf ihm herumhacken oder gar etwas schreiben. Ein Rollstuhlfahrer, und dann noch stark pigmentiert. Das würde sich gar nicht gut machen«, sagte er grinsend. Harry Potter sah ihn wütend an, dann blickte sie zu Meyer hinüber. Dieser machte einen geknickten Eindruck und hob dabei entschuldigend die Hände nach oben.

»Der Kommissar hat recht, mein Fehler. Neger, Rollstuhlfahrer und 6oer-Fan.«

»Schon gut«, sagte sie immer noch wütend und fuhr dann fort, »also was wollen Sie?«

»Wie ich schon sagte, einen Austausch von Informationen.«

»Was haben Sie denn zu bieten?«

»Eine ganze Menge. Sozusagen eine Riesenstory. Sie verlangt natürlich kritische Recherche und journalistisches Ethos.«

»Ach nee, wollen Sie mir den Pulitzerpreis verschaffen?«

»Naa, aber vielleicht reicht's für den Otto-Brenner-Preis.«

Die kleine Frau schwieg für einen Moment.

»Wer sagt Ihnen, dass mich das Thema interessiert?«

»Medikamentenversuche westdeutscher Pharma-Unternehmen in den Gefängnissen der DDR?«

Für einen Moment zögerte sie, wobei sie an ihrem Fingernagel kaute.

»Okay, was haben Sie?«

»Zuerst eine Frage: Woher haben Sie die Informationen in Ihrem Artikel über Stöckel? Hier aus unserem Kommissariat?«

»Nein«, sagte sie kurz. »Aber verstehen Sie, ich kann meine Informanten nicht preisgeben.«

»Ich will wissen, wer dahintersteckt.«

»Und wenn ich es nicht sage?«

»Dann gibt es keine Story. Ich will es Ihnen leichter machen. Ich nenne jetzt einen Namen, wenn dieser richtig ist, putzen Sie sich Ihre Brille.« Er reichte ihr ein Tempotaschentuch. Husup nickte und nahm ihre Harry-Potter-Brille ab.

»Bepal Pharm.«

Sie reagierte nicht und studierte weiter ihre Brille.

»Käskopf, Dr. Käskopf.«

»Was für ein blöder Name«, sagte sie und begann ihre Brille zu putzen.

»Okay, Emil Mayer jr., ich denke, du solltest jetzt Mittagspause machen.« Mayer verstand sofort. Er rollte zur Tür, dann drehte er sich noch einmal um.

»Ich hoffe, Chef, du hast nicht alle Weißwürscht aufgegessen.«

*

»Mensch, Mayer, schau mich nicht so an, die Weißwürste sind wirklich aus. Du hättest halt ein bisschen
früher kommen müssen«, sagte die Frau hinter dem
Tresen. Verbittert stemmte sich Emil Mayer jr. in seinem Rollstuhl hoch und ließ seinen Blick über die Aus-
lage schweifen.

»Dann gibst mir halt an Wurstsalat und zwei Brezen.«

»Brezen sind auch aus. Es gibt nur noch Semmeln.«

Frustriert stellte er den Wurstsalat auf das Tablett,
das er auf den Knien jonglierte. Die Semmeln und eine
Flasche Wasser steckte er in eine Tasche, die seitwärts
am Rollstuhl befestigt war. Dann rollte er zur Kasse.
Gerade als er am Tisch angekommen war, summte sein
Smartphone. Eigentlich wollte er nicht drangehen, aber
als er sah, dass es Hasleitner war, entschied er sich um.

»Hallo, Emil, ich kann den Chef nicht erreichen. Ich
hab jetzt den Glatzen-Hans gefunden. Der ist gerade vor
mir in einem Wohnblock am Hasenbergel verschwunden. Des Problem ist, sein Name steht auf keinem der
Klingelschilder, und außerdem darf ich allein keine Verhaftung durchführen.«

»Auf keinen Fall. So wie es aussieht, ist des unser
Mörder. Schick mir a SMS mit der genauen Adresse und
beobachte die Tür. Ich kümmere mich um Verstärkung.«

Sehnsüchtig blickte er auf den Wurstsalat, aß eine
Gabel voll und machte sich dann auf den Weg zurück
ins Büro. Unterwegs gabelte er noch die Katze auf, die
scheinbar auf ihn gewartet hatte und jetzt per Anhalter
mitfuhr. Im Büro war Sabine Husup gerade dabei, einen
Stapel Fotos in ihrer riesigen Tasche oder, wie Steinböck

meinte, in ihrer 3-Zimmer-Wohnung zu verstauen. Er blickte auf Mayer.

»Du bist schon wieder da? Irgendwas Wichtiges?«

Mayer schüttelte den Kopf, kullerte dabei aber mit den Augen in Richtung Husup, die gerade die letzten Fotos einpackte.

»Die Weißwürscht sind aus, und Brezen gibt's auch keine mehr.«

»Aha«, sagte Steinböck, stand auf und half Husup, die Tasche auf ihre Schulter zu hieven. »Und denken Sie daran, ich will, dass Sie Erfolg haben. Also recherchieren Sie anständig.«

»Warum plötzlich so eilig, Herr Kommissar? Gibt's etwas Neues?«, dabei sah sie neugierig zwischen den beiden hin und her und fixierte dann Mayer.

»Naa, die Weißwürscht sind halt aus.«

Konsterniert blickte sie Steinböck an.

»Sie hören es ja. Die Weißwürste sind aus«, sagte er und schob Husup durch die Bürotür nach draußen.

*

Das Weiß an Steinböcks Knöcheln war deutlich zu erkennen, so fest umklammerte er mit der rechten Hand den Griff über der Beifahrertür. Vor ihm am Rückspiegel baumelte ein übel riechender Duftbaum. Mit der linken hielt er die Katze fest, die halb auf seiner Schulter saß und sichtlich Spaß hatte.

»*Das nenne ich ein Auto*«, sagte sie zu Steinböck und starrte fasziniert auf die Straße.

»Ich hätte es wissen müssen«, knurrte dieser. »Wer so mit seinem Rollstuhl fährt, von dem ist im Straßenverkehr auch nichts anderes zu erwarten.«

»Jetzt entspann dich mal, Chef. Was kann ich dafür, dass die deinen Wagen zerlegt haben und nicht wieder zusammenkriegen«, versuchte Mayer zu beruhigen.

»Verdammt, die wollten doch nur die Fehlzündung beheben.«

»Ich kann mir gut vorstellen, wie der Mechaniker mit dem Diagnosegerät um deinen alten Käfer gelaufen ist und die Anschlussdose gesucht hat«, sagte Mayer feixend.

Sie hatten versucht, Hasleitner telefonisch zu erreichen. Weil sie noch während des Anrufs die Verbindung unterbrochen hatte, drängte Steinböck darauf, so schnell wie möglich loszufahren. Da im Moment kein Dienstwagen verfügbar war und der Vergaser seines Käfers noch in Einzelteilen auf der Werkbank lag, nahmen sie Mayers Wagen, einen tiefergelegten Golf GTI.

»Verdammt, kannst du nicht ein bisschen langsamer fahren, oder willst du uns umbringen? Damit ist Ilona nicht geholfen. Was hat sie eigentlich genau gesagt?«

»Net viel, sie hat den Glatzen-Hans beobachtet, wie er in einem Wohnblock verschwunden ist, und jetzt wartet sie dort auf uns. Warum hast du eigentlich die Katze mitgenommen? Stimmt es, dass du mit ihr reden kannst?«

»So ein Quatsch. Wer hat das behauptet?«

»Na ja, die Ilona und ich, wir haben da so bestimmte Beobachtungen gemacht.«

»Blödsinn, oder hast du schon mal jemanden erlebt, der mit Tieren reden kann.«

»Ja scho, mei Großmutter hat immer mit ihrer Kuh, der Fanny, geredet.«

»Und über was?«

»Na ja, eigentlich so belangloses Zeug. Übers Wetter und über den Milchpreis. Die Kuh hat halt viel rumgemeckert. Meinen Großvater hat des genervt, und eines Tages, als die Großmutter auf Besuch bei ihrer Schwester war, hat er sie schlachten lassen.«

»Super«, sagte Steinböck und grinste dabei höhnisch Frau Merkel an. »Und was hat die Großmutter daraufhin gesagt?«

»Erst war's a bisserl sauer. Aber dann hat sie sich mit dem Gockel unterhalten.«

Steinböck schüttelte verzweifelt den Kopf.

»A Teil deiner Vorfahren kommen net zufällig aus Tahiti? So a bisserl Voodoo und Geister?«

»Doch scho, aber die G'schicht' is meiner Großmutter mütterlicherseits passiert, und die kommt aus dem Allgäu. Hindelang, so a bisserl in die Berg drin«, antwortete er grinsend. Dann bremste er den Golf GTI ruckartig ab. Diesmal schleuderte es die Katze in Richtung Frontscheibe. Dabei riss sie den Duftbaum mit sich, von dem sie sich dann sichtlich angewidert zu befreien versuchte.

»I glaub, mir san da. Siehst du irgendwo die Ilona?«, fragte Mayer, wobei er vorwurfsvoll auf die Katze blickte. Steinböck öffnete wortlos die Wagentür und stieg aus. Draußen lehnte er sich ans Autodach.

»A psychopathische Katz und a Voodoo-Priester, der sich für Vettel hält.« Dann atmete er zweimal tief durch und machte sich auf den Weg zum Hauseingang.

*

Seit einer Viertelstunde lungerte Ilona Hasleitner vor der Eingangstür des Wohnblocks herum. Zum wiederholten Mal hüpften ein paar Kinder um sie herum und fragten ihr Löcher in den Bauch. Unauffällig war das nun wirklich nicht. Schließlich entschloss sie sich dazu, den Hausmeister zu suchen. Vielleicht wusste der ja, wo Glatzen-Hans wohnte. Eine alte Frau, die ein Einkaufswägelchen hinter sich herzog, mühte sich, das Gefährt die Treppenstufen hinaufzuziehen.

»Wo müssen S' denn hin?«, fragte die junge Polizistin.

»Mei, in den dritten Stock. Der Lift ist schon wieder kaputt. Seit drei Tag warten wir jetzt scho auf den Mechaniker.«

»Kommen S', ich helf Ihnen.«

Gemeinsam hievten sie das Ziehwägelchen die Treppen hinauf.

»Vielen Dank«, sagte die alte Frau und lächelte glücklich. »Sonst hätt ich es mir von einem der Buben 'nauftragen lassen müssen. Aber die wollen fünf Euro, und für a Rentnerin mit Grundversorgung ist des viel Geld.«

»Fünf Euro für die paar Stufen?«, fragte Hasleitner entsetzt.

»Möchten S' a Tasse Kaffee? Ich mach Ihnen an richtigen Bohnenkaffee. Net so Pulverzeugs.«

Für einen kurzen Moment zögerte Ilona, aber dann sagte sie:

»Nein danke, ich bin im Dienst. Aber vielleicht könnten Sie mir sagen, wo ich den Hausmeister find.«

»Ein Stockwerk höher, die gleiche Wohnung wie meine. Wollen S' net doch a Tass Kaffee?«

»Des ist wirklich nett von Ihnen, aber ich bin dienstlich hier. Vielleicht a anderes Mal«, antwortete sie und stieg die Treppe hinauf. Kurz hatte sie überlegt, der alten Frau das Bild von Glatzen-Hans zu zeigen, entschloss sich dann aber dummerweise dagegen.

»Brandstetter, Hausmeister«, murmelte Hasleitner und drückte den Klingelknopf. Auf dem Türspion klebte ein Kaugummi, und sie glaubte, leises Fluchen hinter der Tür zu hören. Schließlich wurde diese einen Spalt geöffnet, und sie sah sich Auge in Auge mit Glatzen-Hans. Ilona erschrak nur kurz.

»Ach schön, Herr Schulte, dass ich Sie so schnell gefunden hab. Ich hätt da noch ein paar Fragen an Sie.« Schultes Gesicht sah aus wie versteinert.

»Sie schon wieder. Wie haben Sie mich gefunden? Ach egal, kommen S' rein. Ist die Wohnung von meinem Schwager. Der ist grad im Urlaub, und ich mach seine Vertretung.«

Hasleitner folgte ihm in die Küche, die sorgsam aufgeräumt war. Auf dem Tisch lagen ein Berg Besteck und ein Geschirrtuch. Offensichtlich war er gerade dabei, die einzelnen Teile abzutrocknen.

»Was wollen Sie von mir?«, fragte er misstrauisch.

»Nur noch ein paar Fragen.« Sie überlegte krampfhaft,

was sie sagen sollte. Sie hatte doch keine Ahnung, wie Steinböck vorgehen würde. Sie konnte doch unmöglich fragen, ob er der Mörder von Hacker und Görschi wäre.

»Also, dann stellen Sie Ihre Fragen.« Er kam bedrohlich ein paar Schritte auf sie zu. In Hasleitner stieg Panik auf. Sie überlegte, sich umzudrehen und zu verschwinden. Verdammt, sie hatte die ganze Sache vermasselt. Steinböck würde sie zurück auf Streife schicken, wenn man sie nicht ganz hinauswarf.

»Sie wissen, dass Stöckel tot ist«, sagte sie in der Hoffnung, damit ein bisschen Zeit zu gewinnen. Schulte wurde blass.

»Er ist tot?«

»Ja, er hat sich heute Morgen in seiner Zelle erhängt.«

»Verdammte Scheiße«, murmelte er.

In diesem Moment summte Ilonas Smartphone. Sie warf einen kurzen Blick darauf.

»Mein Chef, ich muss mal schnell rangehen.«

»Finger weg«, schrie Glatzen-Hans, griff sich eines der Küchenmesser vom Tisch und sprang auf die Polizistin zu. Er hielt ihr das Messer an den Hals.

»Ausschalten, und zwar sofort.«

Dann griff er nach ihren Handschellen und kettete Hasleitner damit am Heizkörper fest. Ihre Dienstwaffe hatte er bereits vorher an sich genommen.

»Damit kommen Sie net durch«, sagte Ilona, die den ersten Schreck überwunden hatte.

»Warum nicht? Ich verschwind jetzt«, sagte er und griff nach einer gepackten Reisetasche, die in der Ecke stand.

»Und was ist mit mir?«

»Ich überleg gerade, ob ich dich erschießen soll, oder vielleicht dreh ich auch den Gashahn auf. Aber das Erdgas ist eh nicht mehr giftig. Dann gibt's bloß eine Explosion, und die ganze Wohnung von meinem Schwager ist im Arsch. Ich brauch nur ein paar Stunden, dann bin ich weg, und bis die mich finden, ist es eh vorbei«, sagte er und griff nach einer Rolle Gaffaband, um Hasleitner den Mund zuzukleben.

»Wir haben Ihr Konto längst gesperrt«, sagte sie verzweifelt.

Für einen Moment zögerte er und klebte ihr dann grinsend den Mund zu.

»Guter Versuch, aber zu spät.«

*

»Cheeef!«, hörte Steinböck und drehte sich verwirrt um. Mayer hatte sich mit beiden Unterarmen auf die geöffnete Tür und das Dach aufgestützt. Der Kommissar hob entschuldigend die Hand.

»Sorry, hab dich vergessen.«

Schnell kam er zurück. Emil Mayer jr. hatte seinen Rolli extra im Kofferraum transportiert, damit Steinböck auf dem Beifahrersitz Platz nehmen konnte. Steinböck holte den zusammengeklappten Stuhl heraus und schob ihn vor den Kollegen.

»Geh du schon mal vor, Chef, ich komm gleich nach.«

Er zögerte einen Moment, drehte sich dann aber schnell um, als er sah, mit welcher Routine Mayer das

Gerät mit einer Hand auseinanderfaltete, während er sich mit der anderen am Dach festhielt. Noch einmal versuchte er, Ilona zu erreichen. Sie meldete sich immer noch nicht. Er betrat den Eingang des Hauses. Im Treppenhaus war es düster, da er aus der Sonne kam, sah er nahezu nichts. Von oben tönte das Geplärr von Kinderstimmen. Gleich nebenan im Erdgeschoss kläffte ein Hund hinter der Tür. An der Aufzugstür hing ein Schild, auf dem ›Defekt‹ stand, und irgendjemand kam heftig schnaufend die Treppen herunter. Im Halbdunklen erkannte Steinböck die Gestalt eines Mannes, der eine Reisetasche oder einen Koffer schleppte, dessen Rollen immer wieder gegen einzelne Treppenstufen schlugen und dabei ein lautes Geklapper hervorriefen. Auf jeden Fall war es nicht Ilona Hasleitner. Er tastete in seiner Jackentasche nach Glatzen-Hans' Foto. Noch immer hatten sich seine Augen nicht an die Lichtverhältnisse gewöhnt, so war er völlig unvorbereitet, als der Mann ihn die Treppen hinunterstieß. Noch im Fallen schrie er »Halt, stehen bleiben!«, aber da krachte er schon mit dem Kopf gegen einen blechernen Briefkasten, dessen Tür zum Glück nachgab. Benommen blieb er für einen Moment liegen, dann brachte ihn Frau Merkels raue Zunge zurück in die Wirklichkeit.

»Du solltest dich um deinen Kollegen kümmern. Der liegt vor dem Haus auf einem Penner und versucht, dem Handschellen anzulegen.«

Steinböck rappelte sich auf. Der Schmerz in seinem Schädel war erträglich. Er tastete seine Schulter ab, mit der er gegen die Wand geprallt war. Vielleicht morgen einige blaue Flecken, dachte er und folgte der Katze fluchend nach draußen.

Mayers Rollstuhl war umgefallen, und er selbst lag tatsächlich auf dem Mann. Er rollte sich zur Seite, nachdem er die eine Handschelle im Gitter eines Gullydeckels hatte zuschnappen lassen. In der andern Handschelle hing zu seiner Überraschung Glatzen-Hans, der die fürchterlichsten Flüche ausstieß. Mayer jr. saß aufrecht und klopfte sich mit der Hand den Staub von der Hose. Steinböck eilte zu ihm, hob den Rolli auf und half ihm hinein. Die beiden grinsten sich für einen Moment an.

»Gute Arbeit!«, sagte er, dann deutete er auf den Mann am Boden. »Darf ich dir unsern Freund Glatzen-Hans vorstellen?«

»Für Sie, Herr Kommissar, immer noch *Herr Schulte*.«

Steinböck tastete ihn kurz ab. Erstaunt zog er die Pistole aus Schultes Hosenbund. Dass es sich nicht um die Mordwaffe handelte, erkannte er sofort. Dies war eine HK P7, eine Polizeipistole, und keine 22er. Plötzlich wurde ihm klar, dass es Hasleitners Waffe war.

»Also, Herr Schulte, wo ist meine Kollegin?«

Mayer griff nach der Waffe und roch daran.

»Damit ist nicht geschossen worden. Herr Schulte, machen Sie das Ganze nicht schlimmer, als es schon ist. Wo ist unsere Kollegin?«

Glatzen-Hans blickte ihn mit hämischem Blick an.

»Soso, a Bulle auf Rädern.«

»Sehr witzig, wir wollen wissen, wo unsere Kollegin ist!«

»Ohne meinen Anwalt sag ich nichts.« Dabei freute er sich diebisch über den, wie er meinte, zweiten Witz, den er soeben losgelassen hatte. Jetzt mischte sich Steinböck wieder ein.

»Also gut, Herr Schulte, wir verhaften Sie wegen des dringlichen Verdachts, Oskar Hacker und Klaus Görschi erschossen zu haben, sowie wegen der Entführung eines Polizeibeamten im Dienst. Alles, was Sie von jetzt an sagen, kann gegen Sie verwendet werden.«

»*Das hast du aber schön gesagt*«, meinte Frau Merkel sarkastisch, die sich inzwischen genähert hatte und an Glatzen-Hans' Hand schnupperte, die noch immer um das Gullygitter gekettet war.

Schulte starrte für einen Moment die Katze an, dann wandte er sich hysterisch an Steinböck. »Ihr habt sie wohl nicht mehr alle. Ich bin doch kein Mörder. Das mit eurer Kollegin mag ja stimmen. Aber ich bring doch niemanden um.«

»Wo ist sie?«

»Da im Haus«, sagte er kleinlaut.

»Wo da?«

Glatzen-Hans schaute Steinböck für einen Moment schweigend an. Dabei gingen ihm eine Menge Sachen durch den Kopf. Eigentlich wollte er auf stur schalten. Aber dann dachte er an die Kohle und daran, dass er nicht mehr viel Zeit hatte.

»Vierter Stock bei Brandstetter.«

*

Zurück im Büro wollte Steinböck Hasleitner für den Rest des Tages freigeben. Aber alles Zureden half nichts.

»Entweder du schmeißt mich raus, was ich durchaus verstehen könnte, oder ich bleib hier. Aber wenn ich weiterhin bei euch im Team bleib, dann geh ich auch net heim.«

»Also gut, aber bei der Befragung vom Schulte bleibst du draußen. Du kannst dich im Verhörraum hintern Spiegel setzen. Ich möchte dich nicht dabei haben. Für heut hast du schon genug Mist gebaut.«

»Is scho gut. Ich weiß selber, wie blöd ich war«, sagte sie kleinlaut und blickte auf die Striemen an ihren Handgelenken. Mögele hatte bereits im Beobachtungsraum Platz genommen. Als Hasleitner hereinkam, sagte er: »Da hat euer Team gute Arbeit geleistet.«

Hasleitner nickte nur und stellte sich dann vor den Spiegel. Entweder wusste er nichts von ihrer Eigenmächtigkeit oder er ignorierte das Ganze. Ein Beamter führte Glatzen-Hans herein. Kurz darauf folgten Steinböck und Mayer jr. Der fuhr mit seinem Rolli in die Ecke des Zimmers, sodass er sich hinter Schultes Rücken befand, während der Kommissar sich diesem gegenüber an den Tisch setzte.

»Also, Herr Schulte, was ist mit Ihrem Anwalt?«

»Der hat im Moment keine Zeit, mein Mandat anzunehmen«, sagte er giftig.

»Soso, der Herr Dr. Käskopf hat keine Zeit. Ist es nicht so, dass, nachdem ihr Auftraggeber sich dazu entschlossen hat, diese schöne Welt zu verlassen, kein Interesse mehr vonseiten Bepal Pharm besteht, Sie zu verteidigen?«

»Der Stöckel hat gesagt, mir kann nix passieren. Ich brauch nur meinen Mund halten.«

»Worüber sollen Sie Ihren Mund halten?«

»Na ja über die Medikamentenversuche mit dem Hacker und dem Görschi.«

»Und sonst hat keiner teilgenommen?«

»Nicht, dass ich wüsste.«

»Und was ist mit Ihnen?«

»Ich bin doch net blöd«, erwiderte Glatzen-Hans mit gequältem Lachen.

»Was war dann Ihre Aufgabe?«

»Ich hab dem Stöckel halt die Probanden besorgt. Eigentlich wollte er drei, aber ich hab nur die zwei gefunden. Der Hacker hat sich ja förmlich aufgedrängt. Er hat gesagt, er braucht dringend die Kohle. Aber ich glaub, dem ging's um etwas anderes. Aber mir war des scheißegal.«

»Und dann ging etwas bei dem Versuch schief?«

»Was soll schon schiefganga sein? Kotzt ham s' halt wie die Reiher. Der Stöckel war scho a bisserl skeptisch und wollt den Versuch abbrechen. Aber die von oben ham g'sagt, er muss weitermachen.«

»Und das war normal?«

»Na klar, des war ja der Witz an den Versuchen. Die wollten wissen, wie verträglich so a Medikament ist.«

»Und dieses war überhaupt nicht verträglich. Es hat die beiden sogar regelrecht vergiftet. Mit einer tödlichen Dosis. Und damit das nicht rauskommt, hat Dr.

Stöckel beschlossen, die beiden zu erschießen, damit ja niemand auf die Idee kommt, sie näher zu untersuchen.«

»Davon weiß ich nichts. Aber dem Stöckel trau ich das nicht zu.«

»Eben deswegen hat er Ihnen den Auftrag erteilt, die beiden zu erschießen. Hat er die Waffe besorgt?«

Glatzen-Hans schnaufte entrüstet auf und schrie: »Verdammt, ich hab Ihnen schon mal g'sagt, dass ich nix damit zu tun hab.«

»Wo waren Sie denn am letzten Sonntag zwischen 18 und 20 Uhr?«

»Da war ich unterwegs. Irgendwo am Marienplatz.«

»Zeugen?«

»Nicht, dass ich wüsste.«

»Und am Montagfrüh zwischen acht und zehn Uhr?«

»Da hab ich noch geschlafen.«

»Und wo?«

»Na ja, in der Wohnung von meinem Schwager. Ich schlaf immer bis zwölfe.«

»Natürlich auch keine Zeugen.«

»Naa, mei Schwager is ja im Urlaub.«

Steinböck nickte Mayer zu. Der rollte langsam um den Tisch herum. Einen Moment sah er Schulte schweigend an. Der blickte trotzig zurück.

»Ich glaub, Sie ham den Ernst der Lage noch nicht begriffen. Sie ham am Montag um Viertel nach eins 10.000 Euro auf Ihr Konto eingezahlt. Lauter Zweihunderterscheine. Und um elf Uhr waren Sie in Martinsried bei Bepal Pharm. Außerdem wissen wir, dass Dr. Stöckel gegen neun Uhr bei seiner Bank 10.000 Euro abgehoben hat. Der Bankmitarbeiter hatte sich noch gewundert, dass er lauter Zweihunderter wollte.«

»Ich bestreit doch gar nicht, dass ich des Geld vom Stöckel hab. Des war für meine Mitarbeit und das Finden der Probanden.«

»Zehntausend, dafür. Des glauben S' doch selber net«, fuhr Mayer fort. »Is es net dafür, dass Sie den Hacker und den Görschi umgebracht haben? Und bei den Versuchen haben Sie auch mitgemacht. Und als Sie des mit der Vergiftung von uns erfahren haben, da haben Sie gestern 5.000 Euro nachgefordert.«

Jetzt übernahm Steinböck wieder die Befragung.

»Also, Herr Schulte, vielleicht haben wir bisher noch keine Beweise, aber die Indizien sprechen eindeutig gegen Sie. Sie haben Hacker und Görschi im Auftrag von Stöckel erschossen und dafür insgesamt 15.000 Euro kassiert. Und die Beweise werden wir finden. Wir lassen Ihre Klamotten und Hände auf Schmauchspuren untersuchen, und die Tatwaffe werden wir früher oder später auch finden. Außerdem haben Sie kein Alibi.«

Glatzen-Hans hatte den Blick nach unten auf den Tisch gerichtet. Für einen Moment herrschte Schweigen. Dann hob er den Kopf und blickte erst auf den großen Spiegel, um zu erkennen, ob jemand dahinter war. Dann musterte er kurz Mayer und konzentrierte sich schließlich auf Steinböck.

»Also gut, ich pack aus. Aber mit den Morden hab ich nichts zu tun.«

»Legen Sie los«, sagte der Kommissar ungeduldig.

»Kann ich an Kaffee haben?«

Steinböck blies hörbar genervt die Luft aus den Lungen und machte eine kurze Handbewegung in Richtung Spiegel. Sie würden ihn schon verstehen, dachte er bei sich. Dann wandte er sich wieder Schulte zu.

»Ich warte.«

»Also, ich war am Sonntagabend im Glockenbachviertel unterwegs. Und wie ich dann durch die Hans-Sachs-Straße geh, seh ich doch tatsächlich den Stöckel, wie der im ›Faun‹ verschwindet. Wissen Sie, was das ›Faun‹ ist?«

Mit verschwörerischer Miene blickte er erst Steinböck, dann Mayer an. Als beide gelangweilt nickten, fuhr er ernüchtert fort.

»Also, warum geht der Stöckel in ein Schwulenlokal?« Wieder musterte er die beiden nacheinander. Steinböck zuckte mit den Schultern.

»Weil er schwul ist. Das stand ja auch schon in der Zeitung. Der verheiratete Dr. Stöckel. Zwei Kinder, Mitglied im Golfclub Eichenried und schwul.«

»Jetzt kommen S' zum Thema«, brummte Steinböck ungeduldig.

»Jedenfalls hab ich die Tür beobachtet. Nach einer halben Stunde kam er wieder raus. Ich bin ihm gefolgt. Ein paar Häuser weiter sperrte er mit einem Schlüssel eine Haustür auf. Sein Name war auf keiner der Klingeln. Gott sei Dank öffnete gerade die Tür von innen, und ich konnte in den Hausflur. Der Lift zeigte …«

»Mensch, erzählen S' keinen Roman«, verlor jetzt auch Mayer jr. die Geduld.

»Also im dritten Stock ist er dann in einer Wohnung

verschwunden. Die Tür hatte er nicht zugemacht, und ich hörte, wie er mit einem Mann stritt.«

»Worum ging's dabei?«, wollte Steinböck wissen.

»Des weiß ich nicht. Ich bin zu spät gekommen. Gehört hab ich nur noch, wie der Stöckel geschrien hat, er solle sofort die Koffer packen und aus seiner Wohnung verschwinden. Scheinbar haben die zwei a Rauferei angefangen, und dann war's plötzlich still. Zwei Minuten später ist der Stöckel rauskommen und mir direkt in die Arme gelaufen.«

»Und da haben Sie sich gedacht, was für eine super Gelegenheit, und haben den Stöckel erpresst.«

»Erpresst kann man des net nennen. Des war mehr so a Entschädigung.«

In diesem Moment kam Hasleitner mit einem Becher Kaffee herein, stellte ihn vor Glatzen-Hans und kramte anschließend aus ihrer Hosentasche ein paar Zuckertüten und einen Plastiklöffel hervor.

»Muich is koane mehr da«, sagte sie und schaute ihn grimmig an. Dann wandte sie sich an Steinböck.

»Der Chef ist nicht mehr da. Er hat auf eine Besprechung müssen.«

Ihre Mundwinkel zuckten, und es sah so aus, als ob sie noch etwas sagen wollte. Aber Steinböcks vorheriger Anschiss wirkte stärker. Langsam ging sie zur Tür zurück.

»Was ist los, Ilona? Möchtest du den Herrn Schulte was fragen?«

Hasleitner drehte sich um, räusperte sich und fragte dann etwas zu laut: »Erstens, wollten Sie mich wirklich umbringen? Und zweitens, was ham Sie damit gemeint, als Sie gesagt haben: ›Bis die mich finden, ist es eh vorbei‹?«

Glatzen-Hans lachte leise, dabei drehte er ihr immer noch den Rücken zu. Dann riss er sämtliche Zuckertüten auf und kippte den Inhalt in seinen Kaffeebecher.

»So a Schmarrn, warum hätt ich Sie umbringen sollen? Ich wollt Ihnen bloß a bisserl Angst machen.« Er rührte den Kaffee mit dem Plastiklöffel um, dann tippte er damit auf die Narbe, die sich deutlich auf seinem braun gebrannten kahlen Schädel abhob.

»Vor eineinhalb Jahren haben sie bei mir einen Gehirntumor festgestellt. Den haben sie mir im Klinikum Großhadern rausgeschnitten. Gute Arbeit. Dort hab ich dann auch den Stöckel kennengelernt. Er bot mir an, mich kostenlos mit einem sündhaft teuren Medikament zu behandeln, das ein erneutes Wachsen des Tumors garantiert verhindern würde. Ich müsste mich nur regelmäßig bei ihm melden und mich untersuchen lassen. Dabei hab ich ihm nebenbei immer wieder Probanden aus der Sandler-Szene besorgt. Vor drei Monaten hat er mir dann erklärt, dass für mich keine Gefahr mehr besteht und dass ich das Medikament nicht länger nehmen muss. Zur gleichen Zeit ist es wieder losgegangen. Schwindelanfälle, Kopfschmerzen, zeitweiliger Sehverlust. Ich hab mir nichts dabei gedacht, weil der Stöckel ja gesagt hatte, bei mir sei alles in Ordnung. Vor zwei Wochen hab ich dann gemeint, mir zerreißt's den Schädel. Also bin ich noch mal nach Großhadern gegangen, um von denen g'fragt zu werden, warum ich nicht früher gekommen bin?«, sagte er schrill.

»Jetzt hab ich's schwarz auf weiß. Der Tumor muss schon seit langer Zeit wieder g'wachsen sein. Für eine Operation ist es jetzt zu spät. Sie geben mir noch höchstens drei bis sechs Monate.« Dabei zog er einen zerknitterten Zettel aus der Hemdtasche, dem man ansah, dass er ihn schon viele Male aufgefaltet hatte. Mit dem Finger klopfte er auf die Mitte des Blattes, die offenbar eine Aufnahme seines Gehirns zeigte.

»Des tut mir jetzt leid«, flüsterte Ilona Hasleitner verstört.

»Des braucht Ihnen net leidtun, aber der Stöckel, die Drecksau, der hat mich jeden Monat in die Röhre geschickt. Der hat des genau gewusst, dass des Trum wieder wachst. Aber er hat nichts gesagt, weil die von oben es so angeordnet ham. Dem hätt's leidtun müssen. Ich hab ihm gedroht, dass ich ihn und die Firma auffliegen lass. Da hat er den Chef persönlich geholt. Aber der hat nur abgewunken. Es gäb keinerlei Beweise für die Versuche. Und die Anwälte von der Firma würden mich in der Luft zerreißen. 500 Euro hat er mir gegeben. Ich soll mir noch ein paar schöne Wochen machen.«

Für einen Moment schwieg er und starrte auf den Zettel.

»Und dann erwisch ich den Stöckel, wie er sein' Lustknaben erschlägt. Was hätten Sie gemacht?«, fragte er Steinböck und blickte ihn zornig an.

»Dann wär also Dr. Stöckel Ihr Alibi, wenn's um

den Mord an Hacker geht?«, antwortete er mit einer Gegenfrage.

»Sozusagen, aber da gibt's noch mehr. Stöckel und ich sind ins ›Faun‹ gegangen, um die Sache zu besprechen. Der Wirt wollte mich eigentlich nicht reinlassen, weil ich ihm zu schäbig war. Erst als Stöckel sich für mich verbürgte, ließ er mich in Ruhe.«

»Wir werden das überprüfen«, sagte Steinböck.

»Des stimmt mit der Aussage des Wirts aus dem ›Faun‹ überein. Ich hab heute Morgen seine Aussage aufgenommen«, stellte Mayer jr. fest.

»Also gut, Herr Schulte, Sie können gehen.«

Glatzen-Hans sah überrascht von seinem Kaffeebecher auf, den er immer noch mit zwei Händen umfasst hielt.

»Soll das heißen, Sie lassen mich laufen?«, fragte er unsicher.

»So isses«, antwortete Steinböck.

»Und die Erpressung?«

»Sie meinen die Entschädigung?«

Glatzen-Hans stand auf und stützte sich mit beiden Händen auf den Schreibtisch ab.

»Was ist mit dem Geld? Mein Konto? Ham Sie des gesperrt?«

»Was für ein Konto? Welches Geld?«, fragte Steinböck.

Hans Schulte faltete langsam den Zettel mit der Aufnahme seines Tumors zusammen und steckte ihn zurück in seine Hemdtasche. Dann wischte er sich mit dem Ärmel über die Augen und reichte Steinböck die Hand.

»Es tut mir leid, dass ich Ihnen nicht helfen konnte. Aber eines weiß ich sicher, Stöckel war zwar a Sau, aber mit den Morden an Hacker und Görschi hat der nix zu tun.«

*

Steinböck blickte missmutig auf sein leeres Whiskyglas und dann auf die Katze, die sich auf seinen Knien zum Schlafen zusammengerollt hatte. Zum wiederholten Mal versuchte er, sich auf den Fernsehbericht über Buddhismus zu konzentrieren. Aber er war nicht bei der Sache. Immer wieder ging ihm Glatzen-Hans' letzter Satz durch den Kopf. Er glaubte ihm, deswegen war er wieder am Anfang. Aber woher hatten die beiden Ermordeten das Gift bekommen? Doch ein missglückter Medikamentenversuch? Klessel hatte ihm für den nächsten Morgen das endgültige Ergebnis der Untersuchung versprochen.

»Und, wie hast du's mit der Religion, ich glaub, du hältst nicht viel davon?«

Steinböck musterte verdutzt die Katze, die ihren Kopf gehoben hatte und ihn amüsiert ansah.

»Du hast also auch deinen Faust gelesen?«

»Haben wir das nicht alle? Also, wie hast du's mit der Religion?«

»Willst du das wirklich wissen?«

»Hätte ich dich sonst gefragt?«

»Ich bin für ein striktes Verbot jeder Religionsausübung außerhalb der eigenen vier Wände. Das erspart uns mindestens 90 Prozent aller Kriege auf diesem Planeten.«

»*Interessante These, die du da vertrittst. Sie ist es sogar wert, darüber nachzudenken*«, sagte sie etwas hochnäsig.

»Das Problem ist nur«, fuhr er fort, »dass Menschen diese Vorschrift kontrollieren müssten, und da liegt der Hund begraben.«

»*Wie soll ich das verstehen?*«

»In diesem Fall kommen die beiden nächsten Unzulänglichkeiten der Menschheit zum Tragen: die Eitelkeit und die Gier. Lässt du mich ein bisschen missionieren, soll's dein Schaden nicht sein. Ach nein, der Nachbar will nicht so wie ich? Dann schlagen wir ihm den Schädel ein.«

»*Schön, das reimt sich sogar. Du scheinst von deiner Spezies nicht viel zu halten?*«

»Du etwa?«

»*Na ja, es gibt solche und solche.*« Dabei dachte sie mit einem gewissen Unbehagen an Staller. »*Und was hältst du von der Wiedergeburt?*«, fuhr sie fort.

Etwas verdutzt über den plötzlichen Themenwechsel folgte er dem Blick der Katze auf den Bildschirm.

»Aha, daher weht also der Wind. Ich kann mich jedenfalls nicht daran erinnern, schon mal gelebt zu haben.«

»*Ich schon.*«

»Und wer warst du in deinem letzten Leben?«

»*Mutter Teresa*«, antwortete Frau Merkel und starrte weiter auf den Fernseher. Erst war Steinböck völlig perplex, dann stellte er lachend fest: »Dann war die wohl doch nicht so barmherzig und edel, wie alle behaupten.«

»*Wie kommst du jetzt darauf?*« Frau Merkel richtete sich auf und machte einen gewaltigen Buckel.

»Na ja, heißt es nicht, je besser jemand gelebt hat, desto eher steigt er in die höchste Ebene auf.«

»*Das ist vollkommen richtig, und Mutter Teresa war ein Vorbild an Güte und Nächstenliebe.*«

»Aber der Mensch ist doch bereits die höchste Ebene vor dem Nirwana.

»*Wieder so ein Irrtum, dem ihr Menschen nachhängt.*«

»Du glaubst also, die Katzen sind die Endstufe?«

»*Wer weiß?*«, sagte sie, sprang von seinen Knien und verschwand durch die Katzenklappe nach draußen.

Steinböck erhob sich nachdenklich, ging in die Küche und goss sich den letzten Rest des 21 Jahre alten Lagavulin in sein Glas. Dann schlurfte er zurück, setzte sich in seinen Sessel und beschloss, sich ernsthaft mit der Theorie der Wiedergeburt auseinanderzusetzen. Er musste unbedingt seine Argumentationsebene verbessern.

MONTAG

Wie jeden Morgen verbrachte er auch diesen in seinem Korbsessel vor dem Haus. Das Wochenende war erholsamer gewesen als erwartet. Die Katze war die meiste Zeit unterwegs gewesen, war nur zum Fressen gekommen, und Hasleitner hatte die letzten beiden Tage bei Maxi Müller im Wintergarten verbracht. Steinböck selbst war am Sonntag bei den von Domeniks zum Essen eingeladen gewesen, die ihm eine vorzügliche Lammhaxe mit grünen Bohnen servierten. Sergeant Pepper erwies sich dabei als ausgezeichneter Koch. Den Fall Hacker hatte er möglichst zu verdrängen versucht, aber jetzt kamen die Informationen in Wellen zurück. Er musste die Sache von Neuem aufrollen. Außerdem brauchte er das Foto.

Er stellte den Korbstuhl zurück, nahm sein Jackett und verließ die Wohnung. Unterwegs klopfte er an Hasleitners Tür, um ihr zu sagen, dass er am Auto auf sie warten würde. Die Katze saß, wie am Morgen üblich, auf dem Wagendach und erklärte ihm, dass sie heute zu Hause bleiben würde.

»*Ich hab da ein paar nette Jungs kennengelernt, und nachdem Staller außer Gefecht ist, werde ich dich heute alleine lassen.*«

»Aha, die junge Dame ist wohl rollig«, sagte Steinböck grinsend.

»Von wegen rollig. Der Tierarzt auf Mallorca hat da ganze Arbeit geleistet.«

»Das tut mir leid.«

»Das braucht dir nicht leidtun. Was man nicht kennt, vermisst man nicht.«

Inzwischen war Ilona gekommen und kraulte die Katze am Kopf. Ein freundliches Schnurren, dann sprang Frau Merkel vom Dach und schlug sich seitwärts in die Büsche.

»Die Katze kommt heute nicht mit?«, fragte sie erstaunt.

»Sie sagt, sie hätte ein paar nette Jungs kennengelernt.«

»Du hast wieder mit ihr geredet?«

»So ein Unsinn, wer redet denn mit Katzen?«

»Na du.«

»Wer behauptet das?«

»Maxi Müller.«

»Hast du etwa von ihren Plätzchen gegessen?«

Ilona setzte sich in den Wagen. Den ganzen Weg bis zum Büro starrte Steinböck nur stur auf die Straße und gab kein Wort von sich. Ilona pfiff leise vor sich hin und ignorierte ihn grinsend.

Mayer saß bereits hinter seinem Schreibtisch, oder sollte man besser sagen, er habe sich mit seinem Rolli dahinter postiert, und sortierte Fotos. Drei Stapel hatte er vor sich liegen. Fotos ohne Personen, solche mit Personal und Patienten und zuletzt jene, auf denen zusätzlich Zivilisten zu sehen waren. Steinböck setzte sich auf seinen Schreibtisch und klatschte einmal in die Hände.

»Hört her, Leute, wir müssen den ganzen Fall von vorne aufrollen. Und vor allem müssen wir das Foto finden. Ist das jetzt der Rest?«, fragte er Mayer und deutete auf die Stapel. Emil nickte und sagte:

»Das ist der Rest, aber wo ist die Katze?«

»Sie ist zu Hause geblieben. Wir werden auch ohne sie zurechtkommen«, brummte Steinböck genervt.

»Aber sie nicht ohne uns. Staller ist wieder auf der Jagd. Der Pförtner hat mir erzählt, er wäre heute Morgen auf Krücken einmarschiert, habe sich den Amtstierarzt und zwei Kollegen geschnappt, um dann zu dir hinauszufahren.«

»Jetzt reicht's«, presste Steinböck zwischen den Zähnen hindurch, und dann wurde er laut.

»Ich werde diesem Vollidioten sämtliche Zehen einzeln brechen. Warum hab ich die Merkel nur daran gehindert, ihn aus dem Fenster des dritten Stockes zu stürzen?«

»Glaubst du nicht, es ist besser, wenn ich fahre?«, versuchte ihn Hasleitner zu beruhigen.

»Nein, ich bring die Sache jetzt zu Ende«, tobte er, dann fuhr er etwas leiser fort:

»Ilona, du gehst zum Klessel und lässt dir genau erklären, was es mit dem Gift auf sich hat. Und lass die Finger von seinem Flachmann. Emil, du schaust die Fotos durch. Alle, die interessant sein könnten, legst du beiseite. Ich bin in einer Stunde wieder da. Ach Ilona, versuch bitte Maxi Müller zu erreichen.«

Dann stürmte er aus dem Büro.

»Unser Chef ist ja ein Tier«, meinte Mayer grinsend.

»Hoffentlich kommt er nicht zu spät«, sagte Hasleitner und griff zum Telefon.

*

Steinböck verließ die Ettstraße mit einer Serie von Fehlzündungen. So viel zu verbeamteten Automechanikern. Das Heulen der Alarmsirene hörte er bereits nicht mehr. Denn er hatte sich das Blaulicht aufs Dach gesetzt und raste mit allem, was sein Käfer hergab, durch die Innenstadt. Konsterniert stellte er fest, dass es noch einige Autos gab, die ihn überholten. Am meisten ärgerte er sich über den BMW-Fahrer, der an seiner hinteren Stoßstange hing. Dessen blödes Grinsen konnte er sogar in seinem winzigen Rückspiegel sehen. Steinböck schaffte die dreieinhalb Kilometer in knapp 15 Minuten. Ein VW-Bus des Veterinäramtes parkte bereits im Hof auf seinem Parkplatz. Er stellte den Käfer hinter den Bus und ging direkt in den Garten. Seine Balkontür stand sperrangelweit offen. Er hatte sie zwar nicht verschlossen, aber nur einen Spalt offen gelassen. Steinböck betrat die Wohnung. Sie war leer, trotzdem war er sich sicher, dass Staller drinnen gewesen war. Er roch ihn förmlich. Wütend umrundete er das Haus und gelangte schließlich zu Maxi Müllers Wintergarten. Auch hier war die Tür offen. Auf dem Tisch stand ein aufgeklappter Laptop mit einem aufgeklebten Smiley auf der Rückseite des Bildschirms. Direkt daneben saß Frau Merkel, die sich seelenruhig die Pfote putzte.

»Wo sind sie alle?«, fragte er sie.

»*Oben bei den netten Herrschaften. Der Verrückte hat mich da vom Garten aus auf dem Fenstersims gesehen und gleich versucht, die Wohnung zu stürmen. Ich hab es Maxi erzählt, und die ist wie eine Furie nach oben gerannt.*«

Steinböck schnaubte, dann durchquerte er Maxi Müllers Wohnung und polterte die Treppe hinauf. Von oben erklang wüstes Geheule. Als er den dritten Stock endlich erreicht hatte, war er wie üblich völlig fertig. Wieder legte er sich mit dem Oberkörper auf das Treppengeländer, wobei er es mit beiden Händen krampfhaft umklammerte. Vergeblich versuchte er, ein Wort herauszubringen. Was er sah, sprach für sich. Zwei Beamte lehnten grinsend mit verschränkten Armen an der Wand. Staller saß in einer Ecke ans Geländer gelehnt und hielt sich wimmernd seinen Fuß, während Sergeant Pepper seine Wohnungstür mit einem Holzhammer verteidigte. Amely von Domenik umklammerte ihn ängstlich von hinten, offensichtlich, um ihm den Rücken zu stärken. Und Maxi Müller? Sie hämmerte mit beiden Fäusten gegen eine Tür, die vermutlich in den Speicher führte.

»Kommen Sie da sofort raus, oder ich trete die Tür ein!«, schrie sie wütend. Steinböck blickte noch mal zu den beiden Beamten.

»Der Amtstierarzt?«, fragte er. Die beiden nickten grinsend. In diesem Moment entdeckte Staller den Kommissar.

»Mein Fuß, oh mein Fuß. Der Verrückte hat mir mit dem Hammer auf meinen gebrochenen Zeh geschlagen.«

»Das ist kein Hammer, sondern ein Krocketschläger. Außerdem haben Sie mich tätlich angegriffen«, stellte von Domenik fest, dabei hatte er den Schläger weiterhin über seinen Kopf gehoben. Inzwischen war auch Steinböck wieder zu Atem gekommen.

»Warum greifen Sie nicht ein, sondern stehen hier nur blöd herum?«, herrschte er die beiden Beamten an.

»Wir dachten, die Angelegenheit erledigt sich von selbst«, erwiderte der kleinere von beiden grinsend. Steinböck schüttelte resigniert den Kopf und wandte sich Staller zu, der immer noch winselnd seinen Fuß hielt.

»Und Sie, Staller, wenn Sie auch nur noch einmal in die Nähe meiner Katze kommen, ich versprech Ihnen, dann wissen Sie, was Tollwut ist. Ich brech Ihnen jeden Zeh einzeln. Haben Sie mich verstanden?«

»Das ist Androhung von körperlicher Gewalt. Ich zeig Sie an. Das kostet Sie Ihren Job. Sie alle haben gehört, was er gesagt hat.« Dabei blickte er in die Runde. Als er bemerkte, dass die beiden Beamten weiterhin tatenlos mit vor der Brust verschränkten Armen nach oben an die Decke starrten und der Veterinär sich noch immer im Speicher versteckt hielt, sackte er in sich zusammen. Ganz anders Steinböck, der kam jetzt erst richtig in Fahrt.

»Vielleicht werde ich von der Anzeige wegen unerlaubten Eindringens in meine Wohnung absehen, wenn Sie jetzt Ihren Veterinär-Kumpel nehmen und auf schnellstem Weg dieses Haus verlassen. Immer vorausgesetzt, die Überwachungskamera beweist nicht, dass Sie etwas in meiner Wohnung geklaut haben.«

Das zeigte Wirkung. Staller zog sich am Geländer hoch und humpelte zur Speichertür.

»Komm raus, wir ziehen ab.«

Steinböck schob die Domeniks zurück in ihre Wohnung, und zu Maxi Müller sagte er: »Ich muss jetzt los.«

»Die Katze, was ist mit der Katze?«, fragte sie besorgt.

»Vorhin saß sie noch bei Ihnen im Wintergarten. Es geht ihr gut.« Dann ging er langsam die Treppen hinunter. Die beiden Beamten würdigte er keines Blickes. Er setzte sich in seinen Käfer, verstaute das Blaulicht und stieß den Wagen ein paar Meter zurück. Dann wartete er. Es dauerte nur ein paar Minuten, bis die vier aus der Haustür kamen. Fangnetz und Katzenkiste wurden im Rückraum des Busses verstaut, dann fuhren sie langsam vom Hof. Steinböck lehnte sich zurück und blickte auf die Uhr. Wenn er jetzt losfuhr, dann hätte der ganze Spuk nicht länger als eine Stunde gedauert. Im Rückspiegel sah er Frau Merkel, die auf der Mauer saß und sich die Pfote putzte. Das war wie ein Déjà-vu. Er sprang förmlich aus dem Auto und eilte zum Wintergarten. Maxi Müller saß an ihrem Korbtisch und blätterte in einer Zeitschrift. Steinböck angelte sich einen Stuhl und setzte sich rittlings auf ihn. Die Unterarme legte er auf die Rückenlehne.

»Wo ist er?«

»Wer?«, fragte sie. Und offensichtlich war sie nicht besonders über Steinböcks Frage überrascht.

»Hackers Laptop.«

»Wie sind Sie darauf gekommen, dass es seiner ist?«

»Das Käsegesicht.«

»Schade«, sagte sie. »Sie hätten gut in unsere Hausgemeinschaft gepasst.« Dann griff sie nach der Pistole, die in ihrem Schoß lag, und richtete sie auf den Kommissar.

*

Die Unterredung mit Klessel war kurz. Er musste dringend zu einem Tatort. Er drückte Ilona Hasleitner einen Stapel Papiere in die Hand. Obendrauf klebte ein gelber Memozettel mit einem ellenlangen lateinischen Namen.

»Das ist die Pflanze, mit der die beiden vergiftet worden sind. Wie gesagt, sehr schwer nachzuweisen. Ein Foto liefere ich nach, oder ihr schaut selbst im Internet nach.«

Zurück im Büro reichte sie Mayer den Zettel.

»Kannst du versuchen, ob du ein Bild dazu findest? Ich schau inzwischen ein paar Fotos durch.«

Eine Zeit lang arbeitete jeder still vor sich hin.

»Ob Staller sie gekriegt hat?«

Ohne vom Monitor aufzublicken, antwortete er.

»Ach Quatsch, du hast doch die Müller gleich erreicht.«

»Und warum meldet der Chef sich nicht? Er ist jetzt schon fast eine Stunde weg.«

Emil Mayer hatte inzwischen mit Hilfe des Fotos die ominöse Pflanze im Internet gefunden. Der Drucker begann zu rattern, und er kurvte mit seinem Rolli um den Tisch.

»Ich glaub, ich spinn, des ist die Maxi Müller.« Dabei wedelte sie mit einem der Fotos in der Luft herum.

Emil packte sich den Ausdruck und fuhr weiter zu Ilonas Schreibtisch.

»Bist du dir sicher?«

»Ganz sicher, die Tätowierung hier am Handgelenk. Zwei kleine Herzen.«

Er nahm sich das Foto und studierte es eindringlich. Im Vordergrund ein Krankenbett. Darin lag ein Mann um die 50, der einem glatzköpfigen Doktor die Hand reichte. Dahinter eine junge Schwester, die gerade einen Infusionsbeutel an einen Galgen hängte. Dabei war der Ärmel ihres Kittels nach unten gerutscht, deutlich sah man die beiden Herzen auf der Innenseite ihres Handgelenkes.

»Wenn des Maxi Müller ist, wie kommt die dann vor der Wende als Krankenschwester nach Hohenschönhausen?«, sagte Mayer mehr zu sich selbst. Ilona betrachtete den Ausdruck näher.

»Und diese Pflanze, die wächst bei Maxi im Wintergarten. Da bin ich mir ganz sicher.«

»Wir müssen ihn anrufen.« Emil wollte zum Telefon greifen, aber Ilona hatte bereits gewählt. Nervös tanzte sie von einem Fuß auf den anderen.

»Verdammt, er hat sein Handy abgeschaltet.«

*

»Was ham S' jetzt vor? Wollen S' mich auch erschießen so wie den Hacker und den Görschi?«, fragte Steinböck.

»Jetzt bin ich schon so weit gegangen. Ein Mord mehr oder weniger ist auch egal.«

»Damit kommen S' net durch. Die Kollegen wissen schon Bescheid.«

»Gar nichts wissen die. Wenn Sie den Laptop nicht gesehen hätten, wären Sie auch nicht draufgekommen.« Dabei unterstrich sie jedes Wort mit einem Schwenken der Pistole. Steinböck spürte, wie ihm die Schweißperlen auf die Stirn traten. Er versuchte die Flucht nach vorne.

»War es wegen dem Foto?«

Sie zuckte zusammen und sah ihn musternd an.

»Woher wissen Sie davon? Ach, ist ja egal.«

»Also war es wegen dem Foto?«, hakte er nach. Er musste sie unbedingt am Reden halten.

»Nein, es war nicht wegen dem Foto, sondern wegen des Fotos. Eigentlich dachte ich immer, der Hacker wäre ein anständiger Kerl, aber dann hatte er sich als mieses Schwein entpuppt.«

»Was war auf dem Foto?«, fragte Steinböck, wobei er einen spitzen Mund machte und das Wort ›dem‹ besonders betonte.

Für einen Moment zögerte Maxi Müller. Dann fuhr sie fort.

»Na ich war auf dem Foto. Aus der Zeit, als ich als Hilfskrankenschwester in Hohenschönhausen gearbeitet hatte.«

»Dann sind Sie gar nicht Maxi Müller, und Hacker hat das herausgefunden. Warum haben Sie sich als Maxi Müller ausgegeben?«

Sie starrte auf die Pistole. Für einen kurzen Moment überlegte Maxi Müller, das Ganze zu beenden und die Waffe auf den Tisch zu legen. Doch dann richtete sie sie wieder auf Steinböck.

»Das ist eine lange Geschichte. Wollen Sie sie wirklich hören?«

Steinböck blickte auf den Lauf der Pistole, deren Mündung genau auf sein Herz zeigte. Ihm war deutlich wohler, wenn sie sprach, und außerdem war er wirklich neugierig.

»Natürlich möchte ich sie hören.«

»Mein richtiger Name ist Kristine Seehaus, und ich stamme aus Stralsund. Ich bin in einem Waisenhaus aufgewachsen. Vermutlich hatte man mich meinen Eltern weggenommen, als man sie dabei erwischte, wie sie das Land verlassen wollten. Ich war schon zu DDR-Zeiten eine leidenschaftliche Bhagwan-Anhängerin gewesen. Als die Mauer fiel, dauerte es genau vier Wochen, bis ich in einem Flugzeug nach Indien saß. In Pune lernte ich Maxi Müller kennen, die gerade aus München angekommen war. Wir sahen uns ungeheuer ähnlich, sodass manche uns sogar für Zwillinge hielten. Wir fuhren zusammen nach Goa, und dort verliebten wir uns ineinander. Homosexualität war zu dieser Zeit in Indien verboten, aber das bezog sich nur auf die Männer. Aber egal, wir waren glücklich und verbrachten eine wunderschöne Zeit. Eines Tages kam die Nachricht, dass Maxis Mutter gestorben war, weshalb sie mit einem beträchtlichen Erbe rechnen konnte. Aber Maxi hatte keine Lust zurückzugehen, darum bat sie die von

Domeniks, das Erbe zunächst für sie zu verwalten. So wäre eigentlich alles gut gewesen, hätte sie nicht den Drang gehabt, immer neue Drogen auszuprobieren. Jede Pflanze, von der irgendein Hippie erzählte, dass sie einen high machte, musste sie versuchen. Und das hatte Maxi schließlich das Leben gekostet. Sie wusste, dass sie sterben würde, als sie sich versehentlich mit einem besonderen halluzinogenen Kraut vergiftet hatte. Sie weigerte sich sogar, in ein Krankenhaus zu gehen.«

Für einen kurzen Moment weinte Kristine Seehaus alias Maxi Müller. Die Katze hatte sich inzwischen in den Schatten einer der Hanfpflanzen gesetzt und beobachtete die Situation interessiert. Mit der freien Hand wischte sich die falsche Maxi Müller die Tränen aus den Augen und fuhr fort.

»Das mit dem Erbe war Maxis Idee. ›Du nimmst einfach meinen Pass‹, hat sie gesagt. ›Ich hab keine Verwandten außer meiner Tante und Onkel. Er hat mich das letzte Mal gesehen, als ich ein kleines Kind war. Nimm das Geld, und mach etwas Gutes damit!‹ Kurz darauf ist sie gestorben. Wir haben sie unter meinem Namen begraben. Ich hatte ja keine Verwandten, die meine Leiche zurückholen würden. Es kam sogar ein Vertreter der Botschaft zur Beerdigung. Drei Monate bin ich noch in Indien geblieben, bevor ich zurück nach Deutschland flog. Es lief alles so easy. Ich nahm die von Domeniks zu mir, die nie Verdacht schöpften. Ich verwaltete das Vermögen so gut wie möglich. In jedem Haus wohnte mindestens eine Partei für wenig Geld. Ich legte auch mal die Studiengebühr für afrikanische Studenten aus.

Das Ganze musste sich nur tragen. Ich selbst brauchte nicht viel. Früher hatte ich mal Schauspiel-Unterricht genommen. Wie gesagt, alles lief so easy.«

»Bis Hacker kam«, sagte Steinböck.

»Genau, bis Hacker kam.«

»Er wollte Sie anzeigen?«

»Anzeigen, dass ich nicht lache. Er wollte mich erpressen.«

»Er wollte Geld?«

»Er wollte alles. Und vor allem sein Freund Görschi. Das gesamte Vermögen beläuft sich auf mehr als zehn Millionen Euro. Davon das meiste in Immobilien. Zuerst sollte ich die Mieten erhöhen, und zwar auf den ortsüblichen Satz. Ein Jahr lang hatte er kaum Miete gezahlt, und dann hatte er mich auch noch regelmäßig angepumpt. Ich dachte, ich muss den armen Schriftsteller unterstützen, wo er doch auch noch an einem investigativen Buch über korrupte Pharmaunternehmen arbeitete. Jedes Jahr sollte ich eines der Häuser verkaufen. Er verlangte eine Konto-Vollmacht, um mich online überwachen zu können. Und dann wollten beide jeweils eine halbe Million auf die Hand. Sie gaben mir zwei Wochen, um das Geld flüssigzumachen. Als sie gingen, hörte ich, wie Görschi zu Oskar sagte, dass sie etwas mit den beiden Alten machen müssten. Sie wären schließlich die wirklichen Erben.«

»*Warum überrascht mich das nicht, was du über Oskar erzählst?*«, sagte die Katze plötzlich.

Nun war der Einwand von Frau Merkel nicht gerade bedeutend, aber zumindest bewirkte er, dass Maxi Müller II ihre Pistole, die bereits bis auf die Tischplatte gesunken war, erneut auf die Brust des Kommissars richtete. Steinböck warf der Katze einen bösen Blick zu, den sie mit einem Zucken ihrer Ohren quittierte.

»Und da beschlossen Sie, die beiden umzubringen.«

»Richtig, sie hatten sich für den nächsten Tag angekündigt. Oskar liebte meine Kekse. Nur hatte ich diesmal statt Marihuana von dieser Pflanze etwas hinzugefügt.« Sie zeigte auf einen Busch mit auffällig runden Blättern.

»Übrigens dieselbe Pflanze, an der Maxi gestorben ist. Die tödliche Wirkung sollte etwa nach einer Woche eintreten. Aber die beiden waren zäh. Gott sei Dank schoben sie ihr ständiges Erbrechen auf die Medikamentenversuche. Nach zwei Wochen bestand Oskar auf die 500.000 Euro. Ich erklärte ihm, es wäre mir egal, wenn er mich anzeigen würde. Er meinte nur, ich würde doch nicht wollen, dass den beiden alten Herrschaften etwas passierte. Dabei spielte er demonstrativ mit dieser Pistole herum. Es war so einfach, als er sie irgendwann auf den Tisch legte und laut darüber nachdachte, was Amely und Götz alles passieren könnte. Ich werde nie seinen erstaunten Blick vergessen, als ich ihm die Pistole vors Gesicht hielt und abdrückte. Das war in seinen Vorstellungen einfach nicht vorgekommen, dass ich mich wehren würde. Na ja, und am nächsten Morgen erschoss ich Görschi. Ich musste es tun, bevor er von Oskars Tod erfuhr.«

»Warum hast du uns nichts davon erzählt?«, fragte Amely von Domenik, die plötzlich und unbemerkt mit ihrem Mann Götz in der Tür stand, mit sanfter Stimme.

Maxi Müller war sichtlich erschrocken. Für einen Moment ließ sie die Waffe sinken.

»Warum ich euch nicht erzählt habe, dass ich nicht Maxi Müller bin?«, fragte sie mit schriller Stimme.

»Dass du nicht Maxi bist, wissen wir schon lange, aber warum hast du nicht gesagt, dass Oskar dich erpresst?«

*

Kommissar Emil Mayer jr. und Polizeianwärterin Ilona Hasleitner schafften die dreieinhalb Kilometer in knapp sechs Minuten. Hätte das Einladen des Rollis in den Kofferraum nicht so lange gedauert, wären sie auch unter fünf Minuten geblieben. Mayer stellte seinen GTI hinter Steinböcks Käfer. Vermutlich wären sie im Präsidium geblieben, wäre Staller nicht inzwischen zurückgekommen und vom Chef auch nach zehn Minuten nichts zu sehen gewesen.

»Er hat das Handy immer noch abgeschaltet«, sagte Ilona, während Mayer sich in seinen Rollstuhl setzte.

»Hast du deine Waffe dabei?«, fragte er sie.

»Nein, die hat mir Steinböck gestern abgenommen. Wegen der Sache mit Glatzen-Hans. Was ist mit dir? Hast du keine?«

»Nein, ich bin nur im Innendienst.«

»Dafür bist du aber ganz schön unterwegs. Glaubst du denn, wir brauchen eine Waffe?«

»Also wenn Maxi Müller die Mörderin von den beiden ist, dann hat sie sie bestimmt nicht mit Wattebäuschen erledigt.«

»Sollen wir Verstärkung anfordern?«

»Na lass mal, vielleicht ist alles halb so schlimm. Du gehst voran, ich warte im Gang. Wenn du keine Entwarnung gibst, verschwinde ich und rufe die Kollegen.«

*

In diesem Moment herrschte absolute Stille im Raum. Dann schrie die falsche Maxi Müller:

»Was soll das heißen, ihr wisst schon lange, dass ich nicht Maxi bin!«

»Na ja, du musst wissen, dass Götz der leibliche Vater von Maxi ist. Wir hatten schon ziemlich früh den Verdacht, dass du nicht Maxi bist. Ehrlich gesagt, du warst ein bisschen zu anständig dafür, um Maxi Müller zu sein. Als vor zehn Jahren so ein Test relativ einfach wurde, haben wir ihn mit ein paar Haaren von dir durchführen lassen. Das Ergebnis war eindeutig. Jetzt hätte es ja sein können, dass Maxis Mutter Götz belogen hatte und er doch nicht der Vater war. Also hatte ich mich noch testen lassen. Und da war es klar. Ich konnte unmöglich deine Tante sein.«

»Und warum habt ihr mich dann nicht bei der Polizei angezeigt?«

»Warum sollten wir?«, entgegnete Götz von Domenik und strich ein paar Fussel von seiner Sergeant-Pepper-Jacke, da erblickte Maxi Müller Hasleitner und Mayer, die geduckt am Fenster vorbeischlichen. Sie winkte den von Domeniks mit der Waffe zu und deutete ihnen, sich zu setzen. Die Tür blieb offen. Kurz darauf erschien Hasleitner im Türrahmen, den nur Maxi Müller und die Katze überblickten.

»*Wir sollten Eintritt verlangen*«, sagte Frau Merkel.

»Halt die Klappe«, fuhr Maxi Müller sie an.

»*Ich wollte doch nur die Situation etwas auflockern.*«

»Komm rein, Ilona, und sag dem jungen Mann im Rollstuhl, er möchte uns doch Gesellschaft leisten.«

»*Aha, also das mit dem Eintritt würde sich doch wirklich rentieren.*«

Plötzlich richtete sie die Pistole auf die Katze.

»Ilona, du möchtest doch nicht, dass ich Frau Merkel erschieße. Also bring deinen Kollegen rein und schließ die Tür hinter dir.«

»*Also Maxi, Gewalt ist auch keine Lösung*«, sagte die Katze und verschwand vorsichtshalber hinter dem Terrakotta-Topf mit der Cannabispflanze, die sie erst vor ein paar Tagen zu Tode uriniert hatte. Ilona hatte Emil inzwischen neben Steinböck geschoben und sich selbst auf einen Hocker gesetzt, immer dem dirigierenden Lauf der Pistole folgend.

»Also warum habt ihr mich nicht angezeigt?«, wandte sich Maxi wieder an Götz.

»Ganz einfach, alles lief blendend. Du hast dich rührend um die Mieter gesorgt, alle notwendigen Renovierungen durchführen lassen. Sogar die Handwerker mochten dich. Und wir wohnten hier umsonst und mussten uns um nichts kümmern.«

»Aber wolltet ihr nicht wissen, was mit Maxi passiert war?«

»Aber du hast uns doch alles erzählt. Du warst sie und sie war du. Oder stimmten die Geschichten aus Indien etwa nicht?«, fragte Amely von Domenik. Maxi Müller schwieg. Emil rutschte unbehaglich auf seinem Rollstuhl hin und her.

»Worum geht's hier eigentlich?«, fragte er neugierig.

»Verdammt, halten Sie den Mund, das geht Sie überhaupt nichts an«, zischte ihn Maxi an und fuchtelte mit der Waffe bedrohlich herum.

»Was heißt, das geht mich überhaupt nichts an? Sie haben mich doch hereinbefohlen. Mir hatte es da draußen auf dem Gang ganz gut gefallen. Wenn ich schon mal hier bin, dann möchte ich auch mitreden«, sagte er entrüstet und blickte sie herausfordernd an. Maxi atmete dreimal tief durch und presste dabei beim Ausatmen die Luft hörbar durch die angespitzten Lippen.

»Verdammt, ist das hier ein Irrenhaus?«, schrie sie in Richtung Steinböck, der schon lange nichts mehr gesagt hatte und immer noch rittlings auf seinem Stuhl saß. Und dann wandte sie sich wieder Emil Mayer zu.

»Ich habe zwei Menschen erschossen. Nicht dass sie es nicht verdient hätten. Aber es war völlig überflüssig. Weil es meiner verrückten Tante, die gar nicht meine Tante, und meinem Onkel, der eigentlich mein Vater ist, völlig egal ist, dass ich nicht ich bin und sie kurzerhand mal um eine Erbschaft von zehn Millionen Euro betrogen habe.«

»Ich versteh überhaupt nix«, sagte Mayer und schüttelte den Kopf. Frau Merkel hatte sich inzwischen wieder hinter dem Terrakotta-Topf hervorgewagt und war auf Mayers Knie gesprungen.

»*Ganz ruhig. Vermutlich hat sie schon wieder einen ganzen Teller von ihren Plätzchen zum Frühstück verzehrt.*«

»Vergiss nicht, dass ich dich versteh«, zischte Maxi Müller. »Ich hätte gute Lust, dich auch noch abzuknallen.«

»*Dann käme zu deinem Doppelmord auch noch Sachbeschädigung dazu. Willst du das wirklich?*«, fragte Frau Merkel treudoof und fuhr dann fort. »*Sag mal, ist das eigentlich ein doppelter Doppelmord? Schließlich hast du sie erst vergiftet und dann erschossen.*«

Weiter kam sie nicht mehr. Jetzt mischte sich Steinböck ein, der bemerkte, dass sich die Sache zuspitzte.

»Mensch, Maxi, Sie haben der Katze in den letzten Tagen zweimal das Leben gerettet. Wär doch blöd, wenn Sie sie jetzt erschießen würden.«

»Wäre das wirklich nur Sachbeschädigung?«, fragte sie.

»Ich glaub, rein rechtlich schon.«

Maxi Müller grinste und wandte sich noch mal leise an die Katze:

»Dein Glück, dass du auf dem Schoß von diesem netten Kommissar sitzt.« Ihr Blick fiel auf den Aufkleber von 1860 München auf seinem Rollstuhl. »Der junge Mann ist schon genug gestraft.«

Sie legte die Pistole auf den Tisch und schob sie vorsichtig zu Steinböck hinüber. Dann stand sie auf und holte von der Anrichte einen Teller mit Plätzchen.

»Wer möchte ein Plätzchen? Die Dinger müssen weg. Wär doch schade, wenn sie hier vergammeln würden.« Dabei ging sie von einem zum andern, die alle nur still den Kopf schüttelten. In das verlegene Schweigen hinein hob Emil Mayer die Hand.

»Ich würde dann eins nehmen«, sagte er.

»Das lässt du schön bleiben«, erwiderte Ilona und drückte seinen Arm nach unten. Maxi Müller kehrte zu ihrem Stuhl zurück. Vorsichtig stellte sie den Teller auf den Tisch und setzte sich. Dann legte sie ihren Kopf auf den Arm und begann leise zu schluchzen. Die Katze sprang auf den Tisch und stupste kurz gegen Müllers Arm. Inzwischen war Amely von Domenik an den Tisch gekommen und strich ihr sanft über den Kopf.

»Verdammt, warum hast du uns nichts gesagt! Wir hätten die Sache schon in Ordnung gebracht. Jetzt müssen wir schauen, dass wir das Beste daraus machen.«

Die Katze wandte sich Steinböck zu, setzte sich auf ihre Hinterbeine und schlug wie immer, wenn sie aufgeregt war, ruckartig ihren Schwanz hin und her.

»*Und, was willst du jetzt tun?*«

»Was werd' ich schon tun? Sie ist eine zweifache Mörderin.«

»*Sie ist ein Held. Das war alles Notwehr, das ist dir wohl klar.*«

»Nun mal langsam. Ich kann mich daran erinnern, dass du vor ein paar Tagen noch ganz anders gesprochen hast.«

»*Was interessiert mich mein Geschwätz von gestern. Denk nur dran, wie billig sie dir die Wohnung überlassen hat.*«

»Das stimmt«, sagte Maxi Müller und hob dabei ihren Kopf.

»Jetzt reicht's, schließlich sind die Fakten eindeutig. Mörder bleibt Mörder«, rief Steinböck plötzlich laut. Erst jetzt wurde ihm klar, dass niemand außer Maxi Müller den Wortwechsel mit der Katze gehört hatte. Hasleitner und Emil Mayer sahen ihn vorwurfsvoll an, während die von Domeniks ihn mit einem etwas herablassenden, mitleidigen Lächeln betrachteten.

»Was erwartet ihr von mir?«, sagte er laut und blickte dabei in die versammelte Runde. »Alles Weitere ist Sache des Gerichts. Selbst wenn der Richter ihre Geschichte mit Hacker und Görschi als Notwehr ansehen würde, bleiben immer noch die vergifteten Kekse. Das ist geplant, und dann ist es Mord.«

»Welche vergifteten Kekse?«, fragte Götz von Domenik erstaunt.

»Na die, die sie mit dieser Pflanze versetzt hat, um sie Hacker und Görschi anzubieten.« Steinböck stand auf und ging zu dem Strauch. »Über kurz oder lang werden sie herausfinden, dass diese Pflanze mit dem Gift, das man bei Hacker und Görschi gefunden hat, identisch ist.«

»Das hat man bereits. Der Bericht liegt seit heute Morgen vor«, warf Ilona leise ein und blickte mitleidig auf Maxi Müller, die wie ein Häufchen Elend am Tisch saß. Für einen Moment herrschte betroffenes Schweigen. Götz von Domenik unterbrach als Erster die Stille: »Das ist doch lächerlich. Mit einer Cannabispflanze kann man doch niemanden umbringen.«

»Das ist kein Cannabis, sondern das …«, warf Mayer jr. ein und deutete auf die Hanfpflanzen.

»Mein Gott, Götz, hast du mir etwa Blätter von diesem Strauch gebracht, als ich vor zwei Wochen für Maxi die Haschkekse backen sollte?«, rief Amely und wandte sich dann dem Kommissar zu. »Sie müssen wissen, dass Maxi an diesem Tag Besuch erwartete und mich bat, ein paar Haschkekse zuzubereiten. Normalerweise brachte sie mir die Blätter immer nach oben. Aber an diesem Tag war sie außer Haus, und ich schickte Götz nach den Blättern.«

»Es tut mir leid, Amely, ich war überzeugt, dass dies die Cannabispflanze wäre.«

Als Steinböck Maxi Müllers erstauntes Gesicht sah, war ihm klar, dass die beiden die Geschichte soeben erfunden hatten. Nur ein Paar, das sich so lange kannte, konnte so schnell improvisieren.

»Sie können Haschischplätzchen backen?«, fragte Steinböck Amely von Domenik.

»Aber natürlich, Herr Kommissar, auch wir hatten unsere wilde Zeit«, dabei drückte sie sich an ihren Mann und lächelte ihn verliebt an. »Als wir unseren ersten Joint rauchten, waren Sie vermutlich noch in Abrahams Wurstkessel.«

»Was bitte ist Abrahams Wurschtkessel?«, fragte Mayer jr. neugierig. Steinböck winkte ab:

»Des googelst du besser. Glauben Sie wirklich, dass

Sie mit dieser Geschichte durchkommen?«, wandte er sich dann an die von Domeniks.

»Warum nicht?«

»Das wird auch Folgen für Sie haben. Wollen Sie sich das wirklich antun in Ihrem Alter?«

»Das ist uns klar. Aber was soll uns denn schon passieren? In unserem Alter«, stellte Amely lächelnd fest.

Götz von Domenik nahm ihre Hand und küsste sie. »Schreiben wir es der jugendlichen Unwissenheit des Kommissars zu. Du bist immer noch die liebevollste und schönste Frau auf dieser Welt.«

Ilona Hasleitner hatte Tränen in den Augen und begann zaghaft zu klatschen. Schließlich stimmten Mayer jr. und auch Maxi Müller mit ein.

»Ihr seid alle total verrückt«, murmelte Steinböck.

»*Wunderbar, dagegen ist Rosamunde Pilcher ein Dreck*«, frohlockte Frau Merkel. »*Man muss sich eben mit dem Unausweichlichen abfinden.*«

Sie saß auf ihren Hinterbeinen vor Steinböck auf dem Tisch. Ihre Mundwinkel waren nach unten gezogen, und sie grinste höhnisch. Jeweils zwei der Krallen ihrer Vorderpfoten hatte sie ausgefahren und bildete damit eine Raute.

EPILOG

Zufrieden lehnte sich Fred Schaurig in seinem riesigen Bürostuhl zurück.

»Ganz ausgezeichnet, ganz ausgezeichnet«, wiederholte er und tippte mit dem Finger auf die Zeitung.

»Wirklich ein ausgezeichneter Artikel. Aber ist das Strafmaß nicht zu niedrig? Ich weiß, unser Blatt hat sich sehr für diese Frau eingesetzt. Aber immerhin handelt es sich um einen Doppelmord.«

»Totschlag, lieber Onkel, du weißt, die Richter haben es als Totschlag gewertet. Und wie findest du den Artikel?«

»Ich sagte ja schon, wirklich gute Arbeit«, und wieder tippte er auf die Zeitung.

»Du weißt genau, was ich meine. Ich möchte wissen, was du von meinem Artikel über Bepal Pharm hältst. Ich habe wochenlang recherchiert, Zeugen befragt und bin durch ganz Deutschland gefahren. Du hast mir versprochen, wenn der Fall Hacker zu Ende ist, werden wir meine Story bringen.«

»Sabine, deine Pharma-Geschichte ist wirklich hervorragend recherchiert, aber glaubst du nicht, die ganze Sache ist etwas zu groß für uns? Bepal Pharm ist einer unserer wichtigsten Anzeigenkunden. Du weißt genau, wie die anderen Firmen in und um München reagieren, wenn wir einem von ihnen ans Bein pinkeln. Die Einnahmen aus dem Anzeigenmarkt werden immer weniger, und das Internet nimmt uns einen Leser nach dem anderen weg.«

»Soll das heißen, du willst die Story nicht bringen?«, fragte Sabine Husup wütend. »Ich verstehe, du hast mir bei der Sache mit Maxi Müller deswegen freie Hand gelassen, damit ich die Pharma-Story vergesse. Ich hab mich schon gewundert, dass der alte Scharfmacher meine Art und Weise, über den Fall zu berichten, akzeptiert hat. Was ist aus dem Hüter und Wächter des investigativen Journalismus geworden?« Sabine Husup wurde immer lauter. Ihre gegelten Haare schienen sich aufzurichten und standen wie der Kamm eines Punkers in die Luft.

»Du solltest nicht vergessen, wer dein Gehalt zahlt«, zischte Fred Schaurig mit eisiger Stimme. Sabine Husup musterte ihn einen Moment schweigend und sagte dann sehr leise und mit bitterem Tonfall: »Steck dir dein Gehalt doch sonst wohin. Ich kündige. Der *Spiegel* ist an mir und der Geschichte sehr interessiert. An mir zwar nur als freier Mitarbeiterin, aber wenigstens fühl ich mich nicht dreckig.«

Frau Merkel ermittelt:

GMEINER SPANNUNG

WWW.GMEINER-VERLAG.DE
Wir machen's spannend

Hans Weber / Armin Ruhland
Ausgeläutet
Kriminalroman
304 Seiten, 12,5 x 20,5 cm,
Paperback
ISBN 978-3-8392-0556-3

Ein Kunsthistoriker wird am Sonntagmorgen in
einer Wallfahrtskirche im Rottal tot aufgefunden.
Am Abend zuvor besuchte er ein feuchtfröhliches
Klassentreffen in einem Gasthaus nahe der Kirche. Ein
Motiv für die Tat lässt sich zunächst nicht erkennen.
Doch als die Pfarrkirchner Kripobeamten Thomas
Huber und Mandy Hanke die frühere Geliebte des
Opfers ausfindig machen, stockt ihnen der Atem. Das
Ermittlerpaar steht vor einem heiklen Fall, der auch
ihre Liebesbeziehung auf eine harte Probe stellt.

GMEINER SPANNUNG

WWW.GMEINER-VERLAG.DE
Wir machen's spannend

Michael Gerwien
Letztes Busserl im Hofbräuhaus
Kriminalroman
281 Seiten, 12,5 x 20,5 cm,
Paperback
ISBN 978-3-8392-0611-9

Ein lauschiger Abend im Biergarten. Die Abendzeitung wird an den Tisch gebracht, an dem Franz Wurmdobler mit seinen besten Freunden und Kollegen eine kleine Feier wegen seiner bevorstehenden Pensionierung ausrichtet. Der Aufmacher der Zeitung: Franz soll in jungen Jahren ein Mädchen vergewaltigt haben. Max Raintaler und sein Kollege Bernd Müller glauben nicht an Franz' Schuld und nehmen die Ermittlungen auf. Dabei geraten sie in einen Strudel von Mord und Lügen in der Welt der Schönen und Reichen. Es wird gefährlich!

SPANNUNG

GMEINER

WWW.GMEINER-VERLAG.DE
Wir machen's spannend

Lutz Kreutzer
Schaurige Orte in Bayern
Kriminalroman
288 Seiten, 12,5 x 20,5 cm,
Paperback
ISBN 978-3-8392-0642-3

Zwölf schaurige Geschichten von zwölf Autorinnen
und Autoren über zwölf reale Orte in Bayern, angelehnt an Legenden und Ereignisse von der Römerzeit
bis in die Gegenwart: von Kelten, Römern und einer
geheimnisvollen Toten am Bodenlosen See. Wie eine
bettelarme Bauernmagd mit dem Herrgott von Tann
haderte und bittere Rache übte. Als ein junger Mann
im Angesicht des Todes das wahre Gesicht des grausamen Königs Watzmann zu sehen glaubte. Warum
sich zwei Schwestern im Schatten der Königlichen Villa
in Regensburg zu Rivalen bis aufs Blut entwickelten.

GMEINER SPANNUNG

WWW.GMEINER-VERLAG.DE
Wir machen's spannend